泣き虫お紋

鴨河原奇伝

西野　喬

郁朋社

桓武天皇が山背《やましろ》（現京都市）の地に都を移したのは延暦十三年（七九四）である。

新都は唐の長安に模して造られた。唐様にしたのは、桓武天皇が渡来系の血をひいていたからと言われている。

歴史家は日本の歴史を区切る手法として、政庁が置かれた地名に因んだ。

飛鳥時代、奈良時代、鎌倉時代、室町時代、安土桃山時代、江戸時代などである。

戦国時代、南北朝時代は政庁が定まらなかったから地名で呼ぶことはしなかった。

その法則にしたがえば、桓武天皇が長岡京から山背に遷都した延暦十三年から鎌倉に政庁が移る建久三年（一一九二）のおよそ四百年間を『山背時代』と命名してもおかしくない。

それを『平安時代』としたのは、桓武天皇が自らの言葉で、この新都を『平安京』と宣言した事実を、後世の歴史家は無視できなかったからであろう。

現今の人々は『平安京』という呼び名に印象づけられて平安時代は、穏やかで雅《みやび》な時代であった、と思い込む者も多いと思われる。

もし歴史家が桓武天皇の言を無視して『山背時代』と命名したなら、人々が受けるこの四百年間（平安時代)の印象は大きく変わっていたに違いない。そして大きく異なっている印象の方が、ずっと時代の実相に近いのである。つまり平安時代とは、その名から想起されるような平安の世ではなかったのである。

遷都以前（七九四年以前）から遷都地である山背には賀茂氏、高麗《こま》氏、出雲氏などの有力氏族が住んでいた。

その中の賀茂一族は山背内を流れる川辺に住み着いた。

賀茂一族がこの川を『賀茂川』と呼んだのは想像に難くない。

河畔に定住するということは、川の影響（氾濫）を受けやすい、ということである。賀茂川はいつも穏やかに流れているのでなく、時には豪雨により増水し氾濫する。賀茂川は氾濫の頻度が高かった。

特に南東から流れ込んでくる高野川と合流した後の流れは氾濫の頻度が高かった。

このことをわきまえた賀茂一族は高野川と交わる地点より上流に定住し、一族の繁栄を祈って二つの神社を川の畔に建立した。

賀茂川と高野川がY字状に交わる三角地『糺《ただす》の森』に賀茂御祖《みおや》神社（下鴨神社）を、その上流に賀茂別雷《わけいかずち》神社（上賀茂神社）を祀ったのである。

またこの二神社建立は荒ぶる賀茂川を鎮めるためでもあった。

後世、高野川と合流するまでを『賀茂川』、合流後を『鴨川』と区別して呼ぶようになる。

この鴨川に近接した西側に平安京は造営された。

鴨川が暴れ川であることを承知のうえで造京したのだから、平安京が水害を蒙ることは当然の結果ともいえる。

鴨川は少しの雨でも溢水した。

京内に増水が流れ込まないように鴨川西岸に堤を築いた。

しかし、その甲斐なく、野分（台風）が京を襲えば河水は堤を越え、あるいは堤を破壊して京内に流れ込んだ。そのたびに京内は甚大な水害を蒙った。

京内に流れ込んだ濁水が退いて、京人がほっとするのも束の間、洪水は疫病を誘発し、多くの京人を死に到らしめた。

こうした性悪な鴨川であったが、平素の鴨川は京人にとって憩いの場であった。

京人は四季折々、鴨川に遊んだ。

それは深い情愛と冷酷さを併せ持ったきまぐれな美女（鴨川）とその美女に魅せられた男（京人）に似た間柄と言えるかもしれない。

そう言えるのは、鴨川が、『神宿る川』『祓《はらえ》の川』『流葬の川』『物流の川』『暴れ川』であり、『下層民の終着地』『戦場』『処刑場』『民衆芸能発祥地』『行楽地』などの態様に、京人が翻弄され続けたからである。

鴨河原で繰り広げられた様々な出来事を繋ぎ合わせると、支配する者（為政者）と支配される者（民衆）の相克が浮き彫りになってくる。

為政者とはなにか、民衆とはなにか、それを言い当てる正解はない。為政者と民衆の相克は時代によって変化する。おそらく、これから後の世も両者の相克は変わり続けるであろう。

『泣き虫お紋（鴨河原奇伝）』は、そのような歴史観などとは無縁である。ただ鴨川で起こった諸々を八話にまとめただけである。

泣き虫お紋（鴨河原奇伝）／目次

装丁／宮田麻希

泣き虫お紋（鴨河原奇伝）

子抱き聖

（一）

太政大臣、藤原兼家《かねいえ》は天を仰ぎ見た。

抜けるように高く、碧かった。その碧に劣らぬ青色をした豊楽殿《ぶらくでん》の銅葺き庇《ひさし》が天を水平に区切り、大棟《むね》両端に設けられた鴟尾《しび》が陽光に輝いていた。

兼家は豊楽殿の鴟尾がこれほどまぶしく美しいものとは今の今まで気づかなかった。

――あの豊楽殿で、数多《あまた》の官人らが関白叙任式典の準備に忙殺されている。すなわちこのわたしのための式典。華やかであればあるほど、わたしにふさわしい――

関白職は太政大臣より上位で職階の最高職である。

兼家は式典で百官ことごとくが自分《おのれ》の前に跪《ひざまず》く姿を思い浮かべて、思わず口の端をゆるめた。

翌日、翌々日も式典の準備は続けられた。

そして式典が催される前日、永祚《えいそ》元年（九八九）八月十一日となった。

昨日まで晴れていた空は早朝から厚い雲に覆われ、昼を過ぎると風を伴って雨が降り始めた。風雨は夕刻になるとさらに強まり、やがて一寸先も見えぬほどの激しい降り方となって夜通し続いた。


八月十二日、関白就任式典日の未明。

早々と目が醒めた兼家は自邸、東三条殿の寝所で屋根を叩く雨音を聞いていた。

「兼家さま。お目を醒ましてくださりませ。緊急のことありと、式部卿（式部省長官）が参っております」

寝所の外から侍女の声が届いた。未明に式部卿が来訪するなど、ないことである。

兼家は着替えもせずに一室に待たせた式部卿に会った。

「なまなかの野分《のわき》（台風）ではありませぬ。本日の式典は先にのばすのが賢明かと」

式部卿は挨拶もせずに忠言した。

「豊楽殿の準備はいかに」

「万端整っております。どうしてもと仰せられるならば本日決行いたしますが」

「野分はいつまで続く」

「陰陽寮《おんみょうりょう》の者に占わせたところ、今日、明日は続く、との宣託」

「この風雨だ。延期するしかあるまい。このこと帝《みかど》にはわたしからお伝え申すが、公卿らには式部卿から周知させてくれ」

兼家は告げながら渇望していた関白の座が遠のいていくような不安と苦々しさを感じていた。

その日の午後、

――賀茂堤が決壊、鴨川の水が京内に流れ込む。北の高台に逃げよ――

鴨川を管理する官人らの叫びにも似た警告が京内のあちこちで聞こえた。特に東京極《ひがしきょうごく》大路沿いに居を構える住民への呼掛けは何度もくり返された。東京極大路が鴨川に近接していたからである。

その声は五条大路富小路沿いに住まう浄淵《じょうえん》という私度僧《しどそう》にも届いた。私度僧とはどこの寺にも属さぬ市井の僧侶のことを言う。

「またか」

舌打ちした浄淵はこの警告を無視した。

富小路は東京極大路より一本西寄りに敷設された小路で鴨川からも近い位置にある。だから野分で鴨川の堤防が決壊するたびに浄淵の住まう一帯は水害にあっていた。

平安京に都が移ってからおよそ百年経つが、その間に豪雨による鴨川の増水で大小合わせると百回を超える賀茂堤の決壊があった。決壊があるたびに鴨川を管理する官庁（防鴨河使《ぼうがし》庁）の役人が京内を走り回って避難を呼掛けるのが習わしとなっていた。

当初、京人は役人の呼掛けに応じて高台（平安京北部）に避難したが、京内が水をかぶっても家の流失や人命が損なわれるようなことは、東京極大路を除けばそれほど多くなかった。

京人にとって野分による鴨川の氾濫は慣れっこのことだったのである。

だから今回の役人の警告も浄淵は軽い気持ちで、

――賀茂の水が京内に流れ込んでも、せいぜい足首を濡らすほど。ならば家の中で野分が去るのを待てばよい。いつものことだ――

とタカをくくっていた。

雨は浄淵の思惑に反して激しく降り続いている。それに加えて風が時を経る毎に強まっていく。申刻《さる》（午後四時）頃になると、富小路を風道にして吹き抜けていく風音が浄淵の耳を圧するようになった。それでも浄淵は、

――一刻もすれば風雨は収まるであろう――

と気にもとめていなかった。

ところが風は止むどころか小半刻（三十分）も経つと、ますます強くなり、風に煽られた雨が浄淵の家の蔀戸《しどみど》を叩きつけるようになってきた。

――今までの野分と違う――

と気づいた時は遅かった。部屋の四周から不気味な音が鳴りはじめた。その音が床から発するのか壁からなのか、はたまた頭上なのか突き止められない。やがてその音は地鳴りのような低い音に変わり、家全体が鳴動し大きく揺れた。頭上ではじける音がし、それに続いて、なにかが引き剥がれるような音が耳を圧した刹那、風と雨が浄淵の全身を襲った。身を丸め床に伏す。するとその床が盛り上がった。なにかにすがろうとして手を前に差し出したが空を摑むばかりだった。床は強風に煽られてさらに傾いた。浄淵は転げ落ち、その場に頭を抱えてうずくまり目をつぶった。

どれほど目を閉じていたのか、目を開けて周りを見た。

四周を遮るものはなにもなかった。

――家が風にさらわれた――

そう気づいたのは、ふた呼吸ほどした後だった。

――隣家は？――

と見れば跡形もない。強風に煽られて真横から襲う雨が全身を濡らした。浄淵は天を仰いだ。黒い雲が西から東へ矢のように走り、豪風に巻き上げられた家々の屋根材や壁材が頭上を舞っていく。その幾つかが浄淵の近くに落ちる。当たったらひとたまりもない。浄淵は両腕で頭部を覆ったが、それで飛翔物から身を守れるとは思えなかった。

逡巡している浄淵の足元に鴨川の氾濫水が流れ込んできた。

浄淵は富小路に出ると北へ向かった。強風と氾濫水で思うように進めない。腰をかがめ頭を腕で防御し、風に切り込むようにして進む。雨に濡れた僧衣が身に纏いつき思うように進めない。やっと富小路と四条大路が交わる辻まで来た。浄淵は迷うことなく四条大路に入り西へ向かう。

浄淵と同じように四条大路には大勢の京人が難を逃れようと西を目指す。西へ向かうのは少しでも鴨川から離れるためだ。

時折、誰かが悲鳴をあげるがそれは、強風で舞いあげられた家屋の木片が当たったからであろう。それもひとりやふたりではない。あちこちから聞こえた。それでも浄淵らは足を止めることなく西へと進む。

西へ逃れる早さより氾濫水が西に流れ込む方が早いので、浄淵の足首まで氾濫水が襲ってきた。

年老いた者なのか、逃れるのをあきらめてその場に立ち尽くす者も現れた。留まれば押し寄せる河水でおぼれ死ぬのは明らかなのだが、誰も助けようとしない。自分《おのれ》ひとり、逃げるのが精一杯なのだ。

浄淵は前を歩く者を押しのけて西へと歩む。逃れる者の大半は着の身着のままだ。

浄淵の前を女が進んでいる。浄淵の行く手を阻むように女の歩みは遅い。浄淵は女の横をすり抜ける。その時、女の肘が浄淵の腕に当たった。それで女が倒れた。浄淵は当たるか当たらぬかの接触で倒れるとは思ってもみなかった。いぶかしみながら倒れた女を見た。

なんと女はふたりの赤子をそれぞれの腕に抱いていたのだ。女は河水に没しても赤子を離さない。腕がふさがっているので立ち上がれない。浄淵は女を背後から抱きかかえて立たせた。

「赤子を両腕に抱えての避難など能わぬ。ひとりをわれが預かろう」

浄淵が女の前に両手を差し出した。女は赤子と浄淵を交互に見比べて、僧であることに安堵したのか赤子のひとりを浄淵に預けた。

「愚僧の後ろについてこられよ」

言って浄淵は西へと進む。

女は浄淵を見失わぬように必死についてくる。

浄淵はひたすら前に進んだ。気がつくと四条大路と朱雀大路が交差する辻に出ていた。

朱雀大路の道幅は二十八丈（八十五メートル）である。その大路はすでに避難者で埋まっていた。

――助かった――

浄淵が心底そう思ったとき、赤子が泣き出した。泣き声は耳に鋭い刃物を差し込まれた時のようにキンキンと響いて痛いほどだった。

酉刻《とり》（午後六時）を過ぎたのだろうか、平素ならまだ明るいのだが、天空を覆う黒雲で闇の来るのが早まっている。

辻にも氾濫水は流れ込んできているが、それは足首を濡らす程度であった。泣きやまぬ赤子に辟易して、浄淵は赤子を女に返そうとして周りを見たが薄暗がりの中で女を探し出すのは無理だった。

避難者の群れは朱雀大路を北へ向かってゆるゆると進む。そのまま北進すれば朱雀《すざく》門に突き当る。そこは京でも一番の高台で河水に脅かされる心配はない。

朱雀門は大内裏《だいだいり》の正門である。大内裏とは内裏（皇居）を中心として、その周囲に政務や儀式を行う建物や諸官庁舎などを配した平安京北部に位置する一郭のことである。

浄淵は泣きわめく赤子を腕に抱きながら、

――いらぬ人助けをしてしまった――

と悔やんでみたが、いまさら赤子を捨てることもならず、避難者と共に朱雀門を目指す。歩きながら赤子の母親を探そうと目を凝らしたが、深くなる闇では、それも徒労に終わった。

闇の中を手探り同様にして三条大路と朱雀大路が交わる広場に行きつく。

河水はここまで届いていないが、それは避難者にとって恐怖の一つがなくなったにすぎなかった。まだ豪雨と強風は収まりそうになかったし、なによりも深い闇でその場の状況が把握できないことに避難者は恐れを抱いていた。

避難者の歩みは遅くなり、やがて動きが止まった。

灯りは一切ない。全てが闇の中である。

浄淵はその場に立ったまま目をつぶった。すると天空で吹き狂っている風の音が耳を圧した。気がつけば赤子は腕の中で眠りに落ちていた。

身動きが取れなくなった避難者のあちらこちらから悲鳴が聞こえてくる。

——おそらくあの叫びは風が巻き上げた飛翔物が落下して避難者を直撃したからであろう。われに飛翔物が当たってもおかしくない。飛翔物が見えれば避けることも叶うが身動き取れないうえに、この闇では避けることも能わぬ。飛翔物がわれに当たるか当たらぬか、それは運任せだ——

神仏任せだ、と言わないところが浄淵の私度僧としてのせめてもの矜恃《きょうじ》だった。

「この闇では歩くこともままならぬ。皆の衆、どうであろう、ここに坐して夜が明けるのを待とうではないか」

浄淵は赤子が目を覚まさぬよう抑えた声で言った。

「ここなら鴨の水も届かない。坐そうではないか」

近くから賛同の声があがった。

「坐そう、坐そう」

あちこちから声があがる。やがてその声は、

「坐せ、坐せ、坐せ」

という連呼に変わり、辻に集まった避難者ことごとくがその場に腰をおろした。

浄淵の腕の中で泣きつかれた赤子は眠ったままだ。浄淵は起こさぬように、そっと赤子の股間に手をやった。女の子だった。

平安期もそうだが江戸期にいたっても赤子は下半身になにも着けずに育てられた。節句人形の金太郎のような姿を思い出せばよい。

——この子の母親は無事に逃げられたのであろうか。もしや逃げ遅れて河水にさらわれてしまったのではないか——

と案じてみたが、この闇と強風と豪雨では如何ともしがたいことであった。

（二）

どれほどの間、坐したまま風雨にさらされていたのかわからない。浄淵は赤子の泣き声でわれにかえった。眠ってしまったらしい。眠っても赤子を抱いていて離さなかったことが不思議に思えた。

風雨が弱まり、かすかに東の空が明るくなっている。

浄淵は腕の中で泣きわめく赤子を揺すりながら、その場から立ち上がった。

すでに多くの避難者が朝ぼらけのなかを北、すなわち朱雀門に向かって歩き出していた。

朱雀門に行きつけば官衙《かんが》(官庁)がなんらかの救護の手をさしのべてくれると期待したからである。

浄淵に抱かれた赤子は泣き続けている。

「乳が飲みたいのじゃろ。母親は居らぬのか」

共に歩む老婆が泣き声にたまりかねたのか話しかけてきた。

「母親とは、はぐれた」

「まさかお坊さまの赤子ではあるまいの」

「見知らぬ女から赤子を預かっただけだ」

「厄介な預かりものだな。母親を捜し出せねば赤子は死ぬぞ」

「探しているがこの人ごみだ。見つかりそうにない。どうであろう、お婆《ばば》、預かってくれぬか」

「わしに預ければ人買いに売るかもしれぬぞ」

そう嘯《うそぶ》く老婆の顔は深いシワで覆われて冗談か本気なのか見極めがつかなかった。

浄淵は老婆を相手にせず、朱雀門を目指す。

いつの間にか浄淵は避難者の先頭集団にいた。やがて浄淵らは朱雀門前に着いた。

「もどれ、近づいてはならぬ」

門前を警護する官人が浄淵らを追い返そうと怒鳴り散らす。

衛門府《えもん》、近衛府《このえ》、検非違使《けびいし》庁、京職《きけいしき》などの官人であろう、その数は二百人を下らない。

双方の隔たりは四十間（七十メートル）。

「門を開けてわれらを大内裏に入れろ」

「救護所を設けろ」

「食べ物と着るものを」

口々に訴える避難者に官人らは携えた太刀に手をかけて、

「朱雀門に近づくこと、ならぬ。寄らば切る」

威嚇する。

だが後から後から押し寄せる避難者に押されて浄淵らと官人の間は狭まるばかりだ。

折しも東、鴨川が流れている方角から陽が昇り、大内裏内に建つ官衙の庁舎群を浮きあがらせた。

浄淵は目を細めて朱雀門を見る。屋根瓦はほとんど吹き飛ばされて、軒板もなくなっていた。門越しに望める朝堂院《ちょうどういん》と豊楽院も屋根が吹き飛んで剥きだしになった柱が天空に突き出ている。

避難者らは、

「米よこせ」

「米倉を開けろ」

「常平所《じょうへいじょ》をいますぐに」

口々に朱雀門を警護する官人へ訴える。

常平所は貞観九年（八六七）の飢饉の折、官の米を減価で放出する機関としてはじめて設けられ、このとき京人は一升につき銭八文の安価な米を買い求めようと雲霞のごとく群がったという。以後、常平所は飢饉、災害、洪水のたびごとに設置され、今に至っている。

警護する官人のひとりが太刀を抜き、頭上に振り上げて、

「去ね、去ねと申すに」

居丈高に叫ぶ。それに怖じず、

「米よこせ、米よこせ。よこせ、よこせ、米よこせ」

最初バラバラだった避難者たちの声が一つになり旋律となってくり返される。体を揺すり、よこせ、よこせ、米よこせ、と和唱する声は朱雀門を超えて大内裏、さらには天皇の御座所（内裏）まで届いた。

時の天皇、一条帝はこの時九歳、和唱を聞いても、なんのことだかわかるはずもなかった。

緊急を知った官衙からさらに兵庫寮、刑部省《ぎょうぶ》、民部省の官人、それに舎人《とねり》らが朱雀門警護の応援に駆けつけた。だがその中に政《まつりごと》の中枢を担う公卿らの姿はなかった。

そのはずで、公卿らは鴨川氾濫のことなどそっちのけにして、兼家の自邸、東三条殿に集まって、延期した関白就任の式典をいつにするかを話し合っていたのである。


朱雀門警護官人と避難者との隔たりは二十間（三十八メートル）ほど、一触即発の近さとなった。

避難者は一歩、一歩と朱雀門へ進む。

警護の官人総員が太刀を抜き、弓に矢を番《つが》える。

それでも避難者の歩みはとまらない。いや最前列の避難者は自身に向けられた矢に怯えて進むのをやめようと足を踏ん張るのだが、後方から押されて進むしかないのだった。

陽はすでに高く昇っていた。昨日の黒雲全てが消えて紺碧の空。

浄淵の腕に抱かれた赤子は最早泣く力も失せたのか、ぐったりとしている。

浄淵は最前列から走り出て朱雀門へ向かい、門へ駆け上る階《きざはし》（石段）の中ほどで立ち止まった。

双方が浄淵を注視する。

浄淵は避難者に向き直ると、

「この赤子の母親は居らぬか」

と大声で呼びかけ、赤子を高々と掲げた。

思ってもみなかった浄淵の行動に官人も避難者も、あっけにとられ、険悪だった気がやわらいだ。

呼びかけに応じて母親が名乗り出てくるのではないかと、誰もが口をつぐみ、しばし待つ。朱雀門前は静まりかえった。

だが、それも束の間、浄淵が掲げた赤子の突然の泣き声で破られた。まだ泣く力が残されていたのだ。

「母親は居らぬか」

浄淵は泣き叫ぶ赤子を揺すりながらさらに大きな声で訴えた。

名乗り出る者はいなかった。

浄淵は掲げた赤子を腕に抱きかかえ直すと、朱雀門の階を一段、一段とのぼり、警護の官人と間近で対峙した。

「ここに難を避けてきた者は野分によって家を吹き飛ばされ、あるいは鴨の氾濫で流されて帰るべき所がない者ばかり。皆は見てのとおり着の身着のまま。米一粒さえも家から持ち出せなかった。われらは昨夕からなにも口にしていない。すみやかに大内裏にある米倉を開き、蓄えてある米を皆に施してくだされ。施しの場、すなわち常平所が設けられるまで拙僧はここに坐して待つ」

読経で鍛えられた浄淵の声はよく通った。

「われらも坐して待つぞ」

避難者が声を揃える。だが浄淵は、

「いや、拙僧ひとりでよい。間もなく鴨川の河水も大路、小路から退くであろう。皆は家の存亡、縁者の安否を確かめるべくもどられよ。確かめて全てを失いし者はここにもどってこられよ。その頃には常平所も設けられていることであろう」

浄淵の言にしたがった避難者は潮が退くように朱雀門前から去っていった。

すでに陽は頭上にあった。浄淵は朱雀門と正対して坐すと目をつぶった。腕に抱いた赤子はすでに泣く力を失っていた。

浄淵は赤子の死を予感しながら瞑目したまま、その場に座り続ける。

どれほど坐していたのか、背後から肩を叩く者があった。浄淵は目を開け振り向いた。

夜明けに話しかけてきた老婆と見知らぬ女が立っていた。

「乳を飲ませてくれる女《かた》を見つけた。赤子を貸しなされ」

老婆はそう告げて浄淵から赤子を取り上げ女に渡した。

平安期、乳の出ない母親に代わって他の女性から乳をもらう風習があった。こうした風習が根づいたのは、生まれてすぐに死ぬ赤子や産んですぐ死ぬ母親が多かったために、日常どこにでも見られる光景であった。

（三）

八月十五日。

浄淵は坐したまま空腹に耐える。

赤子は老婆がすこしの間だけ預かることになった。聞けば老婆の家は流されずにすんだ、とのことだった。陽は頭上にあって朱雀門に濃い影を作っている。大内裏を守る官人らの数は十名足らずに減っていた。

飲み水も食べ物も口にしなくなって三日目となっている。

台風一過の陽光は強く、浄淵の体力は限界に達していた。

意識が朦朧となり、坐した尻に感覚はなかった。それでも浄淵は朱雀門が開くのをじっと待つ。喉の渇きも空腹も最早意識できないほどに衰弱していた。

坐したまま浄淵は浅い眠りにはいる

「和尚さま、和尚さま」

耳元で呼びかける声に浄淵は目を醒ます。

「飲み水をお持ちしました」

見知らぬ娘が浄淵の前に水が入った竹筒を置いた。

浄淵はそれを手に取りむさぼり飲む。

「和尚さまの言に従い、わたくしは朱雀門前を立ち去り、雇われ先の家の様子を見にもどりました。家は流され、そこに住まう雇い主夫婦は行方しれず。二日かけて探しましたが見つかりませぬ。鴨川の濁流に流されて難波《なにわ》の海まで行ってしまったのでしょう」

途方に暮れた顔で空を見上げ、それから浄淵の隣に坐した。

それが合図だったかのように被災した人々が朱雀門前に続々ともどってきて浄淵を囲んだ。皆、憔悴しきった顔をしている。なかには食べ物を携えて浄淵に差し出す者もいた。

浄淵はこの災害時に食物を得ることの難しさに思い至り、押し頂くようにして受け取った。

陽が西に傾きはじめる、朱雀門前に坐す者は千人を超えた。いずれも家や縁者を失い、行き場を失った被災者たちばかりである。

被災者らは口々に京内の惨状を浄淵に伝える。

後世、〈永祚《えいそ》の風〉と呼ばれた台風による被害は京内ばかりでなく、摂津（現大阪）をはじめ畿内全域に及んだ。

この時の惨状を『日本記略』では次のように述べている。

——宮城の門舎多く倒壊す。承明門、建礼門、弓場殿、日華門、応天門、豊楽殿、美福門、朱雀…………、左右京人家倒壊す。計《かぞ》えつくすべからず。また鴨河の堤、ところどころ流損す。

…………。また洪水・高潮、畿内の海浜、河辺の人家・人・畜・田畝これがために皆没す。死亡損害、天下の大災。古今に比なし。――

畿内で命永らえた者は流浪民となって京に押し寄せた。

刻を経るごとに朱雀門前に被災者が集まり、浄淵を取り囲むようにして坐し、常平所が設けられるのを今か今かと待つ。

だが朱雀門が開く気配はなかった。

たまりかねたのか初老の男が立ち上がり、

「野分が去って三日経つ。常平所が設けられていると思ってここにもどってきたが、門は閉じられたまま。官衙はわれらを救う気がないのではないか」

と問いかけた。これに、

「われはこの三日間、ほとんど食物を口にしておらぬ。このままでは飢えて死ぬしかない」

「常平所は命の綱」

「摂津から逃れてきた者たちも、ここに押し寄せていると聞く。野分の被害は畿内にまで及んでいる。その者たちにも官（官庁）が救いの手を差しのべねば、京内は餓死者で埋め尽くされるぞ。常平所を一刻でも早く設けてもらわねばならぬ」

次々に立ち上がって訴えかける。

いつの間にか朱雀門警護の官人は居なくなっていた。被災者の多さに驚愕し、逃げ去ったのだ。頭上にあった陽は空をあかね色に染めて西に傾きはじめている。

「和尚、官衙は常平所を設けてくれそうにない。いつまで坐して待つつもりだ」

「このまま坐して、なお常平所を設けてくれと訴え続けるか、それとも朱雀門をぶち破り、米倉を開けて、米にありつくか。そのどちらを選ぶか、和尚、決めてくれ」

皆が浄淵の返答を待つ。

「………」

浄淵は目をつぶったままだ。

「和尚が決められぬなら、われらで決めようぞ」

「米倉から米を運び出せ」

「朱雀門を打ち破れ」

飲まず食わずの三日間を過ごした被災者にとって、このまま門前でアテもなく座り続けるか、門を押し破り、大内裏に押し入って米倉から米を運び出すか、を選択する余地などなかった。

浄淵を除いて坐していた者、全てが立ち上がった。

「これから我らは門をぶち破る。和尚、われらの先頭に立ってくれ」

立ち上がらぬ浄淵を口々に促す。しかし浄淵は坐したままだ。

「和尚はわれらを救ってくださらぬのか」

「まさか和尚は官衙のなさりように目をつぶるのではないだろうな」

「引き受けてくれぬなら仕方ない。皆の衆、われらだけで門をぶち破るぞ」

総立ちになった被災者が朱雀門に向かおうとした。

「待たれよ」

浄淵が立ち上がり、両手を前に出して制した。

「皆の衆、口をつぐんで朱雀門の内側から聞こえてくる物音を聞かれよ」

浄淵の言に被災者は一瞬で鎮まり、朱雀門に耳を向ける。

陽はさらに傾き、朱雀門の陰影が階《きざはし》（石段）に黒く伸びていた。ベンガラで塗った門扉の朱が斜光で赤みを増した。

朱雀門内から得体の知れぬ音がもれてくる。被災者はその音の正体を突き止めようと耳をそばだてた。

「あの音がなにか、皆にはわかりますか」

浄淵が問うた。被災者は黙したまま首を横に振る。

「あの音は甲冑が擦れあう音。槍刀、弓矢が絡まる音。それもひとりやふたりではない千を超える武人から発する音だ。門扉を押し破った刹那にわれらは射殺され、刀槍で斬り殺されるであろう。刀一降り、槍一本も持たぬわれらには抗する術《すべ》もない。この中から数百人、いや千を超える死傷者がでる。それを覚悟で朱雀門を破るというなら、拙僧がその先頭に立とう。だが拙僧が射殺された後、皆はどうするのだ。戦ったとて勝ち目はない。よしんば米倉に行き着いたとしても、皆の衆は内裏を襲ったとして捉えられ、帝を脅かした暴徒として投獄されるか、あるいは鴨河原で処刑されることになる」

すでに朱雀門前は三千を超える被災者と畿内からの流浪者で埋まっていた。

「皆が飢えているのはわかる。拙僧も飢えている。是が非でも常平所を官に設けてもらわねばならぬ。皆は冷静になってその場に座してくれ。拙僧にこの場は任せてもらおう」

これを聞いた三千余の人々すべてが浄淵を中にして波紋が広がるように無言で坐していった。

それを見届けた浄淵は朱雀門へと歩を進めた。

破れ衣からはみだした手足は骨と皮ばかり、しかも裸足である。胸に大きな頭陀袋をさげた姿は見る者に乞食を想起させた。だが澄んだ目には強い光が宿っている。

朱雀門を眼前にして立ち止まった浄淵は拳を振り上げて門扉を力の限り叩いた。

それから一呼吸置いて、

「太政大臣藤原兼家さまに乞い奉る。野分による鴨川の洪水で家や縁者を失い、また強風で数多《あまた》の家が倒壊、破損した。その数は知らず、行き場を失った京人らが朱雀門前は言うに及ばず朱雀大路に溢れている。野分が去って早、三日《みっか》。その間、満足に食物を口にしていない。着の身着のままで難を逃れた京人は銭も、また銭に替えるべき衣服も持ち出せなかった。ゆえに無一文。米一粒も手に入らぬ。拙僧は聞く、古来より歴代の関白や太政大臣はこうした困窮者に常平所を設けて米を放出し命を救ってくれた、と。太政大臣に心あらば、すみやかに常平所を設けられんことを乞い願い奉る。はや、陽は西の連山に沈む寸前。平常所を設ける準備もあろうと思われる。明日、午刻《うま》(午前十二時)までに朱雀大路の辻々に設けられたし。この願いを聞き届けられなければ、朱雀門は言うに及ばず、大内裏を取り囲む羅城に設けられた十四門全ての門扉を打ち破り、米倉から米を運び出すであろう。たとえ官人らが弓矢、刀槍を持って追い返そうとしても、我らは瓦片、路傍の石、吹き飛ばされた家々の木片を手に持って戦う。これより夜を徹してわれらは朱雀門広場、ならびに朱雀大路に坐して明日の午刻を待つ」

門扉に跳ね返った浄淵の声は朱雀門前の広場に坐す者はむろんのこと、朱雀大路に坐す人々にまで一言一句はっきりと聞こえた。

（四）

野分が去って四日目の朝。

朱雀大路の起点、朱雀門から五条大路と交わる辻までの半里（二キロ）にわたる路上は被災者で埋め尽くされていた。被災者は昨夜から後を絶たず朱雀大路に押し寄せ、その数は二万を超えていた。永祚年間（九八九～九九〇）、京の人口は十万人強と推定される。その二割が野分で家を失い、縁者を失ったことになる。

野分の猛威を免れた京人らが水と食物を持って被災者に配る姿が朱雀大路のあちこちで見られたが、それは微々たるものであった。

なぜ彼らが被災者に食物を配ろうとするのか。

むろん彼らの困窮を救済しようとした行為であるのは確かであったが、それればかりではなかった。救済者らは官が常平所を設けなければ、被災者が食物を求めて、手当たり次第に家々を襲うかもしれないことを恐れていたのだ。少しでも救済の姿勢を示すことで、その標的になることを避ける狙いもあったのだ。

陽が昇ると同時に被災者は路傍の石を拾って懐に貯め、倒壊した家々から武器になりそうな木材を運んできた。さらに朱雀門前の広場に、強風で飛ばされた官衙の建物の瓦を砕いて山状に盛り上げた。積み上げたのは、いつでも誰でもが積み上げた瓦片を手に取り、官人に投げつけられるようにとの考えからだ。つまり被災者らは官が常平所を設けてくれることを半ば信じていなかったのだ。

浄淵はこうした被災者の動きを無言で見ていた。

――常平所を設けてくれなければ力ずくで米倉を開く――

と告げたのは浄淵の本意でなかった。そのように告げれば、必ずや官は常平所を設けてくれるはずだ、と思ったからである。

空腹を満たす食物、今はその食物を得ることだけが被災者の全ての願いである以上、浄淵がなにを言っても、その行動を止めることはできなかった。

一刻（二時間）が過ぎた。

だが、朱雀門は開く気配もない。猶予は後、半刻（一時間）、すでに陽は頭上にさしかかりつつあった。

被災者は手に手に石礫を握りしめた。

後は近隣の寺が打ち鳴らす午刻《うまのこく》の鐘の音を聞くだけとなった。

浄淵は朱雀門の扉の前に立った。

誰もが浄淵に注目し、口を閉じて寺の鐘の音を聞こうと耳を澄ませた。

被災者の頭上を吹きすぎていく微風の音だけが聞こえる。

息を詰めて耳を傾けることしばし。すると三方から同時に寺で打ち鳴らす鐘の音が聞こえてきた。

午刻、午刻だ、と言い合う声があちこちからあがり、朱雀門前は騒然となった。

「太政大臣に常平所を設けるつもりはないのだ」

「兼家さまはわれらが飢え死にしてもかまわぬと思っているのだ」

「今まで待ったのはおろかだった」

「門を破れ」

「米倉を襲え」

被災者は握った石を握りかえして門扉に迫る。

浄淵は落胆した。その落胆はすぐに怒りに変わった。

「開門。開門」

浄淵は拳で門扉を激しく叩いた。

それが合図だったのか扉が開いた。

門前に押しかけた被災者が門内に目を遣る。

門を塞ぐようにして何百もの米俵が積まれていた。

（五）

朝所《あいたんどころ》は大内裏内に建つ太政官庁舎の北東隅にある。

この朝所は関白あるいは太政大臣らの主だった公卿らが集まって政務を話し合う殿舎である。


永祚元年（九八九）八月二十六日。

朝所に藤原兼家と権中納言で検非違使別当も兼ねている藤原顕光《あきみつ》が坐していた。

検非違使は京の治安を守るために設けられた官庁で、今で言う警察と裁判所を一緒にしたような組織である。その長を別当と呼んだ。

「野分が去って十日経つ。京内の復興は進んでいるのか」

野分襲来で関白就任式典は延び延びになっている。その不満が胸中にわだかまっているのであろう、兼家の言い方には顕光を緊張させる厳しさがあった。

「東京極大路沿いの三条以南に建っていた家屋は鴨川の溢水で多くが流失。路傍にうち捨てられた骸は数知らず。その片付けもほとんど進んでおりませぬ。そこでお尋ねしますが大内裏の修復が終わるのはいつ頃でしょうか」

「修理職《しゅりしき》の大夫が申すところによれば、今年いっぱいはかかるとのこと」

「豊楽殿は」

「豊楽殿の破損は思ったより大きかった。破損したままの豊楽殿で関白就任式典を催すわけにはいかぬ。式典は豊楽殿の修復を待って行う」

「修復が終わる頃には世上も収まっておりましょう」

「世上と申せば、不快な流言が世上をにぎわせている、と聞くが」

兼家は不味《まず》いものを口に入れた時のような顔をした。

「浄淵とか申す子連れの私度僧についての流言でしょうか」

巷間では、

――被災した人々を飢えから救ったのは太政大臣でなく浄淵だ。浄淵が朱雀門越しに大音声で、常平所を設けるよう太政大臣に訴え乞い願ったからこそ設けられたのだ――

という噂が流れていた。

「顕光は、その流言をいかに思うか」

「常平所を辻々に設けたのは太政大臣の計らいによるもの」

「そう思っておるなら、なにか手でも打ったのか」

「打つとは？」

「相も変わらずおぬしは人の心を読むのが不得手だの。それだから未だに権中納言にしかなっておらぬのだ」

「………」

「わしの世評が落ちたままで関白就任式典を催せると思うか。浄淵とか申す僧をなんとかせよ」

「……」

「なんとかせよ、と申すわしの真意はわかるな」

兼家は浄淵を殺せと命じているのだ。だが顕光は、

――未だに権中納言だとはよく言えたものだ。そのようにわたしを冷遇しているのは叔父上、あなたではないか――

と心中で呟いた。

兼家は顕光の叔父にあたる。すなわち顕光の父兼通が兼家の兄にあたるのだ。

摂関家の統領であった師輔の力で三兄弟（伊尹《これただ》、兼通、兼家）は順当な出世を続けた。その父師輔が死して四年後の安和四年（九六九）、三兄弟の出世に狂いが生じる。

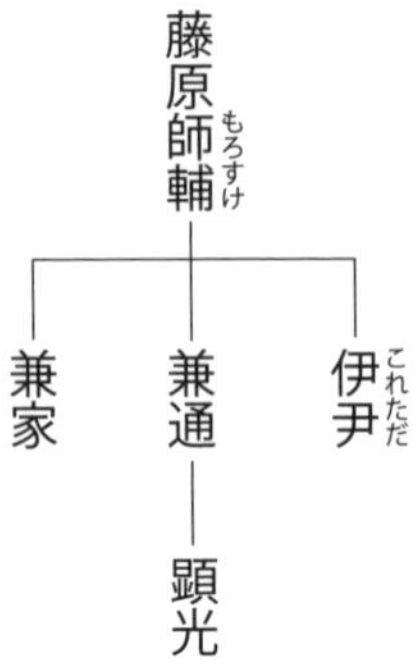

末弟兼家が次弟兼通の位を追い超し中納言になったのである。このとき兼通は参議であった。参議は中納言に次ぐ職である。以後兼通、兼家兄弟は出世の座を巡って激しくいがみあうようになった。
いがみ合ったままで三年、天禄三年（九七二）関白職にあった長男の伊尹は病を得て死を覚えると、弟ふたりの争いを終わらせるた

め、次弟の兼通を内大臣に任じ、没した。

つまり出世は兄弟の上下順に従うよう正したのである。末弟兼家はこの仕打ちに納得せず、ことあるごとに兼通に反発した。年を経る毎にふたりの確執は激しくなり、五年後の貞元二年（九七七）、今度は兼通が重篤な病に陥った。兄弟間の諍いが心労となったことも一因だった。兼通死去後、関白に就くのは兼家であると官人の誰もが思った。

死の直前、兼通は枕頭にわが子の顕光と主だった公卿らを呼んだ。

そこで自分《おのれ》を補佐してくれた従兄弟の左大臣藤原頼忠に関白職を譲り、顕光の今後を託した。

そのうえで大納言である弟兼家を治部《じぶ》卿に左遷した。

治部省は政の中枢を担う官庁ではない。しかもその長である卿は中納言もしくは参議が任じられるのが通例であった。

弟兼家に対する兼通の憎しみは思った以上に激しかったのである。

この兄の仕打ちに兼家はへこたれるどころか、頼忠の関白職失脚に執念を燃やした。

耐えること十年、寛和二年（九八六）、頼忠が六十三歳の高齢をもって関白職を辞すると、満を持していた兼家は藤原一族の氏の長者となり、外孫である幼帝（一条天皇）の後ろ盾となった。これにより兼家は太政大臣の位を得て、政を一手に握ることになった。残るは関白の座である。

それに反して顕光の出世は頼忠の関白職辞退で、遅々として進まず、四十五歳となった今でも権中納言という地位に留め置かれていた。むろん留め置いたのは権力を手中に収めた兼家である。

それだけならまだしも、公卿らは兼通・頼忠の威光をひき継げなかった顕光を無能呼ばわりして憚らなかったのである。顕光は公卿らの酷評を苦々しく思いながら、父兼通がせめて後十年長生きしていれば、自分《おのれ》が兼家をはじめ無能呼ばわりする公卿らを呼びつけて命令を下す関白の座に就いていたにちがいない、と密かに思い続けていた。

その座に兼家が就こうとしていて、しかもその就任式典を憂いなく行うために〈浄淵をなんとかしろ〉、すなわち殺せ、と事もなげに命ずる兼家に顕光が憎しみを抱くのは当然のことと言えた。

——兼家の言いつけ通り罪なき浄淵を殺せば、わたしは浄淵の怨霊にこれからずっと悩まされるに違いない。そして浄淵を亡き者にせよと命じた叔父上（兼家）は、そのようなことを命じたことさえ忘れて関白就任式典に臨むであろう——

顕光は心中で歯ぎしりする。

「なぜ黙っておる」

兼家の怒声でわれに返った顕光は、心中を見透かされたのではないかと恐れながら僅《わず》かに頭をさげた。

（六）

野分来襲から一月《ひと》過ぎても洪水で家を失い縁者を亡くした者たちの困窮は続いていたが、少しずつ旧に復するようになってきた。

浄淵は旧宅跡に二坪（四畳）ほどの仮小屋を建て、赤子とそこで過ごすようになった。

すでに常平所は撤去されて被災者は自助によって生きていくことを強いられるようになっていた。

浄淵は喜捨を乞うため赤子を抱いて京内を歩きまわった。

驚いたことに京人は浄淵に気づくと進んで喜捨し、女たちは競って赤子に乳を与えた。それもこれも流言の為せることだが、浄淵はどこかで違和を感じていた。

――官衙が常平所を設けたのは拙僧の訴えを聞き入れたのではなく、押し寄せた被災者の数の多さに驚き恐れたからである。拙僧は彼らの代弁者として、その先頭に立ったにすぎぬ――

浄淵はそう思っている。

京内の復旧が進むに伴って常平所のことは忘れ去られていった。だから浄淵は自分《おのれ》にまつわる流言も消えるのでないかと思った。ところが、日が経つにつれて浄淵の評価はあがり、いつの間にか京人は浄淵を〈子抱き聖〉と呼ぶようになっていた。浄淵にとって、そのように呼ばれることは迷惑なことであった。

浄淵はどこの寺にも属さぬ市井の私度僧に過ぎない。

旧都（奈良）の貧農の家に生まれた浄淵は五歳になると口減らしのため、近隣の古寺に小僧として出された。古寺を守っているのは和尚ひとりである。和尚は浄淵に読み書きを教え、浄淵が十二歳の時、死去した。和尚から得度を受けてなかったこともあって寺は廃寺となった。浄淵は形見となった墨衣を着て旧都を出奔した。

それから二十年余、気がつけば鴨川のほとりに住まい、生きるために坊主の真似事《まねごと》をして和尚の形見である墨衣を身にまとい、京内を托鉢してまわっていた。極貧であったがそれはそれで安穏とした日々であった。ひっそりと目立たず京の片隅で暮らすこと、それが浄淵の望む日々であったのだ。

——京人が噂するような拙僧ではない。赤子を持てあます托鉢僧にすぎぬ——

浄淵はそう言い聞かせて托鉢を続けた。


永祚元年十二月二十日、兼家が自邸東三条殿で突然の病に倒れた。

いつの時代でもそうであるが、為政者の病は極秘にされるのが常である。人心の不安を煽るからである。その例に漏れず兼家の病も極秘にされた。

年が明けた永祚二年一月三日。

医師らの薬石が奏功したのか小康を得た兼家は新年の祝賀行事を例年どおり意欲的に取り仕切った。

兼家は祝賀行事が終わった席上で参集した公卿、役人ら百官に、

「関白就任の式典を三月三日に豊楽殿で行う」

と公言した。すると修理職の大夫が、

「豊楽殿の修復は五月までかかります」

と応じた。

「豊楽殿修復に取りかかってから、すでに五か月も経つ。そのような遅れは大夫の怠慢による。この場にて大夫の職から退いてもらう」

兼家のこの言に居並んだ百官は皆震え上がった。

顕光はその場を辞して豊楽殿の回廊まで歩いた時、

「顕光」

と背後から呼びかけられた。紛れもなく兼家の声である。

「浄淵とか申す僧をなんとかせよ、と申しつけたがその始末はいかに」

「はあ」

「はあ、だと。まだなのだな。顕光も修理職の大夫と変わらぬ能なしであったのを忘れていたわ。頼まぬ、この役は左兵衛府に命ずることにする」

関白就任式典を一日でも早く執り行おうとするすさまじい執念に顕光は嫌悪を抱くばかりだった。

そして、

——早く執り行いたい理由《わけ》があるのだろう。おそらくその理由とは兼家の余命。兼家の病は回復したと言われているが、本当は違うのではないか——

とひそかに思った。

「まことに、まことに」

なんとも受け取れる返答をした顕光は兼家の顔を盗み見た。

――あと、一年は持つまい――

そう胸中で呟き、ゆっくりと頭をさげた。

（七）

平安京は西、北、東の三方を深山で囲われた盆地である。北方から吹き下ろす寒風で鴨川の水面は薄氷で覆われていた。

破れた墨衣をまとった浄淵が赤子を腕に抱いて河原を歩いていた。

「浄淵どのだな」

突然、野太い声がした。いつの間にか浄淵の背後に数名の男が立っていた。

「浄淵だが」

と応じた刹那、男らは浄淵を取り囲み、赤子を取り上げて浄淵を縛りあげた。浄淵は助けを求めて叫んだが酷寒の河原に男らと浄淵以外の人影はなかった。

三月三日。

新たに任じられた修理職大夫の下《もと》で修復なった豊楽殿で兼家の関白就任式典は滞りなく行われた。

その二日後、兼家は一条帝の許に伺候《しこう》し、関白職を長男の道隆に譲ることを願い出た。この時一条帝は十二歳、叔父でもある兼家の願い出に頷くほかなかった。

百官ことごとくが、この成りゆきに驚愕し、その理由を知りたがった。

しかし誰にもその理由はわからなかった。

（八）

関白職を道隆に譲って四か月後、永祚二年七月十日。

京の西端、化野《あだしの》に建つ古寺の本堂に涼風が吹き渡ってゆく。

浄淵は本堂の柱に寄りかかって庭を見ていた。庭には久しく手入れされてない楓や雑木が繁るがままになっている。浄淵は庭から本堂内の仏壇に目を移す。そこに本尊は安置されていない。本堂の床は朽ちて所々穴があいている。その床には幼子が這い這いしている姿があった。

境内に舞い下りた群雀が、地面を突いてしきりに餌をついばんでいる。

群雀が一斉に飛び立った。青葉で覆われた楓に寄り添うようにして男が立っていた。

「どなたか」

浄淵は背にしていた柱からわずかに身体を離して男を見遣った。

「検非違使別当の藤原顕光じゃ」

そう告げて顕光は本堂に上がると浄淵の前に坐し、

「御坊が浄淵どのか」

嘗めるようにして浄淵を見た。洗い晒した墨衣から露出している脚と腕は骨の形がわかるほど細く、枯れ木のようだった。あばら骨もはっきりわかるほどに痩せていたが全身からは匂い立つような生気が溢れていた。

「浄淵ですが、まさかおひとりで参ったのではありますまい」

「むろん供を連れて牛車で参った。だがこの寺から五町（約五百メートル）ほどの所しか牛車は行きつけなかった。あとは徒《かち》でここまで来たが藪の中を歩くようで難儀をした」

「そのようにしてまでここに参られたのはなにゆえ」

「御坊を拉致し、この廃寺に連れてくるよう命じたのがわたしだからだ」

「おお、それで此度の不可解な押し込めの謎が解けました」

「押し込めではない、幽閉じゃ。ここに幽閉した者からはなにも聞かされていなかったのだな」

「鴨河原で拙僧を拉致した男らも、またここで拙僧を監視している男らも拙僧に一言も発しませぬ」

「その男らは看督長《かどのおさ》。箝口令《かんこうれい》を命じたのもこの顕光」

看督長は検非違使庁の下級役人である。

「ではこの寺から出ることを禁じて監視していたのも別当配下の者だったのですな」

「むろんそうだが、昼間は近隣を歩いてもかまわぬよう監視をゆるめよ、と命じたのもわたしだ」

「監視の目を盗んで京にもどろうと思いましたが、拙僧をこの荒れ寺に押し込めた者の正体を知りたくて、ここに留まることにしました。そうですか拙僧をここに幽閉したのは別当さまでしたのか」

「朝夕の食べ物もたっぷり寺の庫裡に用意させたが、それを食い尽くしたと看督長から聞いておる」

「では幼子が乳離れしたことも看督長から聞かされておりましょうか」

「そのようだの」

「拙僧を幽閉したのはなぜでしょうか」

「京に居続ければ殺されるからだ」

「取るに足らぬ坊主を殺そうとする者など居るとは思えませぬ」

「その取るに足らぬ御坊が叔父兼家の公徳を横取りして聖とまで噂されるようになった。叔父は御坊を殺せ、とこの顕光に命じた」

「公徳とは常平所のことでございますか。ならばなぜ別当さまは拙僧を殺さずに、このような無住寺に幽閉なさりましたのか」

「御坊が生きているかぎり、叔父上の世評は地に落ちたままに保てるからだ」

「まるで兼家さまに遺恨があるような物言い」

「遺恨はある。だがそれは御坊にはかかわりのないこと」

顕光の父兼通と兼家の確執はすでに記した。

「鴨河原で拉致され、ここに幽閉されて半年。京内の出来事は一切知りませぬ。兼家さまは関白の座にお就きになられたのでしょうか」

「就いたが今から八日前、すなわち七月二日、身罷った。六十一歳。長く生きすぎた」

摂政家三兄弟の長男伊尹《これただ》は四十八歳、次男兼通は五十二歳で死去したことを考えれば、兼家六十一歳での死去は長生きと言えた。

しかしそれだけではなく〈長く生きすぎた〉と吐露する裏には、自分《おのれ》を疎んじ出世の道を閉ざした叔父兼家がやっと死んでくれたか、という顕光の真意が隠されていた。

「兼家さまが逝去なされた今、拙僧はどうなるのでしょうか」

「京内にもどればよい。御坊への理不尽な幽閉、その罪滅ぼしもあって、わたしが直々にそのことを伝えるために参ったのだ」

「この寺に居続けてもかまわぬのでしょうか」

「わが父（兼通）と懇意の僧都がこの地に寺を建立してほしいと願ったのだ。父がその願いを受け入れて建てた寺であったが、その僧都は寺に入って一年も経たずに身罷った。寺を継ぐ者はなく、以来放置されたままになっている。夜盗が何度も入ったのであろう、めぼしいものはことごとく盗まれ、本尊まで持ち去られた。実はこの廃寺をわたしは持てあましていたのだ。御坊がここに留まりたいなら御坊に進ぜよう。進ぜる前に断っておくが、この化野一帯は御坊もご存じのように葬送の地だ。京人は誰ひとり近づかぬ。訪れるのは縁者の骸を捨てに来る者だけ。廃寺の周辺には一軒の家もない。それでもよいのだな」

「かまいませぬ」

「しかし僧都がなにゆえこのような地に寺を建ててほしいと父に願い出たのか、わたしには未だもってわからぬ」

「おそらくその僧都は化野一帯に捨てられた骸の菩提を弔いたいがために、ここに寺を建ててほしかったのでしょう」

「なるほどの。わたしには理解しがたいことであるが、御坊が申すと腑に落ちる」

「拙僧も身罷った僧都の思いと同じで野ざらしの骸の冥福を祈りながら、この荒れ寺を修復したいのです」

「僧都の享年は四十歳に満たなかったと聞く。この化野の春夏秋冬の寒暖は厳しい。充分に気をつけて長生きなされよ」

顕光はあらためて痩身の浄淵を見遣る。

「別当さまもどうぞお気をつけて」

「わたしは藤原一門の誰よりも長く生きてみせる。長生きすればわたしの周りの政敵は次々に死んでいってくれる。いつの日かわたしは関白の座に就くことになろう」

「それほどにまでして座りたい関白の座とはなんなのでしょうか。市井の拙僧にただただ不可解。ただ一つ言えることは、別当（顕光）さまと兼家さまとの間になんらかの確執があったゆえに拙僧は殺されずにすんだ、ということ」

浄淵は顕光から目をそらして境内に目を遣る。

暑さの盛りなのだが、本堂を吹き抜ける風には秋の気配を感じさせる涼味が含まれている。行く夏を惜しんで蝉が本堂を包み込むように鳴いていた。

（九）

藤原兼家には同母の息子が四人あった。

長子道隆、次子道綱、三子道兼、四子道長である。

兼家から関白職を譲られた長子道隆は四年後の長徳元年（九九五）に死去、享年三十九歳であった。道隆は死の直前、関白職をわが子伊周《これちか》に譲ろうとしたが望みは叶わなかった。もはや後ろ楯を失った伊周では、叔父である道兼と関白の座を争える力などなかったのである。関白の座に就いたのは道兼であった。しかし在位十一日で道兼はあっけなく病没する。享年三十五歳であった。世に言う、〈七日間関白〉である。

その後、四兄弟の四男道長が藤原一門の棟梁となったが関白にはなれなかった。

顕光はこうした兼家の息子らの政争の混乱に乗じて関白の座を狙ったが、もはや誰も顕光を担ぐ者は居なかった。

とは言え古寺で浄淵に話したように顕光は次々に早世する兼家の息子らを尻目に、しぶとく生き続け、検非違使別当から右大将さらに右大臣と昇進し、寛仁元年（一〇一七）に左大臣にまでなり、三帝二十六年もの長い間大臣の地位にあった。その間、関白に就こうと試みたがことごとく道長に阻止され、治安二年（一〇二二）、道長を恨みながら一生を閉じた。享年七十八歳であった。

顕光没後、道長は様々な不幸に見舞われ、五年後の万寿四年（一〇二七）、顕光を追うように病没する。享年六十二歳であった。

道長晩年の不幸は、悪霊となった顕光の仕業、と京人は噂し、顕光は〈悪霊左大臣〉と呼ばれるようになった。

浄淵のその後は不明である。

ただ浄淵の生きていた平安中期から百年余の後、法然聖人が化野に野ざらしとなったおびただしい骸《むくろ》を供養するために、浄淵が住んだ寺の近くに新寺を建てた。

念仏寺である。

今、化野念仏寺の境内には八千余の石仏が時空を超え立ち並んでいる。

足るを知らぬ愚者

（一）

――この世をば　わが世とぞ思ふ望月の
かけたることも　なしと思えば――

この歌を詠じたのは一家三后を成し遂げた摂政、藤原道長である。

一家三后とは三代にわたって天皇の后を道長の娘が独占したことを言う。

すなわち、一条天皇（六十六代）の后に長女彰子《しょうし》、三条天皇（六十七代）には次女妍子《けんし》、後一条天皇（六十八代）に三女の威子《いし》を入内させた。

まさに飛ぶ鳥を落とす勢いの道長であったからこそ、冒頭のおごり高ぶった歌に公家百官はただただ感服し、宜《むべ》なるかな、と首肯するだけだった。

だが望月（満月）は欠けていく運命にある。

道長は〈望月の歌〉を詠んだ二か月後、寛仁二年（一〇一八）十二月、かねてから患っていた眼病が篤《あつ》くなり、人の見分けが難しくなった。

年を越えると眼病のほかに胸痛の発作に襲われるようになる。二重苦から逃れるため、道長は剃髪《ていはつ》出家《しゅつけ》を決意する。

翌年三月二十一日、延暦寺の僧院源《いんげん》を自邸に招いて戒師となし、行観《ぎょうかん》（のちに行覚《ぎょうかく》）の法名を得る。

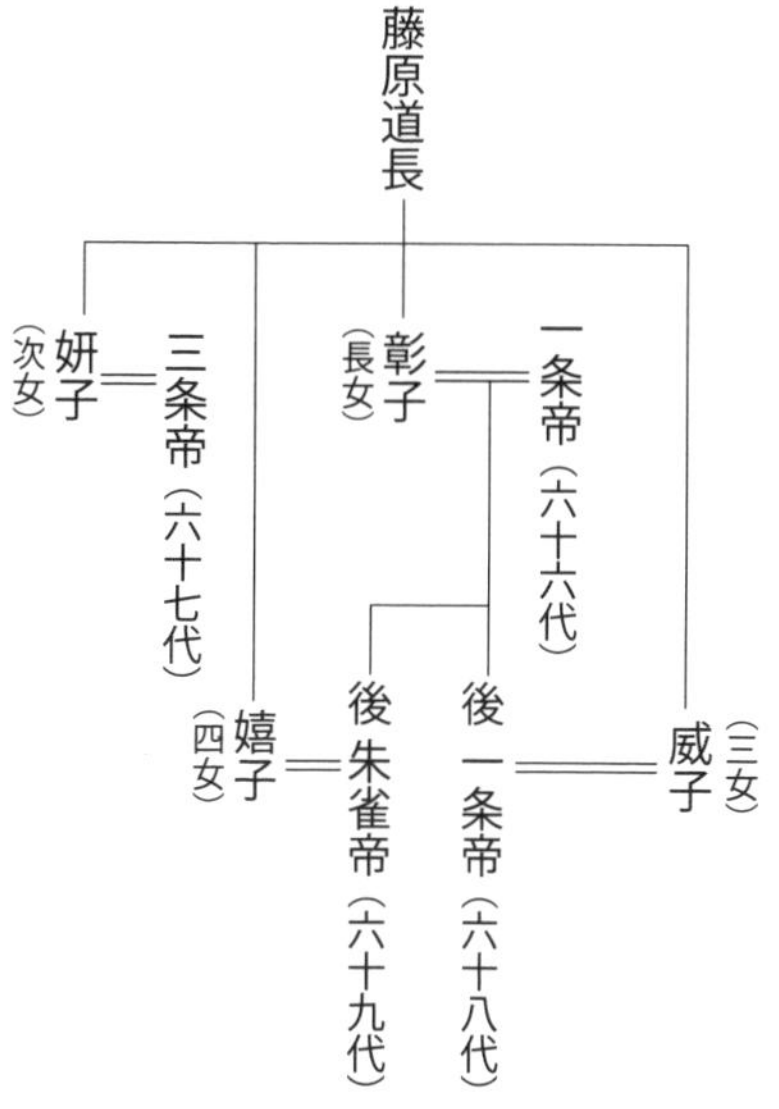

この時、道長は五十四歳であった。

地位も名誉も権勢も望むものはすべて手に入れたが、老いと病魔には為す術もなかったのだ。

道長は二十代から様々な病に罹り、四十歳過ぎからは胸痛に苦しめられた。その胸痛が五十歳を越えると顕著になった。

人は重い病に陥ると死後の世界（来世《らいせ》）のことを考える。

貧しい者は現世の苦しみから逃れ、極楽浄土に行くことを願う。

一方、富と権勢と名誉を得た者は、こうした栄華が来世の極楽浄土でも続くことを願う。

浄土に行くには阿弥陀仏にすがるしかない。

阿弥陀は別名、無量寿とも言い、西方《さいほう》にある極楽世界を主宰すると言われている仏である。阿弥陀は〈念仏を修する衆生《しゅじょう》は極楽浄土に往生できる〉と説く。

衆生とは、生きとし生けるもの、の意である。

公家らはこの教えを奉じて、競って阿弥陀堂を建立し、念仏を唱えて極楽浄土に往生することを願った。

道長もそのひとりであった。いや道長こそ、現世で得た栄誉栄華全てを極楽浄土に再現させることを誰よりも強く望んだのだ。

（二）

道長が剃髪出家した一か月後の寛仁三年（一〇一九）四月。

検非違使庁の一室に別当《べっとう》の権中納言藤原頼宗《よりむね》と介《かみ》の橘良房《よしふさ》が鳩首を揃えていた。

別当、介は官庁組織の階級名である。上位から別当、介、尉《じょう》、志《さかん》の職階を指す。

今の官庁の組織に当てはめれば、別当＝長官、介＝次官、尉＝部長、志＝課長、と考えてよい。

「道長さまがご自邸土御門《つちみかど》殿の隣地に奈良東大寺をしのぐ寺院を建立《こんりゅう》なさるぞ」

頼宗が秘密めかして言った。土御門殿の隣地とは、東京極大路《ひがしきょうごく》と二条河原に挟まれた広大な空き地のことである。

「そのようなことわたしの耳には届いておりませぬ。真《まこと》のことでございましょうか」

良房は半信半疑である。

「わたしは摂政（道長）と同じ藤家一門だぞ。おぬしが知らぬことでも、わたしの耳には藤家の内情がいち早く入ってまいる」

頼宗の鼻が自慢げにひくひく動く。頼宗はおのれが藤原一族の末流に繋がっていることが自慢でならないのだ。権中納言になれたのも、また別当の地位に座れたのも藤原一族の出身だからである。

「寺域は実に東西二町、南北三町だそうな」

寺域の広大さを伝えようと別当は両手を大きく開いた。

一町はおよそ百十メートルだから寺域の面積は二百二十メートル×三百三十メートル、すなわち七万二千六百平方メートル（二万二千坪）である。

「なんと広大なこと。して、寺名はなんと」

「わたしの聞くところによれば無量寿院だそうな。最初に建てるお堂は阿弥陀堂とのこと。阿弥陀は別名〈無量寿〉と言う。それゆえ無量寿院と名付けたのであろう」

「その阿弥陀堂は、いつから建てるのでしょうか」

「本年の七月と聞いている。数日後に今わたしが申しことが、公になるはずだ」

「ずいぶんと急ですな。そのお堂の大きさは」

「十一間堂。古今に類を見ない巨堂だ」

「阿弥陀堂は公家の方々がこのところ、好んで建てておりますが、その大きさは一間半四方（四畳半）。それが十一間四方（二百四十二畳）とは驚くばかり、大寺の本堂に劣らぬ広さですな」

「今を時めく道長さまであるからこそ、だ」

「阿弥陀堂がその大きさなれば、無量寿院の金堂、食堂《じきどう》、五重塔、講堂などの壮大さは推して知るべしですな。それらを造るとなれば膨大な木材を要しますが、一体、用材はどこから運んでくるのでしょうか。運ぶ経路によっては検非違使庁で運搬路の整備、京人の往来制限などしなくてはなりませぬ」

「今日、おぬしを呼んだのもそのことを伝えるためだ。近隣の国司に命じて建立の用材を陸路、あるいは鴨川の水運を使って建立地に運び込むことになる」

「鴨川の水運を使うと申されるところをみれば、鴨川の上流部および高野川の上流部の山々に生える杉檜栗などを切り出し、川流を使って下流に流すということでしょうか」

「それと淀川河口から淀川を遡り、伏見で鴨川に入って二条河原と三条河原に跨った所で回収して建立地に運ぶことになる」

「建立地は二条、三条河原と目と鼻の先ですから、そこに木材の揚陸場を設けるのは頷けますな。とは申せ、三条河原がどのようになっているか、無量寿院を建立なさる方々はご存じなのでしょうか」

「むろん知っておられる。他国から逃げてきた者らが葦小屋を建てて三条河原を不法に占拠していることであろう」

別当頼宗の口調がにわかにきつくなる。

「葦小屋の数は五百軒余。三条河原を住処《すみか》としている者は二千人を超えます。三条河原で用材を回収するとなれば、河原者らが邪魔になりますな」

「さよう邪魔になる。関白は河原者を三条河原から追い出す役を検非違使庁で担うよう命ずるに違いない」

関白は道長の長子、頼道である。道長が政務から退いたのに伴って、今年（寛仁三年）初頭、関白の座についたばかりだった。

「検非違使庁では二年前に三条河原から河原者らを追い出そうと企てて手ひどい目にあいましたな」

「それを申すな」

頼宗が急に不機嫌になる。

（三）

二年前の寛仁元年のことである。

七月に大雨が降り、鴨川の堤（堤防）が決壊した。その決壊で東京極大路沿いに建っていた悲田院が流失し、収容していた三百人ほどが命を落とした。

悲田院は病者、孤児、貧窮者を救済する目的で、九条大路と東京極大路が交わる辺りの鴨川に面した地に建てられた官営の施設である。

一方、三条河原から九条河原に住していた河原者、およそ一万人は誰ひとり命を失うこともなく、この難を逃れた。

河原者一万を束ねる闇麿《やみまろ》という男が堤の決壊する前に全ての河原者を鴨河原から引きあげさせたからである。

悲田院での三百人の死、一万の河原者の手際よい避難。闇麿の名は京中に知れわたった。

この時、頼宗は検非違使別当に任じられたばかりだった。

かねてより鴨河原に人が住むことを快く思わなかった頼宗は、検非違使別当就任の初仕事として河原者を河原から追い払うことを選んだ。

今なら、闇麿の誘導により、すべての河原者が河原から立ち退いている。

この機を逃す手はないと考えた頼宗は検非違使庁の官人全員を河原に出動させた。

そうとは知らず闇麿は一万余の河原者と共に河原にもどろうとした。

ところが河原に行ってみると検非違使庁の官人が三条から九条までの河原に弓矢を携えて待ち構えていた。

闇麿は矢が届かない位置に河原者をとどめて、そこから動かぬように命じた。それを見た官人は河原者に近づいて弓に矢を番《つが》える。闇麿は矢が届かぬ所まで河原者を退かせる。

一日目、夕暮れが河原を覆う。

官人はそわそわし始める。官衙《かんが》（官庁）の夏期勤務時間は卯刻（午前六時）から酉刻《とりのこく》（午後六時）

と決められている。その酉刻が迫っていたからである。

別当藤原頼宗は検非違使庁の官人総勢二百五十人余のうち、半数を橘良房と共に帰宅させ、半数はそのまま残して頼宗自身も残った。

河原者らは闇麿の統制の下、夜がおとずれると見張りの者数名を残して眠りについた。河原者にとって露天で眠ることは慣れっこである。それに比して官人は眠ることもできず、気を張りつめて夜通し闇に目を凝らす。

何事も起こらず、夜が明けた。

頼宗は辺りを見まわしたが、河原者のひとりも見当たらない。

そうこうしているうちに昨日帰した百二十名余の官人が橘良房に率いられてもどってきた。

それを見計らったように闇麿が一万余の河原者と共に現れた。

それに気づいた官人が弓に矢を番える。

すると闇丸は矢の飛距離圏外に河原者を退避させた。

河原者の中から男がひとり前に出てきた。

「闇麿じゃ。検非違使別当藤原頼宗どのに告ぐ」

闇丸の声はよく通った。頼宗は検非違使官人をかき分けて、隊の前面に立つと、

「申してみよ」

と胸を張る。

「ワレらは検非違使庁官人が河原を去るまで十日でも二十日でもこのようにして待つ」

「ならば未来永劫待つがよい。われらは三条から九条までの鴨河原に、おぬしらの誰ひとりも入れぬ。おぬしらが河原にもどるのを諦めるまで、ここに出張る」

すると河原者のあちこちらから嘲笑が起こった。

「なぜ笑うか別当どのにはわかるか」

闇麿が訊く。

頼宗は唇を堅く結んで首を左右に振る。

「わからねば教えよう。検非違使庁官人総勢が河原に出張っていたら、京内の治安はどうなる。京内は此度《こたび》の鴨川氾濫で水浸し。夜盗が横行し、火付け、略奪が起こるは必定。誰がそれらの者を捕らえるのだ。検非違使以外にそれを行えるものはおるまい。こうしている間にも盗人らが大内裏《だいだいり》の奥まで忍び込み、公家らの装束を盗みまわっているやもしれぬ。ワレらをかまっている暇などないはず。それでもここに出張り続けるなら、別当どのが申された如く未来永劫、われらはここで待つことにする。別当どの、いかに」

官人は一斉に頼宗を注視する。彼らは闇麿の言をもっともだと受け取ったのだ。それに河原者を蹴散らし射殺したところで手柄にならぬばかりか、報賞など望むべくもなかった。怪我でもしたら、バカをみるのは自分《おのれ》である。そのことを官人はとうに承知していたのである。

「河原より退去する」

屈辱のうちに頼宗は即決した。

こうして頼宗の初仕事は闇麿によって頓挫したのだった。

（四）

再び別当の部屋。

「別当は、無量寿院が竣工するまで何年かかるとお考えですか」

「十年、いやもっとかかるやもしれぬ」

「となれば河原者どもをその間、三条河原から締め出しておかねばなりませぬな」

「前回の轍《てつ》は踏まぬ。三条河原に住まう河原者は二千人余。三条河原だけなら、わが庁総勢が弓矢、刀槍を携え、武具に身を固めて三条河原に出張れば追い出せよう」

「追い出せたとしても、われらが三条河原から去れば、前回のようにすぐに河原者どもはもどってきましょう」

「一万の河原者を相手にするのではない。此度は三条河原の住人に限った二千人だ」

「闇麿のことです。三条河原だけでなく、四条から九条河原に住する河原者どもを手助けに加えると思われます」

「此度は検非違使だけでなく衛門府、京職《けいしき》、防鴨河使《ぼうがし》庁ら他官衙《かんが》（官庁）にも加勢を頼むつもりだ」

「そうなると大事《おおごと》になりますぞ」

「ほかにどんな手立てがあると申すのだ。前回の汚名をそそがねばならぬ」

検非違使庁は衛門府や京職の職務（京の治安）を補完・代行することを主目的として弘仁七年（八一六）に創設された。当初は小さな組織であった。

二百年を経た今、検非違使庁の組織は巨大になり、職務は衛門府、京職の補完的な職務を超えて治安維持のほかに、大路小路の補修維持、京内の清掃などの環境維持にもあたるようになっていた。

「別当がそのように申されるなら、やってみるしかありませぬな」

「その前に三条河原に高札《こうさつ》を立て、河原者どもに五月中に河原から退去するよう報《しら》しめよ。これに従わぬ節は検非違使ばかりでなく衛門府、京職、防鴨河使も事に充ると明記しておくように。そこまでの覚悟を見せれば闇麿も三条河原を明け渡すに相違ない」

「さて、それはどうですかな。しかしご命令とあらば明日にでも三条河原に高札を立てます」

良房は高札ごときで闇丸が応じるとは到底思えなかった。

（五）

寛仁期（一〇一七〜一〇二一）の平安京にどれほどの人が住んでいたのかを推定するのは難しい。しかし推定する手がかりはある。平安京の役人の総数がわかっているからである。

各官庁の定員は大宝律令によって決められていて、その員数は平安京創設から二百年過ぎた寛仁期でも、さして違わない。

それによれば天皇王族数百名、五位以上の貴族とその係累千六百人、王族、貴族に仕える役人（資人《しじん》）六千九百人、六位以下の官人とその家族三千七百人、官人が雑務に使っている下級官人一万五千人、京に住まう庶民九万人ほどである。

寛仁期の平安京の人口は、大雑把に推計して、十二万人弱となる。

このほかに他国から入ってきた者一万余人が在京している。

京に来たのは生国では生きていけなかったからである。生きていけない理由は、国司の過酷な税の取り立て、飢饉、疫病、天変地異など様々な要因による。

税とは稲税のことで、国司（受領）は容赦なく領民（百姓）から搾取した。耐えきれなくなった百姓は田畑を捨てて逃散した。また飢饉や疫病、地震も逃散の誘因となった。

その一例を記せば、貞元元年（九七六）の地震では京内の東寺、西寺、清水寺、円覚寺をはじめ公家の館、民家の多くが倒壊し、夥しい圧死者がでた。

また永祚《えいそ》元年（九八九）の野分は大内裏（今で言う宮城）の承明門、建礼門、日華門、美福門、朱雀門等々の全壊や大部の損壊、民家が倒壊した。京ばかりでなく畿内の海浜、河辺の田畑、家畜、家屋が高波に没した。

さらに正暦四年（九九三）の裳瘡《もがさ》すなわち疱瘡は死病として畏れられ、死者は路傍に溢れて、その数を知らず、と言われた。

これらの災害で行き場をなくした民が救いを求めて平安京に押し寄せた。それを時の為政者は助けようともせず、あろうことか京内から追い出した。行き場を失った民は鴨河原に住みつくしかなかったのだ。

それればかりでなく京内に住んでいた者であっても地震や野分による洪水で家を失った者が河原に住むようになった。ただ住める河原は三条河原から下流九条河原の間であった。二条河原より上流部の鴨川西岸に近い一帯に道長ら藤原一族の邸宅が軒を接して建っているので、この地区への立ち入りは厳しく禁じられていたのである。

民が困窮すればするほど河原の住人は増えてゆく。そうして今、ふくれあがった困窮者は一万二千を超えようとしていた。

このほかに千人ほどが京内の廃屋、たとえば羅城門や大路小路の路辺を塒《ねぐら》として命を繋いでいる。河原を拠り所としている一万余人を官人や京人は〈河原者〉と呼び、路辺で物乞いをして暮らしている者を〈カタイ〉あるいは〈乞食〉と呼んだ。

乞食と河原者の違いは、乞食は物乞いによって命を繋いでいるが、河原者は河川敷や京内の空き地を畑となし、野菜を作り、また京人が嫌がる賤業を請け負って賃金を得て命を繋いでいる、その違いである。

賤業とは死体埋葬業務、鹿など獣の屠殺とその処分、人糞処理などを指す。

乞食は賤業を請け負えない身体的な障害を持った人々が多く、物乞いでしか露命を繋ぐことのできない者が多かった。

平安京は政都として作られたので、民に配慮した町作りなどしていない。不必要に幅員の広い朱雀大路、居住地として適さぬ湿地の右京、氾濫制御が難しい鴨川、平安京の三方（西、北、東）にそびえる山々によって物流の便もすこぶる悪い。

こうした悪条件を平安京は遷都当初から背負い込んでいた。つまり平安京は、生産性の乏しい消費地であるのだ。とは言え平安京に居を構える為政者（皇族、公家など）が統治する国々から税として納めさせた献納物によって、どの領国よりも豊かであった。

こうして遷都後二百年経った今（寛仁期）、平安京では〈官人と資人〉〈京人〉〈乞食を含めた河原者〉の三階層の者がそれぞれ住み分けて暮らしていた。資人とは政務に従事する官人を補助する人のことである。

その三階層の差がはっきりと現れるのが夜である。

河原者が暮らす鴨川沿いには灯火の一つさえ見えない。灯火に用いる油を買う銭などないからである。

陽が落ちて後、一刻ほど灯火が灯っているのは京人の家々、そして夜更けまで灯火を灯し続けているのは公家らの館である。

（六）

深夜の三条河原。

居待月《いまちづき》（陰暦十八日の月）が真上にあって、灯りなしで河原を歩ける明るさである。

月光に照らし出された三条河原には軒丈《のきたけ》が五尺（一・五メートル）、広さ一間半四方（四畳半）ほどの小屋がびっしりと建ち並んでいる。どの小屋も作りは同じで、屋根、壁、扉の素材は全て枯れた葦である。

ここに河原者三人から五人が寝泊まりしている。三条河原に建っている葦小屋は五百軒を超えているから、二千人余が住んでいることになる。

この葦小屋群の中を迷わずに歩けるのは、ここに住んでいる者でも難しい。

男が葦小屋の狭い通路を歩いていく。男の名は小黒丸《おぐろまる》。

葦小屋のどこからも灯りは漏れてはこないが、居待月の明るさは小黒丸にとって真昼の明るさと変わらなかった。通り過ぎる葦小屋はどれもこれも同じ形をして、粗末そのものであるが、小黒丸にはそのどれもこれもが見分けられた。ここで生まれ、ここで十八年間を過ごしてきた小黒丸には、掌《たなごころ》を指すように葦小屋の一つ一つの違いがわかった。

小黒丸は一軒の葦小屋の前で足を止めると、

「闇麿さま」

小屋の戸口に向かって呼びかけた。

「入れ」

小屋内から声がかかる。小黒丸は戸口を塞ぐ筵《むしろ》を上げて内に入った。

真っ暗である。

「坐せ」

闇麿が言った。小黒丸はそれで闇麿の居所を感じ取ったのか、闇麿と正対して坐した。

闇麿がどこから来て、何故《なにゆえ》三条河原で暮らすようになったかを知る者は居なかった。

ここではお互いの出自を詮索するようなことはしない。ただ闇丸には地方訛りがないので京で生まれ育ったのではないかと思われていた。

闇麿が河原に来る以前、河原者を統制する者は居なかった。それゆえ、河原者同士での諍いが絶えず、力のある者が弱者から収奪を平気で行っていた。つまり、国司の過酷な搾取に耐えきれず逃れてきた鴨河原でも、強者による弱者への収奪が行われていたのである。

この悪弊を断ち切ったのが闇麿だった。闇麿は弱者、特に婦女子、老人らを味方につけ、強奪を繰り返す者を河原から追い出した。むろん素直に出ていくようなことはなかった。そこで闇麿は夜の闇に紛れて彼らを一人ひとり惨殺していった。

闇丸には闇の中でも人の動きが見極められる目と、人を斬り殺せる武芸が備わっていたのである。

おそらく、闇丸と呼ばれるようになったのも夜目が効くからつけられたのであろう。

そして二十年ほど過ぎて、河原者一万余人は闇麿のもとで収奪されることなく暮らせるようになった。とは言え河原者という階層から抜け出せるわけもなく、飢えと病と京人からの蔑《さげす》みにさいなまれる暮らしに変わりはなかった。

「高札を見たか」

闇麿が問うた。

「道長さまが自邸に隣接した地に無量寿院という寺を建てる。用材の揚陸場として三条河原を使う。だから三条河原から即刻退去せよ、と記されております。しかしながら退去する先も、退去期間も記されておりませぬ」

「記してないのは、無量寿院建立の用材揚陸場として三条河原を使うのを機に、われらを三条河原から永久に追い出すつもりであるからだ」

「揚陸場は二条河原だけで足りるはず。なにも三条河原まで使うことはないと、思っておりましたが、そういう思惑があったのですか。われはこの三条河原の葦小屋で生まれ、そして育ったのです。出て行けと言われても、ここよりほかに住む所などありませぬ」

「お前だけではない。ここに住まう者全ては、ここ以外に住まう地はないのだ」

「では、三条河原は言うに及ばず、四条河原から九条河原に住まう者たちに此度の検非違使庁の通告に対して総力を挙げて抗するよう、命じてくださりませ」

「それはせぬ」

「まさか検非違使を恐れて、三条河原から立ち去るとでも」

「此度は京職、衛門府、防鴨河使らもわれらの追い出しに加わるとのことだ、だが幾ら追い出しの手が増えても三条河原を明け渡すことなど断じてない。しかしながら彼らとは事を構えたくない。抗すれば必ずわれらの中から弓矢で射殺される者が出る。それもひとりやふたりではあるまい」

「検非違使や京職らの官人は多くとも五百人ほど。われらの総勢は一万を超えましょう。その一万人が河原の石を武器として官人に投げつければ、追い返せましょう。むろん何百人かが官人に射殺されるのは覚悟のうえ」

「わしは一人《いちにん》たりとも射殺されるような惨事を起こしたくないのだ」

「官人はそれほど甘くはありません。抗せず指をくわえておれば、たちまち三条河原から追い出されますぞ」

「これからわしの言うことをよく聴いて、わしの命に従え。もう少し近くに寄れ」

小黒丸は闇の中でひと膝だけ闇麿に近づき、耳を傾けた。

（七）

闇麿と小黒丸が葦小屋で会した日から三日後、寛仁三年（一〇一九）四月初旬。

京内に流言が飛び交うようになった。

その流言とは、

――三条河原の河原者が瘡《もがさ》でばたばたと死んでいく。三条河原は骸《むくろ》で埋め尽くされている――

というものであった。

瘡とは今で言う疱瘡のことで、平安期、人々は瘡に対する免疫性がなく、罹病すれば大半が死に至った。

この流言を聞いた公家らはもとより京人も三条河原に近づこうとはしなかった。

当然この流言は検非違使庁にも伝わった。


「瘡は真実《まこと》なのか」

検非違使庁の一室に橘良房を呼びつけた藤原頼宗が訊いた。

「看督長《かどのおさ》に三条河原に出張り、ことの真相を確かめてこい、と命じましたが、断られました」

看督長は検非違使庁の下級役人で十六名が任じられている。

「おぬしは介（次官）だぞ。上官の命に従わぬとはゆゆしきこと。なにゆえだ」

「看督長らは口を揃えて『われらが三条河原に赴いて瘡に罹れば、別当や介に感染《うつ》してしまうかもしれませせぬ。それでもよろしいか』と申して尻込みするだけ。そうまで言われると無理強いも能いませぬ。別当もわたしも瘡で死にたくはないですからな」

「だが捨て置くわけにもいかんぞ。検非違使庁としてはこの流言の火元を突き止めねばならぬ」

「流言と申されますが、瘡が三条河原で猛威を振るっているのは疑いもないこと」

「なぜ、そう言える。検非違使庁で三条河原に高札を立てた三日後に、この流言が京中に、あっという間に広まった。おかしいとは思わぬか」

「裳瘡はいつどこで起こってもおかしくありませぬ。またおかしかったとしても、三条河原に近づきたくはありませぬ。そう思っているのはわたくしだけでなく、検非違使庁の官人、公家の方々、それに三条河原を揚陸場と定めた木工寮《もくりょう》の方々も同じ思いではないかと」

「この流言を信ずれば三条河原を用材の揚陸場として使えなくなるぞ」

「おそらく木工寮から近々、三条河原は揚陸場から外す、という報がもたらされる、わたしはそう思っております。これで別当どのの肩の荷がひとつなくなりましたな」

「その荷とは三条河原を占拠する河原者どもを追い出さなくてもよくなった、ということか」

「まことに、そのこと。追い出すとなれば双方に死者が出ましょう。首尾よく追い出せればよいのですが、二年前の苦い思いもあります。闇麿の奸知は侮れませぬ」

「その闇麿がこの流言を流したのではないかとわたしは疑っている。そこでもう一度あらためて訊くが三条河原が裳瘡に罹って死した骸で足の踏み場もない、と申すこと、真実《まこと》だ、と思うか」

「もう一度、お答えします。事、ここに至っては流言が真実を語っているか否かはどうでもよいことです。真実は今、公家の方々、木工寮、京人、そしてわられ検非違使庁の者たちの誰もが三条河原に赴こうとはしない、ということです」

介、橘良房は苦々し気に言い返した。

（八）

無量寿院建立で京内が沸き立っている最中の寛仁三年四月十七日、人馬とも埃まみれになった飛駅《ひえき》使《し》が息も絶え絶えに内裏の裏門にあたる建春門の扉を叩いた。

飛駅使とは飛脚のことでこの時代、飛駅、馳駅《えちき》の二通りがあった。

飛駅は早馬のことで街道に設けた駅で次々に馬を替え、昼夜を問わず馬で走り続けて用を足す。この時乗り手である使者は最初から最後まで同一人である。

馳駅は各駅で乗り手が次々に替わり、夜間は休む。

飛駅は緊急重大な伝達の時に限られた。

四月十八日、飛駅使が持参した解文《げぶみ》（報告書）は道長・頼通父子それに左大臣、右大臣の四人の前で開封された。

解文に記されていた事柄は、

――三月二十八日、賊船五十余隻が九州北方海上にある壱岐島《いきのしま》を襲い、壱岐守《いきのかみ》である藤原理忠《まさただ》以下を殺害し、島民を捕らえて連れ去った。間を置かず賊船は隣島対馬《つしま》を襲い、この時も島民を連れ去った。対馬守はかろうじて難を逃れた。この惨事の報が大宰府にもたらされたのは賊船が壱岐島を襲ってから十一日後の四月七日――

というものであった。

頼通らは事の重大さに仰天したが詳細がこの解文ではまったくわからない。

「今、壱岐、対馬はどうなっておるのだ」

「連れ去られた島民は何名ほどか」

「賊船と申すが、どこの国の船でどこから来たのか」

「船の大きさはどれほどか」

頼通や左右大臣が矢継ぎ早に飛駅使に質した。

「解文に書かれている以外のことをわたくしは知りませぬ。詳細はいずれ後続の飛駅使が大宰府から参ると思われます。それまでお待ち願うしかありませぬ」

飛駅使はそう告げて首を横に振るばかりだった。

「待つしかあるまい。後のことは頼通以下左大臣、右大臣に任せる」

それまで黙って聞いていた道長は一言告げてその場を去った。

残された三人は困惑する。主要な政は今でも出家した道長の意見を聞いて決めている。それが此度は、はっきりと拒否されたのである。

道長にしてみれば、

――出家して政務を息子の頼通に譲った今、得体の知れぬ賊船による壱岐、対馬襲来の対応は頼道らが裁量すること。これから無量寿院の阿弥陀堂建立にかかる矢先、賊船襲来に構っている暇などないない――

という思いが強かった。

翌日、頼通は主だった公卿を招集し、大宰府の権帥藤原隆家へ、どのような命を下《くだ》すかについて話し合った。

しかし壱岐、対馬で起こった詳細の報告が記されていない段階では、具体的な対応を論じられるはずもなかった。

結局、大宰府からの後報を待たねばなにも決めらない、ということになって散会した。

ところが二日経ち、三日経っても飛駅使は訪れない。頼通らはイライラしながら待つしかなかった。

五日後、四月二十五日、大宰府から解文を携えた使者が上京した。

飛駅を利用したのでなく隼船《はやぶね》（早船）を使って海路で難波の港へ、そこから陸路で京に来た。

大宰府出立が四月十六日であるから十日を費やしたことになる。これは最初の飛駅使が費やした日数と変わらない。大宰府と平安京はおよそ七百キロ離れている。その距離を十日で行くのは驚異的なことだった。ちなみに馳駅では二十日前後かかった。

使者が持参した解文には壱岐、対馬への賊徒来襲以後のことが簡略に記されていた。それによれば、
・壱岐、対馬を襲った賊船は転じて筑前国の志摩郡、早良《さわら》郡を経て怡土《いと》郡に侵攻。賊徒は郡内で略奪

をほしいままにした。

・上陸に際しては、楯、鉾、弓矢を携えた百人ほどが一隊となり、二十隊ほどが侵攻。

・賊徒は牛馬、犬を殺して喰らい、手当たり次第に郡内の民を捉え、幼児、老人は全て斬殺し、成人男女のみを賊船に連れ込んだ。さらに民家の食料や衣類を全て奪い取ったうえで焼き払った。

・四月十三日、賊徒は肥前国松浦《まつら》郡まで侵攻したが、待ち受けていた大宰府権帥《ごんのそち》藤原隆家の指揮する大宰府軍に阻まれ、それ以上の侵攻は果たせず退却。

という内容だった。

「隆家どのが賊徒を撃退したとあるが、それは確かか」

頼通が使者に質した。

「隆家さまが兵を募って防備を固めておりますゆえ、たとえ賊徒が再来襲しても、これ以上の惨事にはいたらないと思われます」

これを聞いて頼通や左右大臣らは安堵したのか、張りつめていた場は穏やかな雰囲気となった。

「隆家どのへの報賞を考えねばなりませんな」

「それについては先例を調べたうえで帝に奏上して決めねばならぬ」

「報賞を出す前に隆家どのに注意したいことがある。先の解文もそうであったが此度の解文についてもそうであった。二通の解文はしかるべき法に則って飛駅使を立てて届けたのであるから、帝に対する奉状の形式を取らねばならぬ。それが解文のどこにも、奉、の一字も記されておらぬ。帝をないがしろにする重大な誤りだ」

「確かに言われればごもっとも。これは礼を欠いた隆家どのの失態ですな」

「となれば隆家どのへの報賞も慎重にせねばなりませぬな」

「報賞はずっと先のこと。今われらが為すべきは先例に倣《なら》って伊勢大神宮に奉幣し、賊徒が再び来襲せぬよう祈祷することだ」

「祈祷をもってこの騒ぎは終わり。そういうことですな」

「伊勢奉幣が済めば無量寿院建立に心置きなく邁進できますな」

「さよう、無量寿院建立は日ノ本にとって一番の大事」

はるか遠い筑前国だけで賊徒の侵攻が収まったことに、頼通をはじめ公卿の放言はとまらない。

しかしその中にひとりだけ、怒りをかみ殺して公卿らの放言を聞いている者が居た。

ほかならぬ大宰府からの使者である。

——今までの張りつめた場が賊徒撃退とわかった直後に和やかな場に激変するとは、どういうことだ。なぜ公卿らは賊徒に捉えられ連れ去られた壱岐、対馬の島民のその後のことに思いを馳せないのか。なぜ賊徒と戦って死んだ兵らを慮《おもんぱか》らぬのか。解文に奉の文字が記されていないだと？　生死をかけて戦いに臨んでいた隆家さまに、そのような配慮をする暇などあるはずもない——

心中でそう思った使者は拳を固く握り、怒鳴りたくなるのを必死にこらえた。

（九）

賊徒による壱岐、対馬の来襲をほとんどの京人は知ることもなかった。

五月。

無量寿院築造用木材の揚陸場は一条河原と決まった。

当初は二条河原と三条河原に跨った地に設けるはずであったが、裳瘡の流言によって二条および三条河原は外されたのである。

六月。

賀茂川上流、高野川上流から切り出された木材が一条河原で陸揚げされ、寺の建立地へと運ばれるようになった。また西国から切り出された木材は海を渡って淀の港に集められ、そこから淀川を遡って鴨川との合流地で陸揚げされ、そこから陸路で建立地まで運ばれた。

おかしなことに一条河原での用材陸揚げが始まると、三条河原での裳瘡騒ぎは急速にしぼんでいった。

七月。

河原者らには厄介な時節となった。新暦では八月上旬から中旬にあたるこの時期、京は野分（台風）に襲われるからである。

例年通り、河原者は野分来襲前に河原からの一時退去を始めた。河原者一万余人全てが葦小屋を畳んで河原から引き揚げたのである。

引き揚げ先は目と鼻の先、すなわち鴨川西岸に築かれた堤防の外側の一帯である。この一帯は堤と東京極大路に夾まれた地帯で、今でいう河川敷である。

この河川敷の広さは、東西の幅一町半（約百五十メートル）、南北の長さは三条から九条までのおよそ三十町（約三キロ）である。

河原者はこの一帯に河原退去時に解体した葦小屋を苦もなく建て直し、野分の季節が去るのを待つのである。葦小屋の解体、再築は半日もあればできた。むろんこの退去地が野分による洪水で浸水するようなことになれば、河原者は躊躇することなく京内に逃げ込んだ。

そうなると検非違使庁は俄然忙しくなる。

一部の河原者が公家らの館が建ち並ぶ二条大路界隈まで避難してくるからである。これらの河原者を追い出すのが検非違使庁の恒例業務でもあった。

七月十五日、河原者の退去が終わったのを狙いすましたように野分が京を襲った。

野分は鴨川の水を濁水に変え、河原全体を覆った。

一条河原の揚陸場は野分を考慮して河原の一段高い所に設けていたが、予測を超えた洪水で跡形もなく流失した。

こうしたなかで無量寿院の敷地の整地が終わり、阿弥陀堂の築造が始まった。無量寿院は公的な寺院ではない。道長が現世の栄華を浄土に持ち込むための私寺である。そうであるのだから、その築造費用は道長や藤原一族が出資するのが当然である。

ところがそうはならなかった。

道長が阿弥陀堂建立を公言すると、多くの国司が、築造させてほしい、と申し出た。

国司が申し出た魂胆は明白だった。

国司の任免権を握っているのが道長だったからである。

公家らが生涯かけて熱望するのは国司に任じられることである。

国司の内諾を得て有頂天になった公家が、その内諾を取り消され、失意で死んだ、ということがあったくらい公家にとって国司に任じられることは垂涎の的なのである。

国司になれば任国地の百姓から絞るだけ絞り取って、富をしこたま貯め込むことができた。国司の任期は四年である。一度国司に任じられた公家は終生国司に任じられていたいと願うようになる。だが再任されるか否かは任免権を握っている道長の胸三寸である。そこで国司らは再任を願って道長やその一族に贈り物をした。単なる贈り物ではない。その贈り物は館一棟であったり、選りすぐりの馬二十頭であったり、何百匹もの布帛《ふはく》（織物）であったりした。匹とは布帛を数える単位で一匹は二反である。

現今の規律に則せば、こうした行為は贈賄罪《ぞうわいざい》に問われるが、平安期ははばかることなく公然と行われていた。

常識的に考えれば申し出た国司全員が一丸となって阿弥陀堂を作るのが良策と思えるのだが、道長は願い出た国司の中から十一名を選び出した。

十一名にしたのは、阿弥陀堂の大きさが十一間四方だからである。この十一名の国司に幅一間、奥行き十一間の築造を命じたのである。

十一名の国司は他の国司より抜きん出る豪奢な一間×十一間を築造しようと惜しげもなく資財をつぎ込んだ。莫大な財をつぎ込んでも引き続き国司に任じられるなら、その財など百姓から搾り取ればすぐに取り戻せる。

阿弥陀堂は藤家で一銭も出さずに進められることになった。


八月。

阿弥陀堂の基壇が出来上がった。

道長はその基壇の前に立って、

——これでおのれが現世で得た栄華そのままを浄土で再現能う——

と思った。


九月。

晩秋。野分の時節は去った。それを待っていた河原者は満を持して河原にもどってきた。

これを検非違使庁は黙認した。

阿弥陀堂建立の資材を運ぶ荷車が大路、小路にあふれ、他国から入ってきた大工や瓦工、左官工などで京内は異常な賑わいをみせ、秩序が乱れたために検非違使庁はその取り締まりに忙殺されて、河原者の河原帰還阻止に手が回らなかったのだ。

十一間堂は道長の思惑通り、競い合う十一人の国司らによって、その偉容を現しつつあった。


十月。

大宰府権帥、藤原隆家の使者が上京した。

その目的は藤原頼通に、賊徒に襲われた壱岐、対馬並びに筑前国の諸郡の詳細な惨状を報じるためである。

頼通の懇請で報告の場に道長も同席した。

使者の報告は次のようなものであった。

・賊徒は大陸の中国沿海州地方に住む女真族（ツングース系民族）に属する民で、別名〈刀伊《とい》〉と呼ばれている。
・賊船は長さ八尋から十二尋（およそ十五メートル）、櫂《かい》を三、四十並べ、六十人ほどが乗り込み海上を異常な早さで進航した。
・四月十三日、賊徒は肥前国松浦郡まで侵攻したが、待ち受けていた大宰府権帥藤原隆家の指揮する大宰府軍に阻まれ退却。

・賊徒によって殺害された者は以下のとおり。

筑前志麻郡　百十一人
　相良郡　十九人
　怡土郡　四十九人
壱岐島　百四十九人
対馬島　三十六人
　計　三百六十五人

・拉致され連れ去られた者

筑前志麻郡　四百三十五人
　相良郡　四十四人
　怡土郡　二百二十五人（内、能古島九人を含む）
壱岐島　二百三十九人
対馬島　三百四十六人
　計　千二百八十九人

・略奪された牛馬

　計　三百八十頭

・九月　高麗《こうらい》国から拉致された民のうち二百七十人が虜人送使によって対馬に送り返される。

虜人送使が携えてきた諜《ちょう》（手紙）によれば、大宰府軍に追われた賊徒は高麗国沿岸に上陸し、略奪をくり返した。高麗国は沿岸に数百隻の軍船を送って賊船を駆逐した。賊船は拉致していた民を次々に海に投げ込んで船荷を軽くして逃げ去った。そのおり高麗船に助けられた日本人二百七十人を送り返す。

報告書を読んだ道長は、

「高麗の使いを大宰府まで呼んで厚遇し、さらに詳しい経緯を聞くように」

と興味なさそうに告げ、

〈大和より呼んだ仏師を待たせてある〉

と呟くとその場を辞した。

そもそも、この場には藤原一門の重鎮、藤原実資《さねすけ》が出席することになっていたが、前日に飼っていた犬が死んで穢《けがれ》れに触れたため、欠席であった。

つまりは四か月も前の、しかも七百キロ離れた小島での惨事など、公卿らにはなんの関心もなかったのである。

それどころか道長が去った座で、使者が飛駅で来京するべきところを馳駅（ふつうの飛脚）で来たことは朝廷を軽んずることだとして、使者を送った隆家の失礼を詰問することを決めて座を閉じたのである。

（十）

道長の胸中は自分《おのれ》を極楽浄土に導いてくれる阿弥陀仏像のことで占められていた。

阿弥陀仏像は九体作ることにした。九体の根拠は、

〈浄土世界に往生する者は現世で積んだ功徳の違いに応じて九階層の浄土のどれかに往生する〉と仏典で説いているからである。その九階層とは、上品、中品、下品の三品に、それぞれ上生、中生、下生の三等がある。これを観無量寿経では〈三三品《さんさんぽん》〉と説いている。

そして、それぞれの階層に属した者を、それぞれの阿弥陀仏が浄土に導いてくれるというのである。

道長は上品上生、すなわち最上階の浄土に往生すると確信しているが、万が一のことを考えて、どの階層に属しても、浄土に導いてくれる九体の阿弥陀仏像を造って、それぞれを阿弥陀堂の本尊として安置することに決めたのである。

むろん九体の阿弥陀仏制作も国司らが競って申し出た。

道長は申し出た国司らに仏像制作を振り分けた。国司らが制作を願い出たのはこの制作によって道長が国司に再任してくれることを願ってのことであるのは言うまでもない。

富は権力者に集まるのが世の常である。

国司が道長に贈る富の出所《でどころ》は〈民〉である。

国司は民が汗水流して収穫した作物や獲物、鉄《くろがね》、金などの鉱物、それに綿、絹など、ありとあらゆるものを収奪した。収奪したからこそ、国司は膨大な富を得たのである。その富を永劫に得たいため国司であり続けたいと切望する。

国司の任免は道長。

国司は民より収奪した富を道長に贈り、再任を取り付けることに全てをかける。

収奪される民はたまったものではない。ある者は農地を捨てて逃散し、ある者は餓死し、ある者は他国に逃げ出した。そうして逃げ出した民の一部が救いを求めて鴨河原に住み着くのである。

富が集中する平安京には河原者となった民の口を糊するだけの豊かさがあった。

道長（為政者）の栄華と河原者の命は国司の膨大な贈賄を通して堅結しているのだ。


十二月。

阿弥陀堂完成。

だがそれは無量寿院のほんの一部に過ぎない。

道長は自分《おのれ》があと何年生きられるか、と考える。

——病状が悪化するようなことはない、あと十年は生きられるであろう、と医師《くすし》が申しているが裏を返せば、この先十年しか生きられぬ、ということか——

と自問する。

死が身近なものであったこの時代に、十年先まで生きられると診断する藪医者ぶりにはあきれるが、名医であっても時の最高権力者道長の望みに沿った診断結果しか口にできなかったのであろう。

――ともかく、わたしが生きている間に無量寿院を作り終えねばならぬ。でなければわたしは極楽浄土に往生することが叶わない――

道長はそう強く思った。

同月、大宰府権帥《ごんのそち》である藤原隆家が召還された。

権帥の役を解かれ、大蔵省の卿に任ぜられた。

大蔵省の職掌は諸国からの貢ぎ物、銭金銀等々を収納する蔵（大蔵）を司る官庁で、卿は長官のことである。

大蔵卿という地位には権威、栄誉があり、隆家にとっては出世と言えた。しかし隆家はこの出世になんの喜びも感じなかった。道長が生きている限り、彼の下で汲々としていなければならない。父が急逝しなければ道長の今の栄華はないばかりでなく、おのれが道長の地位に取って代わっていたはずだ、という思いが付きまとっていたからである。

隆家の父道隆は藤原一門の頭領であった。隆家は父の政治力で十七歳にして中納言に任じられる。しかし父の死で隆家の将来は狂った。父道隆の弟である道長が父の死を契機として隆家と藤家一門の長の座を争ったのである。この政争に敗れた隆家は中納言の位を剥奪され都を追われた。その後、恩赦により都へもどり、しばらくして権中納言に任じられ、次いで大宰府権帥に任じられた。

権帥は帥に次ぐ高官である。この頃、大宰府帥は親王が就くことになっていた。親王は今で言う〈お飾り〉で、大宰府に下ることはなく在京した。これを〈遙任《ようにん》〉と言った。したがって大宰府権帥が事実上の西海道（九州）統括者であった。

余談であるが、後年（一〇三八、長暦二年）、道隆は再び大宰府権帥として大宰府に下り、そこで没した。享年六十六歳であった。

二度も大宰府権帥に任じられたのは後にも先にも彼だけである。

（十一）

無量寿院の建立は休むことなく続けられた。

築造を無償で請け負った国司らの中で任期が切れた者は例外なく再任された。なかには下国《げこく》の国司であった者が上国の国司に任じられた公家も居た。

下国、上国とは国の人口、広さ、農作物の多寡等で四つの等級に分けた言い方である。そのうち国司にとってもっとも実入りがよい国が上国、その逆が下国である。

三年後。

治安二年（一〇二二）七月、無量寿院の金堂、五大堂が完成。これを機に寺名を〈無量寿院〉から

〈法成寺《ほうじょうじ》〉に変えた。

引き続き薬師堂、釈迦堂、十斎堂などの築造が進められ、翌治安三年、完成した。

奈良東大寺をしのぐ法成寺の偉容は、道長が並ぶ者のない権力者であることを、あらためて畿内の人々に見せつけた。

落慶法要には公家らことごとくが参列した。むろん公家らは持てる財をかき集めて、法成寺完成供養に喜捨した。

法成寺は百姓らから搾り取った富によって作られたと言ってよい。また膨大な用材を賀茂川、高野川上流の山々から切り出したために、丸坊主になった山もあった。これにより山は荒れ、保水力を失い、台風時の豪雨で一挙に水が両川に流れ込むようになった。法成寺建立以後、鴨川では甚大な水害が頻発するようになった。

（十二）

万寿四年（一〇二七）十二月。

法成寺落慶の四年後、道長は背中の腫れが悪化し、死期の近いことを悟った。

道長は阿弥陀堂に籠り、九体の阿弥陀仏像に向かって北枕に臥し、各仏の手と自分《おのれ》の手を九本の絹糸で結び、ひたすら極楽往生を願った。

阿弥陀堂は畿内の寺々から呼び集められた高僧で埋め尽くされた。

十二月四日。

道長は高僧らの読経のなか、生涯を閉じた。享年六十二歳であった。

三日後、遺骸は鳥辺野で荼毘《だび》に付された。


荼毘に付された三日後、三条河原でも生涯を閉じた者がいた。

闇麿である。

闇麿は河原者一万人余を束ねた男だった。享年四十歳。河原者の寿命としては長生きと言えた。

闇麿の死に立ち会ったのは皮聖《かわひじり》と呼ばれる寺を持たぬ僧ただひとりであった。

鹿皮を身にまとい、鹿角の杖をつき、胸に小さな鐘をぶら下げ、それを叩きながら鴨河原に住み着いた人々に仏の功徳を説いてまわる痩せこけた僧であった。

この僧がどこから来たのか知るものはいなかった。僧は死に瀕した河原者に、

――念仏を唱えれば浄土に往生できる――

と説いてまわった。そして死して骸となった河原者を葦で編んだ筵《むしろ》に包んで、鴨川に流した。僧はそれをもう二十年近く誰の手助けも受けずに行っていた。

「聖どのは念仏を唱えれば誰でも浄土に行けると、説いてくだされた。その教えに従って念仏を唱えながら安らかな死を迎えた河原者は数えきれぬほどだ。だがわたしは念仏を唱えぬ」

「闇麿さまこそ、浄土に行くにふさわしい方。愚僧と共に念仏を唱えなされ」

「いや、唱えたとてわたしは浄土には行けぬ。行き先は地獄。わたしは河原で弱き河原者から強奪を繰り返していた男らを切り殺し、川に流した。なんで浄土などに行けよう」

「それで河原に住まう一万余人の秩序と平穏が保たれたのです。闇麿さまが浄土に行けないなら誰が浄土に行けると言うのでしょう。ひたすら経を唱えればは阿弥陀さまはかならず闇麿さまを浄土に導いてくれましょう」

「経は唱えぬ。ただ頼みがある。わたしの死は小黒丸だけに報せてくれ。他の者には無用。小黒丸に手伝わせて鴨川に流してくれ」

そこまで言うと大きく息を吐いて聖に笑いかけた。その笑いは阿弥陀さまが笑っているように聖には見えた。

十二月八日
早朝、小黒丸と河原聖が裸にした闇麿の遺骸を葦で編んだ筵で巻いて、鴨川に流した。見送る者はふたりの他にいなかった。裸にしたのは、闇麿の頼みで衣服を河原者に分け与えるためであった。

同日。

日が昇るのを待って道長邸（土御門邸）を出た葬列は豪奢であった。葬列の長さは二町（二百メートル）を超えた。道長の焼骨は壺に収められ、権左中弁藤原章信《あきのぶ》の首にかけられて、列の中ほどを進む。その遺骨に寄り添うようにして道長の正妻倫子《りんし》が続く。二百人を超える高僧が遺骨を取り囲み、念仏を唱えて進んでいく。邪気を払うための鳴り物を操る者も五十人は下らない。

向かう先は、宇治の木幡《こはた》（現京都府宇治市木幡）である。そこには小高い丘（木幡山）があり、その裾野一帯が藤原一門の墳墓の地である。

葬列は朱雀大路を羅城門に向かって進む。道幅二十八丈（約八十五メートル）の路上には塵一つ落ちていない。河原者を使って三日がかりで路上を掃除させてあったのだ。

沿道には葬列を見ようと多くの京人が押しかけた。この中に河原者は居ない。検非違使庁の官人が見物に訪れた河原者を容赦なく追い返したからである。

検非違使別当は、

――河原者らの葬列見送りは道長さまの浄土往生を穢《けが》すことになる――

と言って憚《はばか》らなかった。

葬列は朱雀門から羅城門までのおよそ一里弱（三・七キロ）を一刻（二時間）かけて進んだ。

そこで葬列は小休止した。

かつて羅城門は往時の勇壮な門構えを彷彿とさせる礎石が残っていたが、今はその礎石さえない。法成寺金堂の礎石として羅城門の礎石、階段石すべてを持ち去ったからである。

ここ羅城門跡で朱雀大路は終わり、その先は鳥羽に続く道が真直ぐに続く。

この道を京人は〈鳥羽の作り道〉と呼んでいる。

鳥羽の作り道に一歩足を踏み出せば、そこは京外である。

小休止を終えた葬列は鳥羽の作り道を辿る。

天空には雲一つない。作り道の両側には田畑が広がっている。百姓の姿はなく、無数の鳥が真冬の田畑に降りたって餌をついばんでいる。

経を唱えていた僧侶は読経をやめ、鳴り物を奏していた楽員は楽器を脇に抱え、警護の武人は張りつめていた気を抜き、そして藤原一門の主だった公家らは徒《かち》から牛車《ぎっしゃ》に乗り換えて、葬列の進む速度を速める。

作り道はどこまでも南へと真直《まっす》ぐに続いている。

巳刻《み》（午前十時）、葬列は鴨川を渡る橋の袂まで来た。橋を渡れば木幡の墓地までは三刻（約六時間）ほどの里程である。

橋に欄干《らんかん》はなく、牛車一台がやっと通れるほどの橋幅しかない。

牛車に乗っていた公家らは下車し、牛飼い童《わらべ》は牛車が脱輪しないように牛を牛車から離し、人力で牛車を曳いて橋を通る。公家らは徒で橋を渡る。

橋下を流れる鴨川の水量は乾季（冬）のため少ない。

骨壺を首からさげた藤原章信も牛車から降りて橋を渡りはじめる。同じく下車した倫子がその後に続く。警護の武人が倫子を取り巻き、橋の中央を渡るように気を遣う。倫子はそれを無視して橋の縁に立つと章信に、骨壺を川に向けるよう頼んだ。

「道長どの、これで鴨川も見納めですよ。見えますか」

倫子が骨壺に話しかける。聴いていた警護の武人らは眼下の流れに目を遣った。

すると上流から葦の筵が流れてきた。

倫子はそれに気づくと、警護の武人に、

「あれは？」

と尋ねた。

深窓に育った倫子には、葦の筵がなんであるのか知る由もなかった。

筵が河原者の骸を包んだものである、と気づいた武人は、

「倫子さまのお目を汚すもの。見るべきものではございませぬ。どうぞ、橋をお渡りくださりませ」

と小さな声で促した。

晴天はいつの間にか曇り、墳墓のある木幡山の方角の冬空に黒雲が沸きあがっている。

橋を渡り切った倫子らは葬列を整え黒雲に向かって進みはじめた。


道長の死後およそ三十年経った天喜六年（一〇五八）、法成寺は焼亡した。頼道によって再建されるも再三の失火天災で南北朝期に法成寺は廃滅した。

秋天にひと筋の煙

（一）

長禄《ちょうろく》三年（一四五九）
畿内は梅雨になっても雨が降らず、田植えができなかった。
夏にいたっても干天は続き、百姓はおろおろと空を見上げるばかり。
それが九月になると一転して大雨となった。
凶作となり米価は上昇し、人々は飢えるようになった。
天候異変は翌年の寛正《かんしょう》元年（一四六〇）も続いた。
四、五月と雨が降り続き、畿内の河川はいたる所で決壊した。夏六月に入っても寒さは去らない。
田に植えた苗は腐り、九月には空が見えなくなるほどイナゴの大群が発生した。わずかに実った稲もことごとくイナゴに食い尽くされた。

二年越しの旱魃、水害、凶作は日ノ本全土に及び大飢饉に陥《おちい》った。

餓死する者が日を追って増え、路傍にうち捨てられた骸《むくろ》は腐敗するにまかせた。骸の腐敗は疫病を誘発し、巷は餓死者に加えて疫病死者であふれた。

諸国から飢えた人々が食を求めて京に殺到する。あまつさえ京でも食料不足が深刻であったのだから、新たな流入者（流民）の飢えを救うことなど、できるはずもなかった。

京の大路小路はおびただしい数の流民の餓死者、疫病死者の骸で埋め尽くされて歩くこともままならず、骸の腐臭が洛中を覆った。

権門者や富裕者らは門を閉じて館に籠り、息を潜めてこの厄災が去るのを待った。

寛正二年（一四六一）一月二日

この大飢饉になんの対策もせずに静観していた室町幕府八代将軍足利義政《よしまさ》は世上からの厳しい批判にさらされた。

そこで義政は、一条道場（寺院）の講堂で流民に六文ずつ施すことで、この批判を躱《かわ》すことにした。

これを聞きつけた流民が講堂を取り囲んだ。その数は数万を超えた。義政はそれほど多くの者が押し寄せるとは思いもよらず、用意した銭を配り終わると、これで将軍としての役割は終わった、とばかりに講堂の扉を閉じてしまった。扉が開いていたのは一月二日と三日のたった二日間にすぎなかった。講堂の周囲には扉が開くのを待って飢え死にした流民の骸が何千と転がった。

運良く六文を手にした流民は米屋に行ったが、米価の目をむくような高騰で、買えた米はほんの一握り、せいぜい数日の延命にしかならなかった。否すでに洛中で米を売ってくれる店などなかったのだ。

講堂の扉が閉められて一《ひと》月後の二月。

路傍で餓死寸前の流民を輿《こし》に乗せて運ぶ一団があった。

輿とは名ばかりで、鴨川沿いに生える竹を裂いて作った板状のもので、今で言う担架である。

運ぶ先は頂法寺《ちょうほうじ》（六角堂、現中京区六角通り東洞院《とうどういん》）に接する通り沿いに設けた救済小屋である。

通りに沿って作ったのでウナギの寝床のように長く、雨露がしのげるだけの粗末な造りである。それでも千人を超える行き倒れの流民を収容できた。

救済小屋に隣接して造られた15個の竈《かまど》にはそれぞれ大鍋が載っている。それぞれの鍋に三人が張り付いて粟粥《あわがゆ》を作っている最中である。

通りの半分を占有して敷き詰められた筵に輿《こし》で運んできた行き倒れの流民を横たえる男たち。

その流民を一人ひとり仔細に見てまわる男は墨衣をまとっている。

「わかっているだろうが、この者らはもう何日も食べ物を口にしていないために行き倒れになった流民。その流民に粥を腹いっぱい食わせればどうなるか教えたはずだ。その教えを守ってくれ」

墨衣の男が粟粥を煮る者らに念を押す。

「わかっておりますとも。小鳥がついばむほどの量、と申したいのでしょう」

「そうだ、どんなにせがまれても小鳥の餌ほどしか与えてはならぬ」

「わしは救済した飢者《うえもん》がメシ、メシとあまりにうるさいので、つい一椀与えてしまった。そしたら半刻も経たずに死んじまった。願阿弥《がんあみ》さま、教えてくれ。飢者に一椀の飯を食べさせると、なぜ死んじまうんだ」

行き倒れた流民を彼らは〈飢者〉と呼んでいる。

「わからぬ。わからぬが飢饉は今に始まったことではない。人が米を作るようになったそのときから飢饉はあった。飢えた者に一椀の飯を与えたのであろう。そうしたら死んでしまった。そのような不幸は飢饉のたびにくり返された。人々はこの不幸から、飢者には少しずつ食べさせなければ死んでしまうことを学んだのだ。だが拙僧はなぜそうなるのか知らぬ」

願阿弥と呼ばれる男は僧侶で、行き倒れて餓死寸前の流民を救済する指導者である。

「粥を二口ほど食べさせたら、救済小屋の方に移してくれ」

願阿弥が早口で指図《さしず》する。

「小屋は運び込んだ飢者で足の踏み場もない」

竈に薪をくべている男が言う。

「救済小屋を建て増しせねばならんな」

願阿弥は筵に横臥する流民に目をやりながら顔を曇らせる。

「いくら小屋を増やしても洛中の飢者をひとり残らず収容することなど能わぬぞ」

薪をくべる手を休めて男は首を横に振る。

「皆とは言わぬ。能うかぎり収容するのだ」

観阿弥は声を高める。

「能うかぎりと申されるが、こんなに飢者が多いんじゃ、きりがない。願阿弥さま、どうだろう救済する飢者の員数を今の半分に減らすのは？」

男は再び薪を手にする。

「では後《あと》の半分を見殺しにするのか。そのようなことは能わぬ」

男を叱りつけるような願阿弥の口ぶり。

「わしも竈焚きの者が申すように、ここに運び込む飢者の員数を半分ほどにした方がいいと思う」

輿で飢者を運んできた男が口を入れた。

「では同じことを訊くが、運ばなかった残りの飢者の命はどうなるのだ」

「輿で運ぶ途中、三人が事切れた。道端に捨てたが捨てるのはこれがはじめてじゃねえ。昨日も一昨日も運ぶ途中で死んじまった飢者が五人も出た。願阿弥さまは、飢え死にしそうな飢者から運べと申されるが飢者は皆、死に瀕している。そこで飢者の中で若い者だけを選んで運ぶようにすれば、運ぶ飢者の員数も半分になる」

男たちは輿に行き倒れた流民をふたり乗せて運こんでくる。行き倒れた者はやせ細り、体重が驚くほど軽い。だから輿にふたり乗せても成人ひとりの重さにもならなかった。

「おふた方は願阿弥さまのやり方がお気に召さないのでしょうか。願阿弥さまはここで働くわたくしたちに朝夕の飯を供してくれているのです。今の京で、わたくしたちに二食を供してくれる人が居るとは思えませぬ。ご不満ならばおやめになればよろしいのでは」

今まで黙々と鍋の中で煮えたぎる粟粥を竹べらでかき回していた女がやんわりと言った。女は生まれて間もない赤子を背負っていた。

「子持ちのお高どんに、そう言われちゃ返す言葉もねぇ。おれは願阿弥さまのやり方が不満で言ったんじゃねぇ。願阿弥さまが寝る間も惜しんで飢者の救済に走り回っているのを見てるのが、つらいから言ったんだ」

輿を扱う男がいい訳がましく呟く。

「飢者を助けたとて願阿弥さまには一文の徳にもなりませぬ。大寺の偉いお坊さまたちは誰ひとりとして飢えた方々を助けようとはなさいませぬ。見なされ、目の前の頂法寺を。門を閉ざして誰ひとり願阿弥さまに手を貸そうとしないではではありませんか。飢者にとって願阿弥さまだけが神とも仏とも思えるお方」

高女《たかじょ》は教え諭すようにゆっくりと言った。

「それは違う。拙僧は寺僧にもなれぬ市井のはぐれ坊主だ。頂法寺は門を閉めているが、この大鍋十五個は頂法寺が貸し出してくれたもの」

願阿弥は困ったような顔で首を横に振る。

願阿弥が流民救済にのりだしたのは、足利幕府のおざなりな救済に腹を立てたからである。腹立ちは怒りに変わり、怒りは〈幕府に代わって自分《おのれ》が飢えたる流民を救済する〉と決心するきっかけになった。つまり飢え死に寸前の流民を助けたかったからではなく、いわば幕府への当てつけにちかい心情からであった。

願阿弥は時宗の僧である。時宗は遊行宗《ゆぎょうしゅう》とも呼ばれている。全国を遊行して布教と勧進《かんじん》に努めるので、そう呼ばれた。

かつて願阿弥は勧進遊行で得た銭で、廃れていた五条橋を架け直した。

この橋によって清水寺への洛中からの参詣が大層楽になった。

これにより願阿弥の名は京内で広く知られるようになった。とはいっても寺も持たず、時宗一門の中での位階が最下位に属す困窮僧に変りはなかった。

余談であるが、今の五条大橋は後世、豊臣秀吉が方広寺を作るにあたって新たに鴨川に架けたもので、願阿見が架けた五条橋とは場所が異なる。したがって今の五条大橋はかつて牛若丸と弁慶が出会った橋ではない。


飢え死に寸前の流民を救済するにあたって願阿弥は土倉《どそう》、米商人《あきんど》、衣服問屋などの富裕者に会って米と銭の供出を求めた。断られるとそのことを洛中に触れ回った。すると京人は徒党を組んで断った店先で抗議した。恐れをなした富裕者はしぶしぶ米と幾ばくかの銭を願阿弥に渡した。

この願阿弥の行為は脅迫にちかいものであったが、それを幕府は咎めなかった。咎めれば願阿弥に先導された京人が幕府に米倉を開くよう押しかけることがわかっていたからである。

この大飢饉で諸国から食を求めて京に流れ込んできた者を温情や善意だけでは救えぬ、と知った願阿弥は、

――脅しであろうと騙しであろうと、それで富裕者から米を供出してもらえるのであれば、迷うことなく行う――

と覚悟を決めたのである。

だが飢えた流民を願阿弥ひとりで救えるはずもない。願阿弥は朝夕の食事を供することを条件に救済業務を手伝ってくれる京人を募った。世が世なら銭も払わず二食のみの提供で働いてくれる者など居ないはずだが、この世上にあって二食を目当てに一千を超える者が殺到した。

飢えていたのは流民ばかりでなく京人もまた同じであったのだ。

こうして始まった流民救済は一か月を過ぎた今、ほころびを見せはじめていた。


「願阿弥さま、救済小屋で息を引き取った飢者の始末をどうするかご指示くだされ」

救済小屋を取り仕切る男が願阿弥を見つけて近づくと困惑した顔を向けた。

「骸は何体ほどになった」

「三百五十ほど。これだと救済小屋は遠からず骸で埋まり、新たな飢者を収容できなくなりますぞ」

「鴨川に流すか、油小路の路傍を掘って埋めるしかあるまい」

「そうしたいのだが、誰も骸に触りたがらんのです」

男は身震いするようにして首をすくめる。

京人は死者に触ると自身が穢《けが》れる（死穢《しえ》）と信じ、たとえ肉親の骸でも触れることを避けた。まして畿内から食を求めて流れ込んできた人々の死骸などに触れるなどは思いもよらぬことであった。

「願阿弥さま、手が空いたら救済小屋にもどっていただき、死した飢者に経のひとつもあげてやってくだされ」

願阿弥は大きくため息を吐き、十五個の鍋から立つ湯煙に目を転ずる。同じように湯煙を見ているのは、まだ歩行可能な流民たちだ。施粥をじっと待つその数は万にちかい。

願阿弥はその数の多さに思わず震え上がった。

義憤に任せてはじめた流民救済であったが、願阿弥に率いられた百人にも満たない京人らで何万とも知れぬ流民を救済することなど所詮無謀であったのだ。

だが続けられる限り、続けるしかない。

――続けられるのはあと一月《ひと》か。いやもっと短いかもしれぬ。それでもやるしかない――

と願阿弥は覚悟を決める。

「粟と米はどれほど残っている」

鍋の中の粥を竹べらでかき回している高女に訊いた。

「あと十日ほどと思われます。わたくしたちの食い扶持《ぶち》を差っ引けば、もっと短いかもしれませぬ。願阿弥さま、どうか施粥が続けられますように米、粟、稗の調達をお願いいたします」

高女は餓死寸前の流民を助けたいから懇請しているのではない。ここでの働き口を失えば、朝夕の飯にありつけないからだ。ありつけなければ高女もまた飢えるしかないのだ。

（二）

翌日、願阿弥の姿は一軒の土倉にあった。

「前回、お手前から十俵の米を供出していただいた。だがそれはもう尽きてしまった。あと十俵、喜捨していただけないであろうか」

土倉の店主《あるじ》に願阿弥は頭をさげる。

「この家業は人様に銭を貸し、その折、つける利子で成り立っているもの。銭なら蔵にありますが、米はありませぬ」

店主に米を供出する気はまったくない。

土倉業を営む者は、飢饉になれば米価高騰を予測して蓄えた銭を惜しげもなく使って米を買いあさる。米価が最高値に達したと思しき時に米を売り払えば大きな利を得られる。だから土倉を営む倉に米がうなっているのを願阿弥は知っている。

「ここは曲げて米を供出してくだされ」

「願阿弥さまが救おうとしている方々は京人ではありますまい。摂津、河内、大和、山城などから食を求めて流れ込んできたよそ者。施粥などせず、それぞれの村に追い返せばよろしいのではありませぬか」

「村へもどれるだけの体力など彼らには残っておらぬ。路傍には歩けなくなって死を待っている流民が何万といる」

「死を待っているなら待たせておけばよいのでは」

「お手前はそれでも血の通った人間か」

「通っているからこそ、先に願阿弥さまの求めに応じて米十表と多額の銭を喜捨したのです」

「ならば此度の拙僧の願いを聞き入れてくれてもよいではないか」

「聞き入れ、米十俵を喜捨したとして、それで何人の流民が救えると申すのですか。百人、それとも千人ですか。だが救った者もすぐに飢えにさらされます。願阿弥さまの施粥は飢えたる者を助けるのでなく、餓死寸前のよそ者の命を少しばかり延ばすだけ。そうではありませんか」

「言われる通りかもしれぬ。だが拙僧の所業に誘発されて、将軍義政さまが幕府をあげて救済に乗り出してくれる、そのことを拙僧は信じたい」

「人別六文で将軍さまの御真意はわかっているはず。義政さまにその気はありませぬ。今、将軍さまは寂れた花の御所の修復にうつつを抜かしております。飢えた流民のことなど眼中にありませぬ」

〈花の御所〉とは義政の祖父三代将軍足利義満《よしみつ》が北小路、室町通りが交わる地に建てた邸宅（室町殿）の別称である。義満死後は手入れもされずに荒れ放題になっていた。

「幕府救済が当てにならぬのであれば、ますますお手前の米十俵の喜捨が欠かせぬ。どうしても断るというなら」

「前のように京人に言いふらし徒党を組んで、わが土倉に押し寄せる、と脅すおつもりですか。こういうこともあろうかと土倉仲間と語らい屈強な男どもを雇って備えております」

洛内に土倉業を営む者は十人を下らない。

「いや、押しかけるつもりはない。断るというなら米を買わせてほしいのだ」

「米を買わせてほしい、ですと。いま米の値段がどうなっているか願阿弥さまはご存知のはず。米十俵を買い入れるとなると、平素の価格の数倍という多額の銭がかかります。そのような銭を願阿弥さまが持っているとは思えませぬ」

「持ってはおらぬ。やがてこの飢饉も収まろう。そうなれば拙僧はまた遊行《ゆぎょう》に出て喜捨をつのる。おそらく多くの喜捨を受けるであろう。それをもってお手前への返済にあてる」

「今日の一文は明日の十文と同じ、と土倉仲間では申しております。わたしどもは明日というものを信じませぬ。それゆえに銭を貸し出すときに、高い利子をつけ、質物（質草）を取るのです。なにしろ『明日返す、明日返す』と言いながら、夜逃げされたことが何度もありますからな」

「つまりは拙僧もそうした輩《やから》と同じであると申されるのか」

「そうは申しておりませぬ。遊行で得た銭はいわば聖銭、そのような銭を受け取れるわけがありませぬ。ところで願阿弥さまは施粥をいつまで続けるおつもりなのですか」

「粟、稗、米の蓄えが尽きるまでだ。お手前らの供出が途絶えれば遠からず救済小屋は閉めざるを得まい」

「すると救済小屋に収容されている流民らはどうなるのですか」

「飢えて死ぬしかあるまい。そうならぬために、こうして拙僧はお手前に頭をさげているのだ」

店主は渋い顔であらぬ方に目をやって思案していたが、

「願阿弥さまが救済小屋を建てて流民らに施粥しているのを京人はどんな思いで見ているかご存知でしょうか」

「京人が拙僧をどう思っているのか考えたこともない」

「ならばお教えいたしましょう。京人は『この施粥の米は本来われら京の在住者が口にするべきもの。それが願阿弥さまによって流民に分け与えられている。このまま流民への施粥が続けば、われらの食い分はたちまち底を突き、流民と同じように飢えて路傍に倒れることになる。そうならぬためにも京に蓄えられた米や粟、稗などを流民に施すべきではない』そのように言ってはばからぬ京人が日に日に増えております」

「施粥で京の米倉が底をつくほど京は貧しくない。米問屋はむろん土倉や武家、公家、さらには帝《みかど》をとりまく貴人の館には、京人らがこれから一年間は食いつなげる量の米俵が蓄えてある」

「願阿弥さまが申されたとおり、京人だけなら一年は食いつなげましょう。貴家、武家、京人を含めて今、京ではどれほどの方が住んでいるかご存知でしょうか」

「定かではないが、十三、四万人ほどか」

「それに古来より鴨川に住み着いている河原人一万余を加えるとおよそ十四、五万人。この員数ならば確かに一年は食いつなげましょう。しかしながら今、畿内はもとより播磨《はりま》や明石、但馬《たじま》などから飢えたる者が流民となって京に押し寄せております」

「そのようなこと言われるまでもなく存じている」

「存じていると申されるなら、どれほどの流民が京に押し寄せてきているか、ご存じでしょうな」

「十一、二万ではないか」

「さよう十万を超え、京の在住者と匹敵する流民が路傍や鴨河原にひしめいているのです」

土倉業は世上の動きを絶えず調べている。人に金を貸して利子を取る商売であってみれば、世上に即応した利子に設定することがなによりも肝要であるからで、世上の動向を知らなくては続けていくことはできない。

「いま願阿弥さまが流民に施している米や粟、稗は京人がこの飢饉を乗り越えるために食いつなぐ貴重な穀類。今年天候が不順でなく田植えがなされ、順調に稲が育ったとしても収穫は九月。今は二月。新米が京に届くのは十月。十月までのこれからの八か月間を京人と流民あわせて三十万ちかい人が食いつなげるだけの穀物は京内の米倉すべてを開けても足りませぬ。京人と流民双方が等しく生きながらえるとすれば、せいぜい八月が限度。九月にはこの京は誰ひとり生きている者がおらず、三十万を超える餓死者の骸で覆われるでしょう」

「だから流民への施粥はやめよ、と」

「願阿弥さまは橋聖《はしひじり》と京人に崇められているお方。五条橋を作っていただいて京人がどんなに助かったか。その善行はひとえに京人のため、そうではありませぬか。そうであるなら願阿弥さまの今行っている流民への施粥は京人を裏切り、京人を飢えに導く悪行」

「悪行とは恐れ入る。拙僧は飢えたる者を救済したいだけじゃ」

「京人を飢えさせることにつながる施粥は善行なのでしょうか」

「行き倒れた者を目の前にして手を差し伸べずに通り過ぎることなど能わぬ」

「行き倒れた者が千人や二千人なら願阿弥さまの利他の御心でなんとか救えましょう。しかし一万はおろか十数万もの流民を救えるのはこの国を治める将軍さま以外におりませぬ」

「その義政さまはお手前が先ほど申したように花の御所の修復にうつつを抜かしているのだ」

「わたしはそれでよいと思っております。義政さまは十万余の流民を見捨てたのです。見捨てることによって京人十五万余を救うことになるのです」

「お手前の言は米の供出を断る言い訳をしているとしか拙僧には聞こえぬ。拙僧の願いを聞き入れぬということは、お手前が数千人の流民を見捨てた、いや殺したことになるのですぞ。となればお手前は死後、地獄に落ちるしかない」

願阿弥は店主をにらみ据えた。

曲がりなりにも願阿弥は時宗の僧である。その僧に地獄に落ちると言われて平気でいられるわけがない。

「前回は徒党を組んで押しかけられ、やむを得ず十俵を喜捨しました。それが此度は僧侶にあるまじき暴言の脅し。脅しとわかっていても願阿弥さまの言葉であれば、地獄に落ちるかもしれませぬな。地獄に落ちることだけはご免こうむりたい。どうでしょう五俵で勘弁願えないでしょうか」

「五俵では遠からずお手前に再三のお願いにあがることになる。十俵をお願いしたい」

土倉の店主には願阿弥の顔が鬼に見えた。

「わかりました。しかしこれを最後にしてもらいます。三度目はありませぬ。来られてもわたしはきっぱりとお断りします。それでわたしが地獄に落ちるなら、甘んじて地獄に参ります」

その日のうちに願阿弥は京内の土倉を業とする店主十余人と会い、米の供出を求めた。

どの店主も口を揃えたように願阿弥の要求を拒んだが、押し問答の末、願阿弥の脅しに負けて最後は前回どおりの俵数を提供してくれた。

翌日から米問屋、酒屋、富裕の商人《あきんど》などの許を訪れ、米、粟、稗などを供してくれるよう頼んでまわった。

対応にでた者らは願阿弥の流民救済にあからさまに反対しなかったが、前回のように米を渡してくれた際に見せた彼らの暖かな眼差しはなく、一様に冷ややかであった。

そうであっても願阿弥の奮闘で後一月ほどは十五個の大鍋で粥を煮る量の穀類を集めることができた。

（三）

願阿弥の姿は五条橋の上にあった。

二月乾季、鴨川の水は少ない。河水をせき止めるほど多くの餓死者が水面を覆っている。腐臭が願阿弥の鼻を曲げるほどに襲ってくる。

鴨河原には河原者と称する人々が京創建当初から住み着いている。その数は一万余。しかし今は流民が河原にも流れ込んできて、一万をはるかに超えていた。

河原者らは京人が嫌う仕事を請け負って生活している。

嫌う仕事とは遺骸の埋葬、井戸掘り、糞尿の処理、路上の清掃、屠殺、皮剥ぎ等々である。こうした仕事を京人が河原者に与えなければ河原者は生きていけなくなる。

だが京創建当初から寛正のこの年までの五百数十年間、河原者が河原に住み続けられているところをみれば、京人が河原者をいつの世も必要としているのは明らかだった。つまり河原者は京人のやりたがらぬ賎業を引き受ける代償として京人から金銭を貰い、それで命を繋いできているのだ。

しかしこうした持ちつ持たれつの間柄は、京人の生活が正常になされていることが前提である。それが今、大飢饉という異常事態で失われ、河原者もまた流民と同じように餓死していくようになった。


願阿弥は五条橋の西詰めから河原におりた。

腐臭が願阿弥の鼻を突く。願阿弥は息を殺し、口をかたく閉じてしばらくじっとしている。すると腐臭がそれほど気にならなくなる。いわゆる鼻が馬鹿になったのである。

五条河原に散乱する骸のほとんどは丸裸である。河原者らが剥ぎ取ってしまったのだ。京人との持ちつ持たれつの間柄が崩れてしまった今、河原者にとって餓死者から剥ぎ取った衣服（布）は食料と交換するための貴重な品であった。

「頼みたいことがあるのだが」

願阿弥が河原をうろつく河原者と思しき若者に声をかけた。

「飢え死にした者に経でもあげに来たのか」

若者は探るような視線を向ける。

「一日、一升の米を出す。拙僧を手伝ってくれぬか」

一升の米と聞いて若者は目を丸くして、

「なんでもやるぞ」

と応じた。

「救済小屋を知っているか」

「橋聖《はしひじり》と呼ばれている願阿弥さまが六角堂（頂法寺）近くに作った小屋のことか」

「さよう拙僧が願阿弥だ。頼みというのはその救済小屋に今、三百五十人ほどの餓死者が運び出されぬままになっている。ために新たな飢者《うえもん》を収容することが能わぬ。どうであろう、その餓死者を救済小屋から運び出して葬ってほしいのだ」

「三百五十の骸となれば、一日や二日では終わらぬ。それでもかまわぬか」

若者の頭の中で願阿弥が言った〈一日一升〉の言葉が鳴り響いている。

「おぬしひとりでは多くの日数を要するであろうが、ほかの者に声掛けして二日ほどで運び出してはくれまいか」

「つまりおれに任せると言うんだな」

「そうしてくれれば、拙僧の手間が省ける」

「一日百体として三日半、いや四日で運び出し、葬ってやる。ただし餓死者の衣服はおれがもらう。それでいいなら引き受ける」

「それで頼む」

「一日一人頭《ひとりあたま》一升の米。すると十人だと一斗。それが四日だと四斗」

「十人でやると申すか」

「十人でも少ないくらいだ。四斗の米はいつ貰えるのだ」

「運び出しが終わるその日だ」

「いや運び出す前に貰いたい。それもおれが連れてゆく九人には内緒で頼む。むろん米のことも黙っていてほしい」

　若者はそう言ってニヤリとした。

　——この者、仲間に一日一升でなく、上前《うわまえ》をはねて六合とか七合と伝えるに違いない——

と思ったが、そのことはおくびにも出さず、

「いや米を渡すのは餓死者の骸を全て運び出した後だ。四日間で運び出せなければ一合たりとも米は渡さぬ」

　と告げた。

（四）

　願阿弥が流民救済に奔走している寛正二年（一四六一）二月末。（新暦四月上旬）。

　八代将軍足利義政は修復半ばの花の御所に妻妾らを集めて春の草花を愛でる宴を盛大に開いた。義

政には四十人を超える側妾が居る。彼女らは豪奢な衣装に身を包み、百官がこれに加わり、花の御所はさながら義満全盛時を髣髴とさせた。

これらを京人は眉をひそめて見て見ぬ振りをし、そして無視した。もはや京人は義政になんの期待もしなかったのである。

時の後花園《ごはなぞの》天皇はこの宴に悲憤して、義政に一遍の詩を送った。

残民争い採る首陽の蕨《わらび》、処々炉を閉じ竹扉を鎖《とざ》す、

詩興吟は酸なり春二月、満城の紅緑誰の為に肥ゆる

飢饉で生き残った人々が争って首陽山（中国の山名）に蕨を求め、食べるものもなくなって竈《かまど》を閉じた。このように飢えるなかで、春になったから詩興がわいた、と吟じてもなにが楽しかろう。洛中に咲き出した花が紅や緑の色を濃くしたのは誰のためか。

さすがの天皇も義政の政に無関心な傲慢さを、詩によって諫めざるを得なかったのである。

そしてこの詩を天皇が吟じられた時を同じくして、願阿弥の流民救済は行き詰った。救米が底をついたのである。

土倉の店主が言ったように三度目の米の供出はどこからも得られなかったのだ。

朝夕二食の提供を条件に流民救済にあたっていた百人を超える京人らは二食を給されなくなったの

で願阿弥の許を去っていった。

残されたのは大鍋十五個と救済小屋、そこに収容されている千人ちかい飢え死に寸前の流民であった。

その流民の中で回復して歩けるようになった者三百余人は救済小屋を去り、そして歩けずに養生をしていた七百余人は放置された。彼らは十日を経ずして餓死した。

――あの土倉の店主が申したように、飢えたる流民の命をほんの少しばかり延ばしただけであった。それとても流民の一握りにしかあたらない。だれが為の施粥であったのか――

願阿弥は自問する。

数日後、救済小屋の一角から火があがり、燃え尽きた。小屋と近接してあった願阿弥の住居も焼失した。

そのドサクサにつけこんで大鍋のことごとくが持ち去られた。

大鍋を貸し出してくれた頂法寺から、鍋を返せ、とは言ってこなかった。

おそらく寺の僧侶らは、たとえ宗派が違っても願阿弥の救済行為に大鍋を貸しただけで、あとは見て見ぬふりをしていたことに忸怩たる思いがあったからであろう。

頂法寺は天台宗で聖徳太子がこの地に観音像を安置して祈念したのがはじまり、と言われている。

願阿弥が時宗の僧侶であることは前に記した。

願阿弥は、おのれの力が及ばなかったゆえに施粥打ち切りに陥り、多くの餓死者が出てしまったことにすまなさを感じていた。しかしその一方で、肩の荷がおりたような身軽さと開放感も感じていた。この二つの感じは願阿弥の偽らざる心情であった。

住むところ失った願阿弥は、

――故郷へもどろうか――

と思った。

願阿弥の生地は越中である。そこで漁師の倅として育った。魚の殺生に罪を感じ、父母に別れも告げず出奔し、京にたどり着いた。それから二十年が過ぎている。

――漁師は海の幸を得ることで大飢饉をやり過ごせる。父母の許にもどり、飢饉が去った後、再び上京してもよいのではないか――

願阿弥は思案する。

――だが、魚の殺生を嫌って故郷を見捨てたのだ。いまさらもどれるはずもない。それに二十年経った今、父母が生きているとも思えぬ――

そう考え直した。

（五）

四月初旬、願阿弥は五条橋に立って鴨川を見下ろしていた。

中瀬（川の中央部で水流の急なところ）を除いた川面には前にも増して多くの餓死者の骸が浮いて

いる。

願阿弥はしばらくの間、川面に目をやったままで橋上に立っていた。

吹く風には暖気があり、例年なら橋を渡る京人でにぎわうのだが、今はその人影も薄い。人々は家に籠ってひたすら新米が出回る九月になるのを待っているのだ。

京に入ってくる流民も一月《ひと》ほど前から減ってきている。

飢えに苦しむ諸国の人々は、京に行っても食を得られず飢え死にすることを噂で知ったのだ。

とは言え諸国から京に押し寄せる流民が皆無になったわけではない。日に五十人、百人と入ってくるが、すでに京に入っていた流民たちが日に百、二百人と餓死していくので、流民全体の数は減っていた。

「願阿弥さま」

背後からの声で願阿弥が振り返ると女が立っていた。

「おお、高どの。高どのではないか」

高女《たかじよ》は相変わらず背に乳飲み子を背負っていた。願阿弥は赤子を垣間見て、

「稚児《ややこ》は健やかに育っておられるのか」

と訊いた。すると高女の顔がにわかに曇った。

「どうなされた」

「赤児をよく見てくだされ」

願阿弥は赤子をあらためて見る。

「なんとしたことか」

赤児は首をたれ、息をしていなかった。

「なにがあったのじゃ」

「救済小屋が閉鎖され、わたくしは朝餉、夕餉を失いました。それでも一月《ひと》ほどはなんとか食を得ることが叶いました。ところがそれも立ちゆかなくなり、食うや食わずの毎日。そうなると稚児に呑ませる乳が出なくなりました。乳がとまれば稚児は死ぬしかありませぬ」

抑揚のない話し方に願阿弥は救いようのない高女の悲しみを知った。

「この児の父親《てておや》は？」

「わたくしがこの児を産んだ数日後『食べものを探してくる』と言って出て行ったまま、それっきり。飢饉のなかで赤児とわたくしを養えないと思ったのでございましょう。途方にくれている折、願阿弥さまの誘いで粥作りに加えていただき、命を永らえることが叶いました」

救済小屋を閉鎖しなければ、高女は朝夕の飯にありつけ、乳も出ていたにちがいない。そうであれば乳呑み児は死なずにすんだはずだ、と観阿弥は思うが、そう思うこと自体が詮ないことであった。

「願阿弥さまに再び会えたのもこの児が願阿弥さまに回向《えこう》してほしいからかもしれませぬ」

「経を念じて進ぜよう。してこの児の始末はどうなさる」

「願阿弥さまが立つそのところから鴨川に投げ入れます」

「それがよいかもしれぬ」

橋上からわが子を投げ捨てるなど狂気の沙汰に思えるが、そうではない。

骸で鴨川の水面は覆われているが、中瀬にはほとんど骸が浮いていないのだ。高女はその中瀬にわが子を流したいと願ったが、岸辺から中瀬まで行くのは難しい。そこで橋上から中瀬めがけてわが子を投げ落とすことにしたのだ。

赤児は流れに乗って鴨川を下り、淀で淀川に入り、それから淀川を流れ下って海へ達する、そう高女も願阿弥もは考えたのだ。

この頃、極楽浄土は海のかなたにある、と信じられていた。

願阿弥は高女の背後にまわって赤児に手を合わせ、経を念じる。

高女は立ったままで願阿弥の念仏を聴いている。高女の両目から涙が伝い落ちた。やがて高女の口から嗚咽がもれ、嗚咽は高女の体をゆすった。高女の体が揺れるたび、赤児の頭も上下する。願阿弥はそのゆれる頭に手を合わせ、経を念じ続けた。

（六）

願阿弥と高女《たかじょ》が洛北の無住の家に住み着いたのは稚児を鴨川に流した数日後のことであった。

無住の家は長い間放置されていたらしく、廃屋にちかかったがそれでも雨露はしのげそうだった。洛中にも多くの空き家があったが願阿弥が洛中から遠く離れたこの地に移り住んだのは、高女と人目を忍んで暮らすためではない。この無住の家の近くに竹林があったからである。

願阿弥はそこから洛中に出向き、富裕者の家々を托鉢してまわって幾ばくかの米を得て家にもどる。富裕者の家には米を喜捨してくれるだけの蓄えがあったのだ。

高女は竹林に入って竹を切り、それを家に持ち帰り、長さ三寸（九センチ）幅一寸（三センチ）、厚さが極薄の短冊を作る。

竹を切る鋸や竹片を削る小刀は願阿弥が頂法寺から借り受けたものである。

托鉢からもどってきた願阿弥が床に山となった短冊を見ながら訊く。

「短冊はどれほどの数になりましたか」

「三千枚ほど」

「とても足らんな。今日の托鉢で思いのほか、たくさん米の喜捨を受けた。しばらくは托鉢に出なくとも食いつなげる。わたしも短冊作りに励むことにする。とは申せ、十万枚作るのは並たいていのことではないな」

「精出をしても一日五百枚がせいぜい。願阿弥さまと合わせれば一日千枚。竹短冊を作る理由《わけ》をお教えいただきましたが、真《まこと》十万枚も作るおつもりなのでしょうか」

「十万でも足りぬであろう。一日千枚とすれば十日で一万枚作れるな」

「十万枚では百日ほど。作り終えるのは夏真っ盛りの頃でございますね」

「新米が京に届くのは九月半ば。十万の竹短冊が揃う頃には京の米倉が空になる寸前となる。新米が届くまで流民は餓死し続けるであろう」

願阿弥自らの手ではもはや流民のひとりとて救えないのだ。

四月が過ぎ五月になってもふたりは竹短冊を作り続ける。

高女の手は竹渋で荒れ、ささくれて膨れあがった。願阿弥もそれは同じだった。

床には竹短冊の山が六つできていた。

「短冊の数はどれほどになった」

願阿弥が訊いた。

「一山《ひとやま》が一万枚です。ですから六万枚」

「よし、今日からわたしは短冊に文字を書き入れることにする」

「短冊に書き入れる文字は？」

「南無阿弥陀仏の六文字だ。この六文字を入れれば、竹短冊は小さな卒塔婆《そとうば》になる」

「わたくし、読み書きをしたことはありませぬが六文字なら覚えられましょう。書入れのお手伝いをしとうございます」

「いや高どのは短冊作りを続けてくれ。十万枚にはまだほど遠い」

その数日後、願阿弥は南無阿弥陀仏と墨書した小卒塔婆を大きな布袋に入れて鴨河原に向かった。

河原には半ば腐り白骨化した死骸がおびただしい数、散乱している。

願阿弥は骸の一つ一つに小卒塔婆を置き、両手を合わせて短い経を念じていった。

この小卒塔婆回向は来る日も来る日も続いた。

回向とは、経を唱えて死者の成仏を祈ることをいう。

心ある僧が何度か河原に出向いて経をあげることはあったが、その僧らは骸から離れたところに立ち、短い経を読んで立ち去るだけであった。

それに比べ願阿弥は骸一体、一体に小卒塔婆を置き、回向する。河原者らはその様に驚きとともに強い感銘を覚えた。そうして彼らは願阿弥が回向しやすいように餓死者が重なり合っているのを並べるようになった。

「どこかで見た和尚さまだと思ったら願阿弥さまではないか」

河原者のひとりが餓死者を並べながら、畏敬の眼差《まなざ》しを願阿弥に向ける。願阿弥は曖昧に笑って、

「願阿弥どのは救済小屋が燃えた後、行方知れずと聞いている」

そう言って首を横に振った。

河原者の手助けもあって一日千体の回向が叶った。

十一日目、すなわち一万一千体の回向が終わったその日、雨が降り始めた。梅雨を思わせる雨にしては降り方が激しく止《や》む気配はなかった。

翌日も雨は止まず、願阿弥は河原に出向くのをあきらめて竹短冊に六文字を書き込む作業に没頭した。

次の日も雨は降り続いた。しかも風を伴い、雨粒も大きく、降り方も尋常でなかった。

「これは野分《のわき》だ」

願阿弥は短冊を作り続ける高女に呟く。

「はあ？」

高女が耳を傾ける。

「野分、野分だ」

「野分なら長くは続きませぬ。明日にはきっと晴れましょう」

高女は手を休めずに声を高めた。板葺きの屋根に当たる雨音が大きいので双方の声が聞き取りにくいのだ。

翌日、高女が言ったように紺碧の空が広がった。

願阿弥は布袋に小卒塔婆を詰め込めるだけ詰め込んで五条橋に向かった。

五条橋に行くには鴨川に沿って作られた万里小路《までのこうじ》を南に下り、五条通りと交差する辻を東に曲がる。

ところがこの大雨で鴨川の堤が切れ、万里小路は河水をかぶって近づくことさえできない。願阿弥は引き返すしかなかった。

それから二日後、再び万里小路に赴いた。

路地に立った願阿弥はわが目を疑った。

野分前の万里小路には足の踏み場もないほどに餓死者の骸が放置されていた。京人はすっかり骸に慣れてしまったのか骸を器用に避けながら口に手を当てて足早に通っていったものだった。

それが今、路上に餓死者の骸が見当たらないのだ。

——鴨川の洪水で骸はすべて流されてしまったのだ。ここに打ち捨てられた骸の一体とて小卒塔婆を添えて回向できなかった。なんとも哀れなことよ――

願阿弥は路上で長い間手を合わせ、経を念じた。

余談であるがこの小路の様を見た禅僧の李瓊《りけい》は自分《おのれ》のその日の日記に、

『洛中死骸之悪ヲ洗浄スル也　快哉』

と記している。

李瓊は足利義政に重んじられ、幕政に深く関与して政治力を持った僧であった。

この僧が、骸を悪と呼び、骸が濁水で洗い流されたことを、快哉（爽快）と呼ぶ。人を人と思わぬ李瓊の本音は彼ひとりでなく義政をはじめ為政者らが流民や京人に抱いていた本音でもあった。やがてこうした民をかえりみない為政者らの堕落は、京をことごとく焼き尽くす大乱（応仁の乱）の引き金となっていく。

経を念じ終わった願阿弥は鴨河原の状況を確かめるため再び五条橋まで行った。

川幅いっぱいにひろがった濁水はまだ退いていない。

――万里小路で見たように河原に打ち捨てられた骸もことごとく流されてしまったに違いない。回向し残した骸が二万や三万体はあったはず――

願阿弥は橋上で手を合わせるしかなかった。

翌朝から願阿弥は洛中の大路小路に行き倒れた餓死者一人ひとりに小卒塔婆を置いて念仏を唱えてまわった。

来る日も来る日も願阿弥はこれを続ける。

願阿弥の髪と髭が伸び放題となった。これがために願阿弥であると気づく京人はいなかった。

京人が願阿弥の回向に共感し、名を問うたが願阿弥は、

「名などどうでもよい。拙僧は飢えたる流民を救えずに死なせてしまった。そうした者が浄土に往生能うようにと願って回向をしている」

と呟くのみだった。

九月。

「今日をもって小卒塔婆回向を終える」

洛中からもどってきた願阿弥が高女に告げた。

「洛内に打ち捨てられた骸すべてに小卒塔婆を置き終わったのですね」

「わたしの目の届くところ、ことごとくの骸には置き終わった。とは言え、野分で流されてしまった骸や路傍や空き地に埋められた骸、さらには今こうしている間にも餓死していく者に小卒塔婆を置くことは能わぬが、これは仕方ないこと」

「明日からは竹短冊を作らなくてよいのですね」

「ああ、よい。ご苦労であった。ところで竹短冊は幾つ作ったのかな」

「十万には届きませぬが、八万四千枚ほどでしょうか」

「ここに残っているのは何枚ほどか」

「二千枚ほど」

「と言うことは八万二千の小卒塔婆を骸に置いたことになる」

「願阿弥さまは、八万二千回もの経を念じられたのですね」

「声も枯れるはずだ。念じたとて餓死者の誰ひとり成仏した者は居るまい。飢饉さえ起きなければ皆、それぞれの国にあって、それなりの暮らしをしていたであろう。そして高どのは稚児《ややこ》を餓死させずにすんだ」

「飢饉は起きたのです。それによって八万二千人もの流民、河原者、京人が餓え死にしたのです。それればかりか鴨川の出水で流されてしまった方々を含めれば十万を超える方が、この京で命を落としたことになるのではありませぬか」

「その中で高どのも拙僧もよく生き残れたものだ。噂では諸国の今年の米の収穫は飢饉前にもどったそうな。来月、すなわち十月になれば新米が京に届く。土倉や米問屋、富裕な商人《あきんど》らは米の出来が平年並と知って、あわてて買い占めた米を売り出しはじめた。それで京の米の値は急激に下がってきている。これで飢え死にする流民も減るであろう」

「わたくしが生き残れたのは願阿弥さまが『竹短冊作りの手伝いを頼みたい』と誘ってくだされたからでございます。実を申せば五条橋で願阿弥さまに再会した節、わたくしは死んだわが児と共に鴨川の中瀬に飛び込むつもりでした」

「そうであったか。日々幾百人と餓死していったなかで、自らの生き死にを選ぼうとしたのは贅沢と言えるかもしれないのう。いや、これは冗談だがの」

そう言って願阿弥は高女に笑ってみせた。

高女が願阿弥の笑い顔を見るのははじめてだった。


翌日、ふたりは庭に二千枚の竹短冊を積み上げて火を点けた。

「この煙が回向しきれなかった数万の餓死者に届き、成仏してくれることを願うばかりだ」

願阿弥は手を合わせ瞑目した。

高女もそれに倣った。

煙は中秋の紺碧の空に一筋真直ぐに上っていった。

泣き虫お紋

（一）

室町幕府、八代将軍足利義政には将軍職を譲るべきわが子がいなかった。

そこで三つ違いの弟義尋《よしひろ》を次期将軍に決めた。

浄土寺門主であった義尋は還俗して名を義視《よしみ》と改めた。

義政は義視の後見役を幕府の有力守護大名である細川勝元に命じた。

ところがその二か月後、寛正六年（一四六五）一月、義政と正妻日野富子の間に嫡男（義尚《よしなお》）が生まれた。

〈義政と富子は夫婦であるのだから、義政は富子が妊娠したこと知っているはずで、生まれてくる子が男か女か見極めてから、次期将軍を決めるのが常識ではないか〉

という疑問が湧く。

この疑問に誰でもが納得する答えはない。ただふたりの夫婦仲が悪かったことは歴史上知られている。夫婦仲が悪くとも子はできるのである。

富子はわが子義尚を次期将軍に就かせようとして、義視排斥の策略をめぐらすとともに、後見役に勝元に拮抗する守護大名山名持豊《もちとよ》（宗全《そうぜん》）を選んだ。

これによって細川勝元と山名宗全は対立することになった。

この対立に将軍義政は静観する立場を取った。

両者は広く諸国に呼びかけて兵を募った。

細川方には京極、赤松らの守護大名が、山名方には六角、一色《いっしき》らの守護大名が馳せ参じた。

他の守護大名らは自国内の事情や隣国との関わりなどを熟慮して、両陣営のどちらかに与力することにし、兵を率いて続々と京に入った。

山名方は山名邸に、細川方は細川邸に陣を敷いた。

山名邸は細川邸より西に位置していたことから、山名連合軍を西軍、細川方を東軍と呼んだ。

日に日に入京する武将の数は増えて洛中は不気味な様相を呈するようになった。

東西両軍はにらみ合ったまま、相手の出方を窺う。

この様を京人は憂慮しながらも、

――洛中は帝が住まわれている地、ここで戦を始めることなどない。戦場は鴨河原か洛外の人家のまばらな広い地――

と楽観もしていたが、大方は不安を感じ、いつでも洛中から逃げ出せるように家財道具をまとめ、万が一の事態に備えた。

（二）

応仁元年（一四六七）五月二十六日未明。

六条室町に呉服を商う店《たな》を持つ権兵衛は耳を圧する聞き慣れぬ音で目を醒ました。

なにごとかと寝床からはい出し、庭に出て木戸をわずかに開け、室町通りをのぞき見た。

まだ明けやらぬ中、槍を抱え、刀を携えて走る人々の姿が目に飛び込んできた。

権兵衛は、

――西軍だか東軍だかわからぬが、京から引き上げるのであろう。これで洛中は平常にもどる。わしらも枕を高くして眠れる――

と安堵した。

軍列は途切れることなく権兵衛の店の前を通り過ぎていく。

権兵衛は空を見上げる。

朝焼けである。両腕を上げてひとつ大きく伸びをし、そのままの姿勢で小首を傾げた。

――いつも見る朝焼けの方角とは違う。あの方角は北。まさか――

権兵衛は家に駆け込み、家族と使用人らをたたき起こした。

それが合図であったかのように、洛中の町々に設けられた物見櫓から半鐘《はんしょう》の打音が響き渡った。東軍（細川方）が西軍（山名方）の室町邸（足利幕府の本拠地）を奇襲したのである。世に言う『応仁の乱』である。

西軍の兵はちりぢりとなり洛中の公家の邸宅、寺社に逃げ込んだ。それを追う東軍。戦いは市街戦となった。東軍は西軍が逃げ込んだ邸宅、寺社を焼き払い追いつめる。焼き払った火は町家に飛び火した。室町通り沿いの家々は一面火の海となった。

開戦三日後の二十八日、将軍足利義政は両軍に停戦を命じたが、勝元（東軍）も宗全（西軍）も聞く耳を持たなかった。

六月三日、将軍は細川勝元（東軍）に牙旗《がき》を与えて、義視を東軍の総大将に任命した。牙旗とは天子や将軍が立てる旗のことである。

義政の腹づもりはこの政略で西軍に手を退かせることであった。

ところ意に反して西軍側は山名家が支配する分国（山陰・山陽六か国）などから兵を呼び寄せ、東軍と洛内で激戦を繰り返した。

これにより洛中、洛外の神社や主だった館の多くは灰燼に帰した。

京人は鴨河原や河東(東山地区)に避難し、公家や富裕者は伝手《つて》を頼って京を逃げ出して諸国に下った。

伝手のない多くの京人は洛中に留まるしかなかった。

戦闘は一か月後の十月になってようやく収まり、以後両軍の小競り合いが散発的に続くようになった。

東西両軍二十七万余、京人十万余、合わせて四十万ちかい人々が二里（八キロ）四方の狭い洛内でひしめき合うこととなった。

（三）

応仁三年（一四六九）五月。両軍の小競り合いは三年目に入っていた。

鴨川六条河原に二千人とも三千人とも知れぬ京人が坐していた。

その中を、

「餅はいらんかね。ひとつ二文。つきたての餅」

声を張り上げて売り歩く娘。

「桂川で獲れた鮎、こんがり焼いた鮎。買わしゃんせ」

雅な声掛けをする女。そのほか様々な女が様々な物を担ぎ、腕に抱え、あるいは頭に乗せて売り歩いている。

六条河原は振り売りの女たちの売り声と坐した京人らが交わす声で喧《かまびす》しい。

その中に呉服商の権兵衛も居た。

――いやはや、この賑わいはなんだ。とても戦のとばっちりを受けてここに逃げ込んできた者らとは思えぬ。それにしても京人のいつに変わらぬ明るさよ——

そう思いながら権兵衛は坐した人々に目をやる。

人々は大きな布袋を横に置いている。むろん権兵衛も同じである。布袋には干飯《ほしいい》などの非常食と野宿するに必要な夜具などが詰め込まれている。

だがそうした京人ばかりでなく、着の身着のままの人々も大勢混じっている。身を小さくして座す彼らは〈河原者〉と呼ばれる人々である。六条河原には千人を超える河原者が住んでいる。そこに京人が戦の難を避けて一時避難してきているのだ。

権兵衛は近くに坐している女ばかりの避難者集団に目をとめた。

三十人ほどのその集団は他の避難者と異なり化粧が濃く、着ているものはあでやかである。その中にひときわ目を惹く女がいた。その女が時折、権兵衛を盗み見るようにちらちらと目線を送ってくる。

権兵衛は気になって仕方がない。意を決して座を立つと、その女の許に行き、

「どこかでお会いしたことがありましたかな」

と訊《たず》ねた。

「もしや六条室町通りに呉服店《だな》を開いている権兵衛さまでは？」

女は待ち構えていたように応じた。

「いかにも申される通りだが、そこもとは」

権兵衛にはそのような艶な女に見覚えがない。

「お忘れですか、紋左湯屋《もんざゆや》のお紋でございます」

女はそう告げてあらためて権兵衛に頭をさげた。

「なんとお紋ちゃん。あのお紋ちゃんか。して紋左衛門《もんざえもん》どのは」

「父《てて》は二年前に戦に巻き込まれて殺されました」

「あの紋左衛門どのが……」

権兵衛と紋左衛門は隣家の幼馴染みで、紋左衛門の家は湯屋を営んでいた。隣り同士の誼《よしみ》もあって権兵衛は湯銭《ゆぜに》を払わずに好きな時に入浴できた。長ずるに及んで権兵衛は呉服の行商を始めた。布を買い込んでそれを背負って洛中、洛外に売り歩くのである。一方、紋左衛門は父の家業である湯屋を継いだ。

しばらくしてそれぞれが所帯を持ち、権兵衛は権太郎という息子、紋左衛門は紋という娘を授かった。

権兵衛は呉服の行商が繁盛するに至って洛中の外れの六条室町に家を買い、呉服店を営むことになった。

これを機に権兵衛と紋左衛門の行き来は途絶えた。

「権兵衛さまが六条室町に引っ越されたのはわたしが七、八歳の時」

お紋はいかにも懐かしげに言った。

「となれば、お紋どのとの再会は、十四、五年ぶりということになるかの。そうか紋左衛門どのは亡くなったのか。湯屋は戦火にあわなかったのか」

紋左湯屋は四条車《くるま》大路にある。権兵衛の店から比べると洛中のそれも中心部に近く、東西両軍の戦禍を受けやすかった。

「さいわいなことにあっておりませぬ。権兵衛さまの店は？」

「なんとか焼かれずにすんでいる」

「商いは続けておりますのか」

「店を閉じ、昔のような行商を細々と続けている。紋左湯屋は？」

「やっております」

「紋左どのが亡くなったあとを女手一つでやっているのか」

「どうにか」

京人は入浴をことのほか好んだ。

室町期、入浴の仕方は二通りあった。

一つは湯屋で、備え付けの釜でわかした湯を湯ぶねに引いたり汲み入れたりするもので、現今の銭湯（公衆浴場）にちかい。

もう一つは風呂。釜で沸かした湯の熱風を密室に吹き込み身体を蒸し、発汗させて後、室外に備えた岡湯で汗を流すという入浴法で現今の蒸し風呂に似ている。

この頃、洛中には湯屋、風呂屋がそれぞれ十軒ほどあった。

入浴の準備が整うと、ほら貝を吹いて開業を報せた。洛中のどこに居ても、どこからか、ほら貝の音が京人の耳に届いた。

「西軍、東軍の小競り合いが絶えぬ洛中でよく湯屋を続けていけるものだな」

「小競り合いが頻繁にあるわけではありませぬ。ない節は開いております」

「開いたとて湯に浸かる者など居らぬのではないか」

「それが繁盛しております。とは申せ、京人の入浴者はわずか。大方は西軍、東軍の武家衆」

「武家衆を相手に湯屋をやっているとは驚いた。で、武家衆は湯銭を払ってくれるのか」

「武家衆の一番下《した》っ端《ぱ》、足軽と申す方々の中には払わぬ者もおります」

「足軽と聞くと今でも怒りがこみあげる。一年前に西軍だか東軍だか定かではないが、足軽に店を襲われ、呉服の一切合切を持ち去られた。それが因《もと》で店を閉めた」

「父を殺したのも、おそらくそうした無法をはたらく足軽」

「その足軽らを紋左湯屋は無銭で入れてやる。それでは紋左どのが浮かばれんぞ」

「そう言われるとわたしの立つ瀬がありませぬ」

「お紋ちゃん、いやお紋さんを責めるつもりで申したのではない。しかしなぜ足軽どもが湯銭を払わなくても湯屋をやっていけるのだ」

「この六条河原に一緒に難を避けてきた仲間が居るので紋左湯屋はやってゆけるのです」

お紋は女子衆を一瞥し、それから意味ありげな顔を権兵衛に向けた。

「はて、わしにはお紋さんが申していることがよくわからぬ」

「呉服店《だな》では何人の方が働いておりましたのか」

「わしと倅の権太郎、それに番頭と呉服を仕入れる男ふたり。ほかに布帛《ふはく》を背負って洛中、洛外を売り歩く娘八人」

権兵衛呉服店《だな》は手広い商いで洛中ではよく知られていた。

「その売り娘《こ》らは今どこに」

「暇を出した。親御《おやご》の許にもどったのではないか」

「八人が八人とも身内の者が洛中におられるのですね」

「いや洛中に家があるのはふたり。あとの者は口入れ屋に頼んで雇い入れた。口入れ屋によればその六人は畿内の者で、諸々の事情があって親許を離れなければならなかったとのことだった」

口入れ屋とは今で言う就職斡旋業者のことである。

「諸々の事情があるなら、その娘らが親許にもどったとは思えませぬ。権兵衛さまに暇を出された後にも洛中に留まっておられるのでは。おそらく、辻君をしているか、乞食に身をやつしているか、それとも飢えて死んでしまったか」

〈辻君〉とは大路小路の辻に立って春を販《ひさ》ぐ女を指す。

「脅かさんでくれ。足軽の掠奪にあったがゆえに店が立ちゆかなくなり暇を出したのだ。わしの詮索はそれくらいにして、お紋さんが『仲間が居るので紋左湯屋をやってゆける』と申したがそのこと、聞かせてくれ」

「ご存じのように湯屋は湯に入るためだけにあるのではありませぬ」

そう言ってお紋は権兵衛を探るように見た。切れ長の目は権兵衛をぞくりとさせるほど艶《つや》っぽかった。

その一言で権兵衛はお紋がなにを言おうとしているのかがわかった。

湯屋は室町期の後期になると、湯女《ゆな》を雇って男の入浴客の世話をするようになった。その世話とは客の身体を洗い、酒間を取り持ち、夜の相手もつとめた。

――お紋は湯女を大勢雇い入れ、湯屋に押し寄せる西軍か東軍の武家衆から銭を取って湯女に相手をさせているのであろう。湯女は湯屋を訪れる武家衆に比べてその員数は極めて少ない。湯女に支払う料金は高価であるはずだ――

と権兵衛は思い至った。

「わしはお紋さんの幼かった頃を覚えているが、あの頃のお紋さんはひ弱で倅の権太郎にいつもピイピイ泣かされていた」

「この乱世、いつまでもピイピイ泣いていては洛中で暮らせませぬ。見なされ、ここに難を避けてきた何千もの京人を。戦が始まった三年前、京人は暗い顔をして怯《おび》えていましたが、今は誰ひとり怯えたり嘆いたりしている方は見当たりませぬ。わたしはこの理由《わけ》のわからぬ戦が終わり、京に平穏がもどるまでは仲間と共に湯屋を続け生きのびる所存」

「お紋さんがこのように抜け目なく逞しくなるとはのう」

権兵衛はつくづく驚いたといったふうに口を結んで首を横に振る。

「ところで、権太兄《ごたにい》は一緒ではないのですか」

お紋の口調が柔らかくなる。

隣家同士であったお紋と権太郎は兄妹のようにして育った。

「倅は町衆の若者らと力を合わせて、わしらが住まう六条町のまわりを土手やら井桁に組んだ木材やらで囲い、その中で居座っている。権太郎らはそれを『囲《かこい》』と呼んでいる。囲で足軽らの掠奪を防ごうとしているが、囲の高さは五尺（約一・六メートル）にも満たぬ。そのような囲では、徒党を組んで襲ってくる無法な足軽を防げるわけがない」

「湯屋などやってなければ権太兄と一緒に囲作りをしたかった」

「加わらんでなによりだ。こうして洛中で両軍が小競り合いを起こすたびに鴨の河原に逃げてくるのが最善」

「そうでしょうが、こう度々《たびたび》だと湯屋をやってゆくのもしんどくなります」

「戦が始まってから三年、その間、河原への避難は四、五十回にもなろうかのう」

「そのくらいになりましょうか。しかし慣れることはありませぬな。此度は夕刻までに湯屋へもどれるとよいのですが」

「いや、お紋さんらはここで一夜を明かすことになりそうだな」

権兵衛は厳しい顔で南西方を指さす。

煙が一筋上っている。

「確かにあの煙は湯屋がある方角。此度の小競り合いは少しばかり長引くのかも。となれば仲間とここで一夜を明かすことになりそうです」

「湯屋は大丈夫か」

「湯屋が燃えてしまえば困るのは東軍、西軍の武家衆。そのことを武家衆はよく知っています」

「湯屋は西軍か東軍どちらか一方が専用しているのであろう。ならば専用しておらぬ兵らが湯屋に火をつけるとも限らぬのでは」

「まずありませぬ」

「そんなものかの」

「戦が始まった三年前とは違い、今は両軍の小競り合いのみ。それも五日に一度、あるいは十日に一度と間遠うになっています。小競り合いがない節の洛中はそれなりに平穏。西軍、東軍の武家衆が湯屋を訪れます」

「まさか敵同士が湯ぶねに一緒に入るなどと申すのではあるまいな」

「そのまさかです」

「信じられぬ」

「素裸になって湯に浸かっていれば敵か味方かの見分けもつかないのでしょう」

「戦の最中に敵味方が一緒に入浴するなど聞いたこともない」

「わたしだって未だに信じられませぬ。わけても足軽の輩《やから》ときたら湯からあがると両軍混じって車座になり談笑さえするのです。その様を見ていると、町家に押し入って強奪をしたり火付けしたりする無法者とは思えませぬ」

「車座になって話を交わす輩《やから》はおそらく領主に徴用されて足軽に組み入れられた百姓らであろう」

「そのようですね。わたしは足軽に仕立てられたお百姓を百姓足軽、領主から扶持《ふち》をいただき代々足軽を生業《なりわい》にしている武士《もののふ》らを本足軽と呼んで区別してます」

「百姓足軽、本足軽、どちらがわれらに無法をはたらくのか」

「どちらでもありませぬ。この二つの足軽のほかにもう一つ別の足軽衆があるそうです。その足軽衆が無法をはたらくのです」

「もう一つの足軽衆？」

「湯屋に参る武家衆から聞いたことですが、その別の足軽衆は畿内を荒らしまわっている盗賊らをかき集めて作ったとのこと。このことを教えてくれたお武家はそのかき集めた足軽衆を『盗賊足軽』と呼んで蔑《さげす》んでいる、と申しておりました」

「なんと名付けようとかまわぬが、盗賊足軽の横暴を東西両軍は許しているのか」

「いまだに洛中を荒らしまわっているところをみれば、許しているのでしょう」

「わしらは本足軽、百姓足軽それと盗賊足軽の三者を一緒くたにして足軽と呼び、足軽なら誰でもが京を荒らしまわり無法を行っていると思っていたが、そうではなかったのだな」

「盗賊足軽が京人に無法をはたらくのは戦のどさくさにまぎれて。戦が終われば盗賊足軽は無法をはたらく場を失うことになります。一体いつになったらこの戦は終わるのでしょうね」

お紋は吐息ともため息ともつかぬ息を吐く。

「もはや地に落ちた将軍では、この戦を終わらせる力などない。それが証《あかし》には戦は三年も続いているが今もって、どちらが勝つのか闇の中。一年後か二年後、いやこのままでは五年後でもまだ終わらぬかもしれぬ。山名さま、細川さまどちらかが死ぬまで続くに違いない。死んでくれるのが五年先なのか、あるいは十年先なのか。いっそ、ふたりとも明日にでも死んでくれれば天下万民のためになる」

余談であるが、権兵衛のその望みが叶ったのは開戦後七年経った文明五年（一四七三）のことである。この年の三月に山名持豊（宗全）が死去、五月に後を追うように細川勝元が死去した。いずれも病死で、宗全六十九歳、勝元四十四歳の享年であった。だが両者が死しても戦は終わらず、終戦するまでにはさらに四年の歳月を要することになる。


「どちらが死ぬまで、この戦が続くとなれば、今焼け残っている洛中の家々もことごとく灰塵となり京は廃墟と化していることでしょうね」

「わしの呉服店《だな》もなくなるということか」

「そうなるのでは」

「そう申すお紋さんの湯屋も同じではないか」

「覚悟のうえです。一面焼け野原となった洛中に紋左湯屋一軒だけが焼け残ったとて、なんになりましょう」

これも余談であるが、応仁の乱で洛中の古寺や著名な建物はほとんど焼かれ、現存する最古の建物は安貞元年（一二二七）創建の千本釈迦堂の本堂だけである。それ以前の建築物はすべて倒壊や灰塵に帰した。洛外の大原三千院も応仁元年に焼亡した。

京には応仁の乱以前、すなわち平安朝を思い起こさせるような古い建築物は皆無なのである。

「あたしは湯屋を焼かれても女子衆が食べていける新しい手立てを探し出して、細川さま、山名さまどちらかが死ぬのを待ちます。ええ、十年でも二十年でも。暗愚な将軍さまもその間に死んでくれるでしょう。それればかりか今戦っている者、みんなみんな討ち死にすればよいのです。さすれば京はさっぱりと新しく出直せます。あたしは出直した京に紋左湯屋を再建してみせます」

言い終わった時、河原に避難している京人や河原者の間からざわめきが起こり、大勢の者が右往左往し始めた。ふたりは話を中断させて、ざわめきが起こったあたりを見遣る。

異様な形《なり》をした男らが避難者らを追い散らし威嚇しながら権兵衛らの居る方に近づいてくる。その数は二十人ほどだ。

やがて男らはふたりを目にとめると、

「紋左湯屋のお紋だな」

毛皮で仕立てた上衣と竹で編んだ笠をかぶり朱鞘の大刀を背負った頭目と思しき男が威喝するように大声を発した。

お紋は権兵衛を押しのけるようにして男に近づくと、

「あたしになにか」

恐れげもなく応じた。

「紋左湯屋に行ったが戦の最中《さなか》、開いているわけもない。だがこいつ等はどうしても女を抱きたいと駄々をこねる。戦をしていても身が入らぬそうだ。抜け出してここに参った。相手をしろ」

「小競り合いが収まったら紋左湯屋も開く、それまで待つんだね」

権兵衛と話していた今までの穏やかな口ぶりがガラリと変わる。

「待てるんだったら、ここまで来ねぇ」

「真昼間《まっぴるま》だよ。しかも見てのとおり多くの人が難を避けてここに集まってるんだ。こんな所で相手をするわけにはいかないね」

お紋の目じりが上がり、凄艶な顔立ちになった。

「どんだけ人が居ようと、構うこっちゃねぇ。言うことをきいて相手をしろ」

「銭は持っているのかい」

「戦場《いくさば》に銭を持って行く奴がいると思うか」

「ないんだね」

「なかったらどうする」

「あってもなくてもお断りだ。ここは湯屋じゃぁない、六条河原だよ」

押し問答している間に何事が始まったのかと多くの避難者が寄ってきて、お紋らを遠巻きにして成りゆきを見守る。

「あたしらは湯女《ゆな》なんだよ。湯女には湯女の矜持《きょうじ》っていうものがある。辻君とは違うんだ。その辻君だって銭がない者なんか相手にしないのさ」

「聞いた風な口をたたくんだな。東軍の間じゃ紋左湯屋のお紋は気の強えぇいい女だと評判だが、なるほど違えねぇ。銭はこの通り持ってきた」

男は懐から袋を取り出し、お紋の目の前で二、三度振ってから足下に投げた。

「どうせ、京家に押し入って盗み取った銭だろう」

「だったらどうなんだ」

「京人がこの戦火の中で懸命に稼いだ銭。あたしも仲間の湯女もみんな京人なんだよ」

「それがどうした、銭は銭だ。銭さえ払えばいいんだろう。断っておくがな、おれたちゃお前《め》らを手籠《ご》めにすることなんざ、なんとも思っちゃいねえんだ。それをこうして優しく下手に出るなぁ、納得づくで相手をしてもらいてぇからだ。銭袋を拾え」

お紋が銭袋を拾おうと腰をかがめたそのとき、

「拾うな。拾ってはならぬ」

今までふたりのやり取りを黙って見ていた権兵衛が悲鳴に似た声をあげ、それから取り巻いた人々に向かい直すと、

「皆の衆、足元の小石を手に取ってくれ。さあ、早く」

と、ありったけの声で促した。その声があまりに切羽詰まっていたので、老いも若きも女も男も皆小石を拾って握りしめ、権兵衛を注視した。

「手にした小石はただの小石ではない。礫《つぶて》だ。礫は武器だ。この者らは町家に押し入って金品を掠《かす》め取り、逆らう家人を殺した足軽どもだ。いや、足軽に名を借りた盗賊だ。こいつらを生かして帰すわけにはいかん。石持てこいつらを打ち殺せ」

と声を限りに訴えた。

権兵衛の呼びかけは、取り巻いた人々に、足軽（盗賊足軽）らの無法に耐えに耐えてきた怒りに火

をつけた。両手に石礫を握って遠巻きにしていた輪を縮めて盗賊足軽らに迫った。

頭目は権兵衛に駆け寄ると抜刀し、権兵衛の胸元に切っ先を突きつけた。

「わしはどうなってもかまわぬ。こいつらを打ち殺せ」

権兵衛は怖じることもなく声を高めた。

頭目は権兵衛の胸元に突きつけていた刀を上段に構え、

「打ち殺せだと?。一石でも投げてみろ。その刹那にこの男を突き殺す」

石を持つ人々を睨み据えた。

「ひるむな。投げろ、投げつけろ。わしが殺されようとかまわぬ。投げるのだ」

「だまれ。だまらぬと突き殺す」

刀を握る手に力を入れる。その時、

「ああ、殺しな。だが殺せば、ここに居る者たちが何千何万もの礫をあんたたち目掛けて投げつける。それだけじゃない。あんたたちは川原石で頭を叩き割られるよ」

お紋が押し殺した声で一歩前に出ると、頭目を睨み据えた。切れ長の目尻があがり、凄艶さが増していた。

お紋の艶姿に圧倒された人々は、

「叩き潰せ、頭を叩き潰せ」

声を和して頭目らに迫った。

頭目は驚愕した。

――こいつらはわしらを鬼のように恐れているはずだ。刃向かえるはずはない。それを見越して戦場《いくさば》から女を抱こうと河原に来たのだ――

「真《まこと》、こいつをぶった切るぞ」

頭目が怒鳴った。

「ぶった切れ、ぶった切れ。ぶった切ったおまえらの頭は、わしらが河原石で叩き潰す。叩き潰す」

人々は石を持った手を挙げて投げる態勢を整え一歩、また一歩と歩んで包囲の輪を縮めていく。

――叩き潰されるかもしれぬ――

戦場で雄叫びをあげ、刀を突き出し、敵方に突っ込んでいく時には感じなかった恐怖が頭目の胸中をよぎった。

――二十人とこの群衆、勝負にならぬ――

頭目は権兵衛に突きつけていた刀を鞘に収め、引き連れてきた男らに、

「去《い》ぬぞ」

と苦々しげに告げた。

男らは口を固く結び、肩をいからせて人々を威嚇しながら引き上げていった。

その後姿を見送った人々から拍手と歓声があがった。

「皆さま、礼を申します。散会なされませ」

お紋は目尻を下げ、人々に穏やかな笑を向けた。

集まった人々は元の退避場所へともどっていった。

「お紋さんに助けられるとは思いもよらなんだ。そこで訊くが、わしがあいつらに殺されても構わぬと、お紋さんは真《まこと》、思ったのか」

「まさか、思うはずもありませぬ。弱気に出れば、あいつらの意のままになるしかないことを、わたしはこの戦が始まって以来の三年間で学びました。わたしどもを取り巻いた京人や河原者に呼びかければ、皆の力を得て、権兵衛さまの窮地を救えると思ったのです。それよりも、殺すことをなんとも思わぬ盗賊足軽らを前にして、石持て、と皆に呼びかけた権兵衛さま。先ほどまでわたしと話を交わしていた権兵衛さまとは、まるで別人のような豹変。一体どうなされましたのか」

「あの頭目の顔を見忘れるわけがない。わしの店から呉服一切を奪ったのはあいつだ。それに気づいた刹那、怒りで身体《からだ》中が震えた。それから先のことはよく覚えておらぬ。それにしてもお紋さんの度胸にはただただ驚き入るばかり」

権兵衛はそこで一呼吸おいて、

「お紋さんは頭目が投げた銭袋を拾うつもりだったのか」

と訊いた。

「ええ、拾うつもりでした。権兵衛さまもそう思われたからこそ『拾うな』と申されたのでしょう？」

「やはりのう。銭袋を懐に収めて頭目らの言いなりになる、そういうことだったのか」

「いいえ、拾いあげて頭目につき返すつもりでした。それが権兵衛さまの一言で思いもよらぬことになりました」

お紋はそう告げて嫣然と笑った。

（四）

「六条河原でお紋ちゃんに会ったぞ」

避難先から店《だな》にもどってきた権兵衛はそう告げて、河原で起きた一部始終を息子の権太郎に話した。

「わしはお紋ちゃんの変わりように驚かされた」

「いつもめそめそ泣いていた一つ年下の紋がなぁ」

権太郎は半信半疑だ。

「お紋ちゃんに教えられもした」

「親父《おやじ》にしてはずいぶんと殊勝だな」

「わしときたら盗賊足軽らの無法を恐れて両軍の小競り合いが起こるたびに河原に逃げ込むだけであった。そのうえおまえに『囲《かこい》作りなどやめろ』と申して、はばからなかった。それを悔い改めることにした」

「たった一日、紋に会っただけで親父がこうも変わるなんて信じられん。紋に会って親父を操《あやつ》る術を訊いてみたくなった」

「わしはこれから解雇した番頭や売り娘《こ》らを探しだし、店を再開することにした。そこでおまえに頼みがある」

「むろん、おれも手伝うよ」

「いや、店は番頭らに任せる。おまえはわしと一緒に町々をまわって、囲を作るよう町衆にはたらきかけてもらう」

「それはおれがかねがね思っていたことだ」

「ついては力を貸してくれるような者を知っているか」

「知っている」

「ならばそこからはじめよう。頼むぞ」

そう言って権兵衛は息子に頭をさげた。

「頭をさげるなんて親父らしくねえな」

権太郎はいかにも居心地悪そうな顔をした。

権太郎は長ずるにつれて父といがみ合うことが多くなった。そんな時、母が間に立って双方をうまく仲直りさせた。その母は四年前、すなわち京で戦が始まる一年前に病死した。以来父との仲はしっくりいってない。それが父の、頼む、という一言で父との間が近くなったように思えた。

おそらく、父の豹変は紋の生き方に感化されたからであろう。

権太郎は紋がどのように変わったのか会ってみたいと心底思った。

翌朝、権兵衛は息子の案内で今出川新町に赴いた。新町は六条町と同じように町の周囲を土手で囲ってあった。

ふたりは新五郎という囲を作った指導者に会った。歳は権太郎と同じくらいである。

「盗み、押し込み、火付けをくり返す足軽どもから町衆を守るには町々に一つでも多くの囲を作ることしかない。しかるに洛中にはわたしが住まう六条町とこの今出川新町にしか囲は作られていない。われらが力を合わせて他の町にも囲を作るよう呼び掛けたいが力を貸してくれないか」

権太郎の申し出に新五郎は一も二もなく乗った。

「北洛の田中郷にすごい囲があると聞いている。どうであろう、これから田中郷まで行ってみようではないか」

新五郎の誘いを受けて権兵衛父子は新五郎の案内で今出川新町より九町（約一キロ）ほど北方の田中郷を訪ねた。


田中郷の入り口に立った三人は目を見張った。郷の周囲を高さ四尺（一・二メートル）ほどの土居《どい》（土を盛り上げた土手）で囲ってある。その土居裾には幅一間（一・八メートル）深さ半間（九十センチ）ほどの堀が設けてある。

「土居の高さは低いが堀底に立てば土居の頂までは七尺（二・一メートル）ほどと思える。この高さなら賊は土居を乗り越えられまい」

六条町囲や今出川新町囲から比べるとなんと堅固なのか、と権太郎は思った。三人は土居に沿って歩く。一周して再び郷の入り口にもどる。一周の長さは半里（二キロ）ほどもある。六条町囲、今出川新町囲の延長はその半分ほどである。

郷への入り口は一か所でそこに行くには堀に架けられた小橋を渡らねばならない。三人は小橋を渡る。木戸門が行く手を遮っている。門は閉まっていた。

権兵衛は木戸越しに大声で来訪を告げた。すると木戸門の上部に設けられた櫓《やぐら》に男が現れ、要件を訪ねた。

「わしは六条町で呉服を営んでいる権兵衛と申す。話したきことあってこの囲を作った者に会いに参った」

と申し入れた。

しばらく経って木戸が開き、内から壮年の男が出てきて郷内に誘《いざな》った。

「わしが構築の指揮をとった与一でござる。して話とは」

男は胸を反らせて応じた。

「伺ったのは」

そう言って権太郎は新五郎に話したと同じことを与一に告げた。

「盗賊足軽どもをのさばらせておくことは耐え難い。わしに与力せよとの誘いなら承知すること吝《やぶさか》ではない」

「田中郷の囲を拝見しました。堅固さには驚きました」

権太郎は感じ入った態で言った。

「田中郷の囲と申されるが田中郷には囲なるものはない。あるのは構《かまえ》だ」

横柄で高所からの物言いに権太郎と新五郎はやや鼻白む。それを察した与一は、

「いかん、つい昔の物言いにもどる、許されよ。実はわしは二年前までそれなりの高禄をいただく細川勝元さまの家臣であった。盗賊らを足軽として召し抱えた勝元さまは、彼らをわしの配下に置いた。ところがこの連中はわしの命に従う気などなく、戦場で勝手に動き回る。そのうえ、しばしば戦線から離脱して、京人が戦火を避けて鴨河原に避難したのをいいことに、留守となった町家に盗みに入り、盗むものがないと腹いせに家に火をつけた。わしはそうした無法に目をつぶることができず、彼らを放逐することに決め、勝元さまに言上した。ところが勝元さまはわしの申し入れを無視した。と申すのも彼らは一度《ひとたび》戦えば抜群の働きをするからだ。その戦功に勝元さまは褒美を与え、さらに彼らを使いこなせぬわしを罵《ののし》った。事ここに至ってわしは勝元さまの許を去り、洛北のこの田中という小さな郷に身を潜めた。その田中郷は盗賊足軽によって何度も掠奪にあっていた。そこでわしは郷人と力を合わせて盗賊足軽を撃退するための構を作った。以来田中郷は一度も盗賊足軽の掠奪にはあっておらぬ」

歴史書の『応仁別記』には、細川勝元が足軽として雇った盗賊らが大きな戦功をあげたことに対して呉服と黄金造りの太刀を与えた、と記されている。

彼らは鎧を身に着けず裸同然で刀を手足のごとくに使い敵軍に切り込み、戦場を走り回った。

「与一さまの話を聞いた限りでは囲も構も同じ。違うとすれば堅固さだけ。そう思われますが」

与一を武士だと知った権太郎は遠慮がちな口ぶりだ。

「それは大いに違うぞ」

「与一さまはわたしどもが作った囲を見ておらぬからそう申されるのでしょう。一度見てから言ってくだされ」

憤懣の新五郎。

「外と内から仔細に見ておる。だがあれでは町衆を盗賊足軽から守ることは能わぬ。東西両軍の小競り合いはまだまだ続く。こうした中で大勢の京人が暮らし続けておる。これら京人が逃げ惑うことなく町内に留まっていられるようにするには、その場しのぎの囲では役にたたぬ。播磨国の浦上構、四国の讃州構など世に知られた構がある。田中郷の構はそれに倣って作った。構と囲は作る者の思いがはじめから異なるのだ」

「囲も構も盗賊足軽から町衆を守るもの。異なるとは思えぬ」

権太郎が不快げに抗弁する。

「守りに徹するのが囲。だが構は守るだけではない。先ほど浦上構、讃州構と申したが、いずれも武士《もののふ》が敵の襲来に備えて作ったもの。構を砦と呼び変えてもよい。すなわち攻め来る敵を撃退殲滅させるための工夫が構には施されている。おぬしらの囲とは似て非なるものだ」

「盗賊足軽は東西両軍の先兵。その先兵を敵といたすは東西両軍二十数万を敵にすることにはならぬのか」

権兵衛が口を入れる。

「確かに盗賊足軽どもは両軍ともに欠かすことのできぬ戦力だ。だからと申してあの者どもの無法を両軍は許しているわけではない。田中郷の構はそうした盗賊足軽だけを敵とするのだ。囲のように防備に徹するだけでは、この先も盗賊足軽が洛内を闊歩するであろう。盗賊足軽を敵と定めて囲を構に作り直すことをご両所にはおすすめする」

「わしらは武士ではない。盗賊足軽らと争おうとて、勝てるとは思えぬ」

苦々しい顔の新五郎。

「その思い込みがあのような柔《やわ》な囲を作り出したのだ。囲では盗賊足軽の来襲を減らすことができても絶やすことは能わぬ。それではいつまで経ってもやつらの無法はなくならぬ。やつらは徒党を組んで町々を襲うが、各徒党の員数は二十人前後。構内に籠る町衆は五百人を下るまい」

「徒党は一党や二党ではない。十指に余るのではないか」

「そうかもしれぬが、徒党同士の野合はない。町衆が力を合わせれば盗賊足軽を必ずや皆殺しにできる。まずは各町々に構を作り、それから盗賊足軽どもの横暴に力を一にして抗するよう町衆に呼び掛けることだ」

与一の熱弁を三人は聞き入るばかりだった。

(五)

与一と会った日を機に権兵衛は洛中、洛外の町々の長に構作りを説得して回った。

権兵衛は〈呉服の権兵衛〉として京で知られていたが、それにもまして六条河原での盗賊足軽との一件で名を高めたこともあって、京人説得にはうってつけの役であった。

この三年間、京人は盗賊足軽の無法に抗することなく過ごしてきた。

商売品を強奪された商人《あきんど》はむろんのこと、家を焼かれてその跡地に雨露だけがしのげる仮屋を建て住み暮らす京人、さらには親族を殺された京人らは盗賊足軽への憎しみがとりわけ強かったので、権兵衛の誘いにすすんで加わり行動を共にするようになった。

賛同者はたちまち一万を超えた。それればかりではない、土倉や米問屋などの富貴者は構作りにかかる費用を喜んで提供した。

彼らもまた盗賊足軽らの掠奪にあっていたのだ。


一か月後、権兵衛の呉服店《だな》に五十人ほどの京人が集まった。

いずれも町衆の長《おさ》や富貴者である。

集会の主旨は権兵衛からすでに聞いているので構を作ることに異議を申し立てる者はいなかった。

集まった人々は、六条町、今出川新町それに田中郷の三集落にしかなかった防御施設を洛中洛外の町々に構築することを即決した。

ここに戦が始まって以来、はじめて京人は力を合わせて盗賊足軽から京の町々を自らの手で守り、立ち向かうことになった。

その手始めとして高倉町が選ばれた。

この町は土倉を営む者が多く、彼らが構の築造費を潤沢に供与してくれたからである。高倉町構の築造に加わった町衆は二千人を超えた。

築造の監督指導は与一があたった。

与一は高倉町の町域の一部を構で取り囲むことにした。一部となったのは町の大半が戦火で焼け野原となってしまったからである。それでも構の総延長は十五町（一・六キロ）にもなった。

堀を設け、掘り上げた土で土居(土塁)を築く。二千人もの町衆でたちまちにして構を作り上げた。

東西両軍はこれを静観していた。いや静観するしかなかった。

町衆七万余の総意ではじまった構《かまえ》作りを止め立てすれば、町衆の手助けを得られなくなる恐れがあったからである。

町衆の手助けがなければ東西両軍は戦い続けることなどできなかった。

両軍の守護大名らは自国から米を運んで兵糧としているが、その量は十分でなく、不足分を京の米問屋に頼っていたし、合戦に必需の武具（弓矢、刀槍）の補充、それに甲冑の修繕等も町衆が担っていた。それればかりでなく三十万ちかい兵の副食、雑貨、菓子類、薬類、衣服、入浴、し尿処理さらには戦死者の処理まで町衆や河原者に頼っていた。

むろんこれら諸々を頼むにあたっては膨大な銭が京人や河原者に支払われた。つまり戦の最中であっても京人、河原者と東西両軍は持ちつ持たれつの間柄にあったのだ。

日を追って構作りに加わる町衆は増え続け、五千人を超えるようになった。それでも京人七万余の一割にもあたらない。富裕者は競って金銭を提供した。

三か月後、洛中、洛外の町々に二十を超える構が出現した。

構が作られた町の住人は洛中で両軍の小競り合いがあっても鴨河原に避難しなくてもよくなった。また仮屋に住んでいた者は新しく家を建て直すことが叶うようになった。

紋左湯屋がある四条車大路町にも構が作られた。

この四条車大路構は他の構と違っていた。

と言うのも、お紋が特別に頼んで作ってもらった『釘貫《くぎぬき》』と呼ぶ木戸(通用門)を設けたからである。

東西両軍の兵が湯屋を利用する際にこの釘貫を通らなければ出入りできないように工夫されたもので、釘貫には町衆の男らが常駐し、出入りの人々を厳しく検問した。

検問で盗賊足軽でないことがわかれば、構内に入ることを許したのである。

これによって両軍の兵は戦のないとき、出向いて構内で町衆が開く店で欲しいものが買えるようになった。

この釘貫はその後、構のほとんどに設けられることになる。

因《ちな》みに、釘貫という名の由来は、板の裏面から釘を貫通させたものを用いて木戸門を作ったことによる。やがて釘の有無にかかわらず、木戸門を釘貫と呼ぶようになった。

構に作りなおされた今出川新町は〈白雲構〉、六条町は〈権兵衛構〉と呼称され、洛中では堅固な構として知られるようになった。

（六）

「覚えておいでかぇ。幼い頃、権太兄《ごたにい》が『泣き虫お紋』と呼んで、あたしをいつも泣かせていたことを」

権兵衛構を訪ね、権太郎と会ったお紋はいかにもうれしそうだ。

「泣かせたなんて、とんでもねえ。紋はいつもめそめそ泣いていたよ」

「いいえ、あたしはいつも権太兄に泣かされていた。泣かされるたびに権太兄の嫁になんかなってやるもんか、って思てた」

「おれは紋が泣くたびに、こんな泣き虫は大人になっても嫁の貰い手なんて居ないだろうから、おれが貰ってやろう、と思っていた」

「嘘ばかり」

「嘘じゃねえさ。昔から女童《めわらべ》を泣かせる童は女童が好きだからだって言うじゃねぇか」

「と言うことは、あたしを泣かせていたことを認めるのね」

「幼い頃のことは忘れた。これからは時々紋左湯屋に行っていいか」

もいいよ」

「湯につかりたいの、それとも湯女が目当てなの。もし湯女が目当てならあたしが相手をしてやって

「紋は湯女として武家衆の相手をすることもあるのか」

「あるはずないでしょう。父《てて》が亡くなったその日から今日まで紋左湯屋を続けていくことだけを考えて過ごしてきたのよ。水汲み、湯沸かし、浴室の掃き清めなどをする男衆を使いまわし、湯女の愚痴を聴いてやり、入浴する東西両軍の武家衆が諍《いさか》いを起こさぬように気を遣う。湯銭（入浴料）の徴収もあたしひとりでやっている。そして気がつけばまわりから〈気の強い女〉と言われるようになった」

「そりゃ気の強い女にもなるわな。気の強い女、いいじゃねぇか。けどよ、おれだけは紋が本当は泣き虫で気が弱いことを知ってる」

そう言って権太郎はお紋の頭に手をやり、いい子だ、いい子だ、と呟いた。それは幼かった頃、泣いている紋を泣きやめさせるために権太郎が行った、まじないのような所作の再現であった。

するとお紋の目から涙が溢れて頰をつたい落ちた。

「権太兄と四条通りを飛び回っていた幼い頃、洛中に構《かまえ》なんて一つもなく気ままに町々を往き来してた。あの頃のような世にいつもどるのかしら」

お紋は手の甲で涙を拭き取る。

「戦が終わって十数万の兵が京から引きあげたとしても、あの頃のような世にはもどらねぇさ。三年続いている戦で将軍なんてものはあってもなくてもいいことがよくわかった。けどそれよりも、もっとわかったことがある」

そう言って権太郎はお紋を窺うようにして、

「わかるかい」

と訊いた。お紋が首を横に振ると権太郎は、

「幼い頃、親父や町の長老らから『町衆は公家や将軍や武家衆がもたらす富のおこぼれで暮らしている』と教わって育った。たしかに親父もおれも公家衆や武家衆に呉服を売って口に糊してきた。ところが戦が始まると多くの公家衆が京から逃げ出し、将軍さまのご家来衆は東西両軍の間をうろうろするだけ。京の治安を役目とする所司代は盗賊足軽の無法を取り締まることもできぬありさま。こんなひどい世上であっても町衆は京を見捨てず暮らし続けている。つまり、おれたち町衆は公家さまや将軍さまが諸国からかき集めた富のおこぼれなどあてにしなくともやっていける、ということだ。そう思わねぇか」

「そうかもしれないけど、そうだからって構なしでは今の京では暮らせない」

「今はな。降り続く雨だっていつかは必ずやむ。戦だって同じだ。やんだ後にどんな世が来るのかわからねぇ。けど、どんな世が来ようとも紋もおれも京から逃げ出すようなことはねえ。そうだろう」

権太郎は、そうだろう、という言葉をことさらゆっくりと言った。

「幼かった頃の様な構のない京にもどった時、あたしは白髪《しらが》のばあさんになっているかもしれない」

「て言うことは、おれは禿頭のじじいになっているってことか。そのとき独り者同士だったら、紋、おれの嫁にならねえか」

「なってもいいけど、そうなると幼かった頃の泣き虫お紋にもどっちまうかもしれない。それでもい

いのかい」

「構わねえさ。泣いたらおれが紋の白髪頭をなでなでしてやらあ」

その時、両軍の小競り合いを報せる半鐘の音が聞こえてきた。

「釘貫を閉めなくちゃならねぇ。紋、一緒に来るか」

権太郎は立ち上がると走り出した。そのあとをお紋が小走りで追った。

ひとりぼっちの観音さま

（一）

十一年間続いた応仁・文明の乱が終焉して十七年経った明応二年（一四九三）六月、陸奥国会津《むつこく》を大地震《おおない》が襲った。

翌年五月には京、大和（奈良）でも地震があった。

次いで明応四年（一四九五）八月、相模国に起こった地震では、鎌倉・高徳院の仏殿が津波で壊滅し、高さ十一メートルの大仏（鎌倉大仏）は露座の姿となった。

明応七年（一四九八）六月には九州で地震が頻発。

二か月後の八月二十五日、伊勢・三河・遠江《とおとうみ》・駿河・伊豆を巨大地震が襲い、遠江では荒井崎が壊れて浜名湖が外海と通じた。

明応七年、十月。

京五条河原に老婆と若者が河原石に腰掛けていた。

「お婆《ばば》になんと礼を申してよいやら」

若者が川面に見入っていた目を老婆に向けた。

「礼などいらぬ。それにしても末吉《すえきち》どんの行き倒れた所が、この五条河原だったのは幸いだった。これが洛中であったら救ってくれる者も居らず、今頃は骸《むくろ》となっていたであろう。ところで末吉どんの出自や京に参った理由《わけ》をまだ聞かせてもらっていなかったの。さしつかえなければ話してもらえまいか」

「おれは伊勢安濃津《あのつ》という港から半里ほど陸に入った小《ち》っちゃな村の百姓の倅。八月の大地震でひき起こされた津波でお父《とう》、お母《かあ》、それにふたりの妹が海にさらわれて、ひとりぼっちになった。家も流され、畑は海水に浸かって荒地に変わり、ここで生きていけなくなった。おらが村ばかりではない。安濃津は漁師の町として伊勢では知られているが、その安濃津はただの荒磯に変わった。おれは京《みやこ》に行けばなんとかなるだろう、そう思って村を出た。着の身着のままだったので、通りすぎる集落で物乞いをして食いつなぎ、琵琶湖の津まできた。そこは地震で琵琶湖の波をかぶり、物乞いどころではなかった。飲まず食わずで早々に津を通り過ぎ、京を目指した。翌日か翌々日かは覚えてないが、京の五条橋に着いたときは空腹で立っているのがやっと。空腹をごまかそうと河原に下りて、河水を呑んだまではおぼえているが、その後のことは、なにもおぼえていない。気がついたらお婆の葦小屋だった」

「そうか、縁者全てを失ってしまったのか。五条河原で顔を水面《みなも》に半分だけつけて倒れていた。死んでいるかと覗いてみたら、半目を開いて二度、三度、瞬きをした。急いで水面から顔を離し、河原に住まう若者に頼んで、わしの葦小屋まで運んでもらった。この婆の介抱でどうやら一命は取り留めた」

「お婆に助けられたことはわかっていたが、そんな経緯《いきさつ》があったとは知らなかった。お婆、あらためて礼をいう」

末吉は老婆の介護で体力を回復し歩けるようになると京に来た理由《わけ》も話さず、名だけ告げ、働き口を探して洛内を歩き廻り、日が暮れると老婆の葦小屋にもどってくる。これを五日ほど続けていた。

老婆はそんな末吉をなにも言わずに見守っていた。

「今日は洛中に出かけなかったが、どこぞで雇ってもらえたのか」

「この五日間、あっちこっちで雇ってもらえそうになったが、河原に住んでいると告げると断られてしまった」

「河原に住んでいるとは、すなわち河原者のこと。河原者が京で働き口を得るのはまず無理じゃ。なら、これからどうする」

「お婆に助けられたのもなにかの縁《えん》。しばらくの間、お婆のご厄介になって河原で暮らそうかと」

「わしに面倒をみてほしいのだな」

「いや、そうじゃなくて、おれの命を救ってくれ、そのうえ無銭のおれを食わせてくれたお婆に恩返しをしなくては罰《ばち》があたる、と思ったのだ」

「恩返しをしてもらえるほどの恩など施してはおらぬ。鴨河原で行き倒れた者に手を差しのべるのは、わしら河原者にとっては当たり前のこと」

「見かけたところお婆は六十路《むそじ》を超えているのでは」

「さて、超えておるのかどうか。なにせ生まれた年を知らんのだ」

「年寄れば手元不如意。おれが居れば少しは頼りになるのでは」

「ここに住まっている限り、そのようなことはない。それにもう十分に生きた。末吉どんの気持ちはうれしいが、まずは自分《おのれ》のことを考えなされ。先ほども申したが、河原者は洛中で働き口を得るのは能わぬ。どうしても働き口を得たいなら、河原から早々に立ち去りなされ」

老婆が十分に生きた、というのは確かなことで、この頃、河原に暮らしている者の寿命は四十歳前後であった。

「お婆がそう言うのであれば仕方ない。河原を出て、坂者《さかもの》にでもなって洛内で働き口を探そうか」

「正気で申しているのか。働き口を探して京中を歩き回ったのであろう。ならば坂者がどんな暮らしをしているのか知っているであろう」

神社や寺は小高い地に建っているのが多いので、参詣路は坂道となった。その坂道に住み着いたのが坂者と言われる乞食である。参詣人からの施しを唯一の生きる糧としていた。坂者が最も多かったのは清水寺の参詣路であった。

「ではどうすればいいか教えてくれ」

「せっかくわしが助けた命。仕方ない、しばらくの間、この婆の葦小屋で寝泊まりするがよい」

「助かった」

末吉は破顔をして、老婆に頭をさげる。童顔の末吉が笑うと、さらに童顔になり、思わず老婆も笑顔になった。

「働き口を求めて洛中を歩き回って気づいたのだけど、なんであのように京の大路小路は汚いのか」

老婆の許で暮らせることが叶ったので末吉の口調は軽い。

「はじめて京に来た者に大路小路は汚穢物《おわいぶつ》だらけで汚く見えるであろうが、京に住んでいる者にとっては見慣れたこと。見慣れてしまえば気にならぬ」

「鴨川沿いを北から南に通る大路（旧東《ひがし》京極大路）には糞が山盛りとなって放置されている。あれも見慣れたものなのか」

「あの大路にことさら糞が多いのには理由《わけ》がある。わかるか」

末吉は首を横に振って、お婆の言葉を待つ。

「野分《のわき》（台風）が来襲すれば鴨川は増水し、堤を越えて、あの大路に流れ込む」

「鴨川には堤が築かれてる。ほれここからだってよく見える」

「堤を作ってから何百年も経っている。あちこちがほころびて、野分が襲えば鴨の水はそのほころびから大路に流れ込む。濁水の勢いは驚くほど。路面を覆っている糞は流されて泥土で覆われる。野分が去った後、泥土を取り除けばきれいな大路になる。このことを知っているから京人はなるべくあの大路で糞をするようにしているのだ。伊勢安濃津のことは知らぬが、末吉どんの村の道も同じように糞に覆われて歩くところがなかったのではないか」

「とんでもない。路には塵一つ落ちてない。まして路上で用をたすようなことを村の者はしない」

「ではどこで用をたすのだ」

「路に面した畑の端に穴が掘ってある。それも一つや二つでなく、どの路にもある。そうした穴の上に二枚の板を渡し、そこに足を置いてしゃがんでする。京でもそうしてると思っていたが、それらしき穴はどこにも見当たらなかった」

「そんなことはない。同じようなのは京にもある」

「どこに？」

「働き口探しの途中で禅寺に立ち寄ったことはあったか」

「ない」

「ならば見てないのも当たり前。禅寺にある。その穴をお坊さまは東司《とうす》とか雪院《せついん》と呼んでいる」

雪院は後世に訛って『雪隠《せっちん》』と言うようになる。

「その穴に溜まった糞はどうするんだ」

「そこまでは知らぬ。満杯になれば、その隣あたりにまた新しい穴を掘るのだろう」

「すると禅寺の境内は糞穴だらけということか」

「境内がそのようには見えぬ。末吉どんの村では掘り穴に糞が満杯になったらどうするのだ」

「畑の肥やしに使う。いやその逆だ。肥やしを作るために畑と路の境に穴を掘ってその穴に糞をしてもらうのだ」

「糞を肥やしにするにはどうすればよい」

「穴の中に溜まった糞を百姓が一月《ひとつき》か二月《ふた》ほど手間暇かけて腐らせ熟させる。そうすると肥やしになる」

「まるで酒を造るようだの。とは言っても、それは末吉どんの村の話。洛中に、さしたる田畑はない。だから肥やしなどに用はない」

「そうかもしれぬが、このままでは大路小路に糞が溜まる一方」

「ここに都が定まって何百年経つのかこのお婆は知らぬが、大路小路の汚さは変わっておらぬ。末吉どんがあと一月もここに居れば、見慣れてなんとも思わなくなる。それまでの辛抱じゃ。洛中には糞小路と呼ばれている道さえある」

「将軍さまは糞だらけの京になんの手も施さないのかね」

「末吉どんが生まれたのは何時だ」

「文明五年（一四七三）」

「その年、京では将軍さまを巻き込んで、多くの大名が二手に分かれて戦の真っ最中。十一年間も続いた戦で将軍さまのご威光は地に落ちた。今の将軍（足利義澄《よしずみ》）さまでは京をきれいにする力などないし、きれいにしようなどと思ってもおらぬであろう」

「将軍さまでなくとも公家のひとりやふたりは京内をきれいにしようと思っているのでは」

「雲上人《うんじょうびと》のことなどお婆にわかるわけもない。ただ雲上人であってもこのお婆のように糞をすることは間違いない」

　老婆はそう言って口をあけて笑った。一本の歯も残っていない口は、くらい空洞のようで老婆の来し方の労苦を物語っているように末吉には思えた。

「ということは雲上人らも路傍で糞をするということか」

「それはない」

「ならば、雲上人はどこで用をたしているのだ」

「高貴なお方は清器《しのはこ》と申す器の上に跨って用をたす」

清器は樋宮《ひばこ》、厠箱《かわやばこ》とも呼ばれ、木製箱形便器のことで後世の〈おまる〉の原型のようなものである。

「その清器に溜まった糞はどうするのだ」

「樋洗《ひすまし》とか御厠人《みかわやうど》とか屎遠侍《くそのとおざむらい》などと呼ばれている下女《はしため》や下部《しもべ》が屋敷内を流れるせせらぎで洗い流すか、あるいは清器を鴨川まで運び、糞を川に流し清器を河水で洗い持ち帰る」

「高貴な女性《にょしょう》にお仕えする女官らも清器を使っているのか」

「女官らはわしらと同じように小便は立ったままで、糞はしゃがんでしているのではないか。むろん糞をするときに、わしらが使う高下駄を履《は》くのであろうし、尻を拭く際にもわしらと同じように竹べらや稲藁を使うのであろう」

用をたすとき便の飛沫が足元にかからぬように歯の高い下駄を履くのが一般的であった。また用便後は籌木《ちゅうぎ》と呼ぶ竹を薄く割り裂いてへら状にしたものや短く切った稲藁を用いて尻を拭いた。籌木を町衆や河原者は〈糞べら〉と呼んだ。

「女官らはどこで用をたすんだ」

「お仕えする館の庭かそれとも人目のない土塀の蔭などであろうよ」

「あんなに何枚もの衣装を着込んでよくまあ、できるものだ」

「若い男が感心を寄せるようなことではない。丁度よい、糞の話が出たので申すが、末吉どんが河原者としてここで暮らしたいのなら糞を手で摑めるようにならなければの」

「手で摑む？」

「いつまでもこの婆を頼っているつもりはないのであろう。独り立ちするには銭を得ることをおぼえなくてはならぬ。銭がなくては食い物を手に入れられぬからの」

「さっきお婆に話したように、おれはここ数日間、商人《あきんど》や官人らに働き口をくださいと頼みまわったが、ことごとく断られた」

「そんなことははじめからこの婆にはわかっていた。京の商人《あきんど》は決して河原者を雇い入れたりはしないのじゃ。わしら河原者は雑役《ざつえき》を幕府の官人や商人さらには町衆からいただいて銭を得るしか術《すべ》はないのだ」

「雑役？」

「路上に放置された糞の取り除き、牛馬の皮剥や死骸の始末、行き倒れた者やうち捨てられた病死者の埋葬など。つまり公家、武家はもとより京人が自らの手では決して触れたくないものを始末する役じゃ」

「そんなこと、おれだって嫌だ。糞を手で摑むなんてとんでもない」

「嫌なら芸で人より秀でることだ。河原者の中には芸を京人らに見せて銭を得ている者も多い。末吉どんに人を惹きつける芸があるなら、それで銭を得ることも叶う」

「土を耕すだけの明け暮れだったおれに、人に見せる芸などない」

「ならば糞を手で摑めるようになることだ。その手始めにちょうどよい雑役がある。やってみるか」

「気は進まぬが、それでしか銭が得られぬのなら、やるしかない」

「では二日後、卯刻《うのこく》（午前六時）千本通り（旧朱雀大路）の北端、朱雀門前に行ってみるがよい」

「なにをするのか」

「行けばわかる」

老婆はそう言って末吉に向けていた顔を鴨川の流れに移した。

（二）

十月八日、卯刻、朱雀門前に末吉は立っていた。

門前には多くの人が集まっている。みな裸足で、手入れしていない頭髪や帯代わりに荒縄を巻いている姿から河原者であることは間違いなかった。

参集した河原者は千人ほどか。そのほとんどが老人と女、それに童《わらべ》らで壮年の男らは二、三百人だ。壮年の男らはモッコや鍬《くわ》などを持参している者が多く、他の参集者は末吉と同じように素手である。しばらく待っていると門前に五人の男を従えた老女が現れた。それを見た末吉は、

「お婆っ」

と驚きの声をあげた。なんと末吉を助けた老婆であった。

「大地震《おおない》、小地震《こない》が京を襲い、今は収まっているが何時また起こるかわからぬ。此度、帝（後土御門天皇）が京の安寧を御願《おんねが》い、下鴨神社、上賀茂神社に勅使ならびに斎院宮《さいいんのみや》さま、公家さまの方々お遣わしなさる。ついては侍所所司代《さむらいどころしょしだい》の命で順路にあたる大路小路を掃き清めることになった。ここに並んだ五人の男衆の言うことに従って大路小路の汚物取り除きに励むよう頼みましたぞ」

お婆の口上には末吉と接していたときの親しげな語り口など微塵もなく、末吉には別人に見えた。

お婆の言に従って五人の男は手際よく、参集者を五つの組に分けた。

末吉は伸介《しんすけ》という壮年の河原者の組に入れられた。

伸介組は延長千七百五十三丈（約五・三キロ）の千本通りの清掃をすることになった。

この大路の両側には雨水を収容するための溝が穿《うが》たれている。溝幅は五尺（一・五メートル）ほどだ。だがその溝のことごとくはゴミと汚穢物《おわいぶつ》で埋め尽くされている。そればかりでなく溝からあふれ出た汚物で大路の七割ほどが覆われ、牛車と人が通れるだけの通路は大路の中央部だけとなっている。

伸介が末吉に与えた役は溝のゴミや汚物を取り除き、本来の雨水溝として使えるようにすること、路上に山積している汚穢物をかき集めて大路の一郭に設けた収集所に運ぶことだった。

末吉は汚穢物をかき集めるに必要な鍬《くわ》などを支給してもらえると思ったが、そのような貸し出しはなく筵一枚を渡されただけだった。

千本通りには早朝だというのにひっきりなしに京人が往来する。その往来者の妨げにならぬように汚穢物撤去が始まった。

溝を埋め尽くした汚穢物は人糞や牛馬糞、さらには人や牛馬の死骸などである。

鍬がないとなれば素手でこれらを取り除き筵に移すしかない。

――素手で摑めるか――

そう思ってまわりの河原者に目を遣れば、みな黙々と素手で糞を摑み、人の遺骸を抱きかかえて、それぞれが与えられた筵に移している。

末吉は顔をしかめ、眉を寄せてその様に見入っていた。

「やる気がないなら去《い》ね」

背後からの怒声にふり返ると仲介が睨んでいた。

末吉は覚悟を決めると目をつむり、息を詰めて汚穢物の中に手を突っ込んだ。


申《さる》刻（午後四時）を報せる鐘の音が千本通り沿いに建つ寺々から聞こえてきた。

それを合図に皆、作業をやめ仲介の前に列を作った。仲介の横に米俵が積み重ねられている。末吉はわからぬままに列に加わる。皆は心得顔に懐から布袋を取りだして順番がくるのを待つ。末吉は並んでいるうちに今日の業の対価が銭でなく米であることを知った。

やがて末吉の番になった。

「おぬしのことは絹さまから聞いている」

仲介が言った。

「絹さま？」

「おぬしを救ってくれたお方だ」

お婆の名が絹であることを末吉はこの時、知った。

「慣れたか」

おそらく汚穢物を素手で摑むことを言っているのであろうと末吉は思い、同時にお婆が〈糞を手で摑めるように〉と言ったことを思い出した。

末吉は首を横に振る。

「さもあろう。はじめてにしてはよくやった。だが働きぶりは老人女子供にも劣る。袋を出せ」

「袋はない」

劣る、と言われて腹を立てた末吉は口をへの字に結んで応じた。

「ならばその着物を脱ぎ、広げよ」

末吉は言われたとおり着物を脱いで伸介の前に広げる。伸介は手に持った升を俵に入れて米を量り、それを着物の上にあけた。

「男は米二升、女子供と老人は一升四合が今日一日の報酬だ。おぬしは一升四合。明日からは二升もらえるよう精を出すんだな。絹さまもそれを願っておられる」

伸介はそう言って末吉の肩を一つ軽く叩いた。

この頃の一升は今の六合にあたるから一升四合は八合四勺。末吉が京に来てはじめて稼いだ賃金(米)であった。

末吉は伸介が組の全員に米を配り終わるのを待って伸介の許に行った。

「一升四合では不服か」

　伸介が警戒しながら訊いた。米を支給された者は後も見ずに河原にもどっていく中で末吉ひとりが居残っていることを伸介は不審に思ったのだ。

「不服などない。一つ教えてくれ。おれを救ってくれたお婆の名が絹さまと言うことはわかった。絹さまとはどんなお方のなのだ」

「十日近く絹さまの葦小屋で一緒に暮らしたのであろう。絹さまはおぬしにお名を告げなかったのか」

「おれはことさら名を訊かなかったし、向こうから名乗ることもなかった。成り行きで『お婆』と呼んだ」

「おそらく絹さまをお婆と呼ぶのはおぬし以外に居るまい。だが絹さまはそう呼ばれるのが嫌ではないらしい。絹さまは河原者にとってはかけがえのない観音さまのようなお方だ」

「観音さま？　お婆はほかの河原者と変わらぬ二坪に満たない葦小屋に住んでいる。小屋の中には目につくような持ち物はない。そんな貧乏くさい観音さまなんてこの世に居るものか」

「観音さまとは言っておらぬ。観音さまのような、と申したではないか。此度の巡行路清《きよめ》の業（仕事）を与えてくださったのは絹さまだ。これによって一千を超える河原者が一月《ひと》は食いつなげる」

「業を与えてくれたのは所司代でしょう」

「むろん所司代だ。所司代がわれらに業を与えてくださる節は、必ず絹さまを通じて命ずることが習わしになっている」

「所司代がなぜ絹さまに？」

「そのようなことは知らぬ。わしが二十年前、河原に来たときから、そうだった。絹さまの許にもどり、その米でうまい夕餉を作ってもらうんだな」

そう言って伸介は末吉に笑いかけた。

（三）

葦小屋にもどってみたが老婆（絹）は居なかった。末吉は米を小屋内に置いて河原に行った。浅瀬で多くの河原者が沐浴をしている。おそらく今日、大路小路の清掃に加わった者らであろう。末吉は素裸になって河水に浸かる。

鴨川の上流にある上賀茂神社と下鴨神社の霊力で河水はどんな穢れも清めてくれると言われている。

浸かっているだけで末吉は身体が清められていく心地がする。

陽は西に傾いて河原はすっかり夕景である。河水は冷たく、長くは浸かっていられない。それでも我慢して手足を入念に洗った。

さっぱりした心地で葦小屋にもどると老婆は帰ってきていた。

「絹さまという名だそうですね」

「名など、どうでもよい。そのばか丁寧な言葉遣いはやめて、お婆と呼んでくれ」

「皆から観音さまのように慕われているとか」

「こんなシワくちゃ観音がおるものか。わしはただのお婆じゃ。絹さまなどと呼んだらこの葦小屋から出ていってもらうぞ。それより糞を摑めるようになったのか」

このひと言に末吉は呪縛から解き放されたかのように破顔すると、

「なったから一升四合の米を貰えたんだ」

砕けた口調にもどった。

「一升四合？　つまりは老人や童らの働きしか能わなかった、ということだの。どれその米で夕餉を作って進ぜよう」

「そう言えば、ここに厄介になって一度も米の飯を口にしたことはなかった」

「当たり前じゃ。ここでは盆が来ても正月が来ても米を口にすることなどない。今夜限りの白米の夕餉だ」

「今夜限りじゃない。大路小路の清掃は明日も明後日《あさって》もあるって、お婆は言っただろ。だから明日も明後日もおれは米を持って帰ってくる」

「明日からの米は一粒残らず銭に替えなされ」

「銭と言えば、おれはお婆にこの十日間食わせてもらっていながら飯代を払っていなかった。銭に替えたらお婆に渡す」

「そのようなことは無用。末吉どんがここに来てはじめて稼いだ米だ。それを銭に替えて、生きるに欠かせぬ諸々を買うことじゃ」

「それは後回し。まずはおれを助け、食わせてくれたお礼が第一。お婆、欲しいものがあったら言ってくれ」

絹の胸中が熱くなる。絹は自分《おのれ》が河原者から観音さまのような方と敬せられていることは承知していた。だが裏を返せば、河原者から敬して遠ざけられている、ということでもあった。末吉のようになんの予断も屈託もなく接してくれる者ははじめてであった。

「欲しいものなどない、ない」

絹は右手を前に出し何度も横に振った。

結局、大路小路の清掃で、末吉は二升の米を貰えなかった。

（四）

勅使巡行が終わり、冬がおとずれる。

末吉にとって冬の鴨河原ははじめてである。

遮るものがない河原を吹き抜ける寒風に末吉は身を丸める。伊勢安濃津では味わったことのない底冷えのする寒さである。

陽が落ちると河原の夕景はひとしお寒さを感じさせる。夏に比べると川幅が細り、その分、河原が広くなる。

「お婆、おれの考えを聞いてくれ」

小屋内は真っ暗である。河原者は夜になっても灯りを点さない。灯明に使う油を買う銭がないからで、闇の訪れとともに就寝する。

「どんなことだ」

絹はすでに就寝状態になっていたが、末吉のいつにない神妙な口調で眠気が去った。

「所司代さまに会えるようとり計らってくれ」

「所司代に会ってなんとする。それよりなぜわしに頼めば所司代に会えると思ったのか」

「所司代が河原者に頼む業はすべてお婆を通じて行われると聞いた。だから、お婆は所司代と懇意ではないかと思ったのだ」

「知らぬ仲ではない。それで、なぜ所司代に会いたいのだ」

「数日前、おれは禅寺に行って、東司《とうす》を見てきた。お婆の言ったとおり、僧らは境内に掘った穴に二枚の板を渡し、その上に足を乗せ、しゃがんで用をたしていた。驚いたのは穴の周りを一間ほどの高さの板塀で巡らし、一か所に扉を付けてそこから出入りできるように工夫されていたことだ。これだったら人目にさらされず用をたせる。これに似たようなものを大路小路の道端に作れば、京の人はここで用をたすようになり、道に糞をしなくなるのでは」

「そのようなこと所司代は末吉どんが思いつく前にとっくに思いついている」

「思いついているならなぜやらないのだ」

「よしんば東司に似た小屋を大路小路の路端に作ったとして、その穴に溜まった糞尿を誰がどのように始末するのだ」

「所司代のお役人らがやればよいのでは」

「役人らが汚穢物に手を出すはずもない。それに大路小路の清掃は河原者が銭を得られる貴重な働き口じゃ。特に女子供と老いた河原者にとってはの。町中の道端に東司が設けられれば河原者の働き口がひとつ減ることになる」

「お婆、それは狭い考えだ。おかしいよ」

「なにがおかしい。この婆に『おかしい』などと言った者は末吉どんがはじめてじゃ」

「これからおれが話すことを知れば、お婆の考えが狭いことがわかるさ」

「ならば聞いて進ぜよう」

その声は決して咎めるものでなく、どこかにほのぼのとした温かさがあった。

いまや絹にとって末吉は物怖じなどというものを知らない孫のような存在となっていた。

「おれは大路小路に溜まる糞を見ているうちに、もったいないと思えてきた」

「もったいない？」

末吉は絹が闇の中で顔を近づけたのが気配でわかった。

「糞尿は畑の肥やしとして使える」

「肥やしにするには何度も人の手を加えなくてはならぬのであろう」

「そう、手を加えねば糞はただの糞。手を加えて肥やしにする」

「誰が手を加えるのだ」

「京人は自分《おのれ》の糞さえ触りたがらない。ましてや他人の糞など触れるはずもない。手を加えられるのは河原者しか居らぬ」

「河原者だからとて無償でやる者など居らぬ」

「むろん銭は払う」

「払う？　だれが払うのだ。まさか所司代に頼んで銭を払ってもらおうなどと思っているのではあるまいな」

「頼めば所司代は払ってくれるの？」

「払うはずもない。所司代に会っても詮ないことだ」

「鴨川沿いの田畑は広い。どこの百姓もそうだが肥やしを欲しがっている。肥やしを施せば穀物の収穫量は二割も三割も増える。だから肥やしを百姓らに売ればよいのだ。その売った銭で肥やし作りに手を貸した河原者に払えばいいんだ」

収穫量を増やすには田畑の面積を広げるか、坪当たりの収穫量を上げるしかない。しかし京近郊では農地として残されている所などもうなかった。

そこで百姓らは坪当たりの収穫量を増やすことに傾注する。収穫量を増やすには人糞を肥料(下肥《しもごえ》)として使えば効果的なことは何百年と続く耕作経験からわかっていた。百姓らは自家の下肥を使うようになった。しかしそれだけでは足りるはずもなかった。

「作った肥やしを田畑までどうやって運ぶのだ」

「樽に詰めて木車《きぐるま》に乗せ、欲しがっている百姓の畑まで運ぶ」

「十万余もの京人が放《ひ》り出す糞尿は生なかの量ではない」

「木車で運びきれないなら、舟に積んで鴨川を下ればよい。鴨川の下流、伏見やその先には広い田畑がある、と聞いている」

絹はしばらく考えた後、

「大路小路の道端に東司を作ること。京近在の百姓に肥やしを売ること。その売値は河原者の裁量で決めること。肥やしを畑まで木車で運ぶに際し大路小路を使用すること。これらのことを、河原者に任せてほしい、と所司代に頼みに行きたい、そう言うことか」

と、よどみなく言った。

末吉が言わんとしていることを的確にしかも簡略にまとめあげる絹に、末吉は観音さまと敬せられている絹の一端を垣間見たような気がした。

「おれの考えがわかれば、お婆の考えが狭いこと、わかってくれただろ?」

「お上が与えてくれる業を待っているのでなく、河原者、自らが銭を稼げる業を作り出せ、そう末吉どんは言いたのだな」

「おれにはうまく言えないのに、お婆はどうしてそんなにうまく言えるんだ」

「長く生きたからだ。亀の甲より年の却《こう》と言うじゃろ」

「大路小路を管理しているのは所司代。ともかく所司代のお許しがなければおれの企画《くわだて》は一歩も前には進まない。お婆、所司代に会えるようにしてくれ」

「河原者の企画など所司代はお取り上げにならぬ」

「ならば、お婆が所司代に会って頼んでくれよ」

甘えるよう末吉の口ぶりに、絹は思わず失笑した。しかし深い闇の中ではその失笑が末吉に見えるはずもなかった。

（五）

所司代の一室、所司代飯倉将監《しょうかん》と絹が向き合って坐していた。

「話は聞いた。つまり、いま絹どのが申した諸々を聞きとどけてほしいということだな」

「いかがでしょう」

「やぶさかではないが、その代わりに肥やしを売って得た銭の一部を納めてもらうぞ」

「むろん納めます。してどれほど」

「四分六《しぶろく》でどうじゃ」

「四分六と申しますと四分が所司代さま」

「いや六分《ふ》だ」

「納められるのは三分」

「三分では話にならぬ」

「いえ、三分でお願いします。三分でなければ河原に住まう皆が得心しませぬ」

「この話、河原者の皆が周知しておるのか」

この企画は、まだ絹と末吉しか知らない。だが絹は平然と嘘をつく。

「皆は三分どころか一分でも多いと思っております。三分でご不満ならば、この話はなかったことにいたします」

――さすが河原者の観音と祭り上げられている老女、わしが断らぬのを見越して強気にでよる。だが河原者数千人から慕われているこの老女抜きにして京人が嫌がる汚穢物の撤去などは為し得ぬ――

と思いつつ、

「そこまで申すなら三分で手を打とう。納銭の際、取り扱った肥やしの総量と売却代金の明細を記した書面を添付せよ」

しぶしぶ認めた。

「お申しつけとおりにいたします」

そう応じながら絹は、

――明細書を添付したとて、所司代の役人が肥やし作りの現場に赴いて肥やしの量を調べることなどしないであろう――

と内心で呟いた。

十二月、京と伏見の間に広がる田畑に伸介ら五人の姿があった。田には裏作である麦の若芽が畝に沿って生え揃っている。また畑地では冬野菜が栽培され、収穫期が近いのか百姓らが忙しげに動き回っている。

この一月《ひと》の間、伸介らは洛内はもとより、九条大路以南伏見まで村々の百姓らに下肥販売の話をして廻っていた。

話を聞いた百姓らは、おおいに関心をよせ、今すぐにでも欲しいと乗り気だった。裏作の麦を作った田では表作の稲の収穫が少なくなり、その要因は田の土壌が裏作によって痩せるからで、それを太らせるには下肥が欠かせないことを百姓らは身にしみてわかっていた。

百姓らは値段さえ折り合えば、いくらでも欲しいと口々に答えた。

一方、末吉は絹のはからいで三十人ほどの河原者を仲間として洛中の大路小路の道端に東司に似た施設を作りはじめた。今流に言えば〈公衆便所〉である。便所に設ける上屋《うわや》（囲い）の素材には鴨河原に生えている葦を使うことにした。

路端に差し渡しが半間（九十センチ）、深さが人の背ほどの穴（糞壺）を掘り、そこに二枚の板を渡した。穴掘りは河原者の得意な業の一つである。と言うのも京内の井戸掘りはほとんど河原者の手によるものだったからである。井戸掘りは危険を伴うもので、深く掘っていくと崩落が起こり命を失うことがしばしばある。こうした危険な業を京人は河原者にやらせた。

（六）

翌、明応八年（一四九九）三月。

洛中の大路小路の道端に五十近い雪隠《せっちん》（公衆便所）が据えられた。京人にとっては願ってもない雪隠である。なにしろ糞便中の姿を見られることがないうえ、高下駄を履かなくてもよいのだ。

京人らは競って町中の雪隠を使用するようになった。

糞壺はたちまち糞尿で一杯になった。末吉らはそれらの糞尿を長柄の柄杓《ひしゃく》ですくい取り結桶《ゆいおけ》に移し、それを天秤棒の両端にぶら下げ、肩に担いで運びだす。

結桶とは細長く加工した板を縦に並べ合わせて円筒状の側《がわ》を作り、竹皮製の箍《たが》をはめて締め付け、これに底をつけた容器のことである。現今の酒樽やみそ樽の原型と思えばよい。

余談であるが結桶が出現するのは室町期の中期である。それ以前は檜や杉などを薄く割り裂いて板状にしたものを円筒状に曲げて桜の皮で閉じ、底をつけた桶（曲げ輪っぱ）しかなかった。曲げ輪っぱでは大きな器が作れなかった。それに比べ結桶は風呂桶や樽などの大きい器を作れた。

明応九年（一五〇〇）五月、下肥の入った樽三十樽を木車に積んだ末吉ら一行が洛外の九条村に着いた。待ちに待った下肥である。村一面に広がる各田畑の片隅に肥溜め用の穴が設けられていた。

九条村の村長《むらおさ》九右衛門《きゅうえもん》と百姓らの立ち会いの下《もと》で末吉らは運んできた下肥を肥溜めに移し替える。

三十樽の下肥全てを肥溜めに移し終えると末吉は懐から書面を出し、

「これは下肥三十樽の引き渡し書です。二通用意しました。お確かめのうえ、引き渡し書の末端に御名をご署名なさり、一通は九右衛門さまに、もう一つは当方にお戻し願います」

絹から教えられた通りの口上を述べた。

九右衛門は書面をしばらく見ていたが、

「一樽の引き渡し値が一文と記されているが、だれが一文と決めたのじゃ」

と訊いた。これに末吉は内心でニヤリとする。と言うのも絹から『この書面をみせれば村長は一樽一文に異議を申すであろうから、その時は』と言われ、答え方を教えられていたからである。

「それは所司代さまと当方でございます。ご不満があれば所司代まで申し出るようにと申しつかっております。聞くところによりますと所司代さまは二文をお望みだった由、それでは高すぎると当方が異を唱え、一文に下げさせたとのことです」

「板倉将監さまは二文と申されたのか」

九右衛門は渋い顔で呟いて、

「この下肥は京人の糞尿であろうな」

と訊いた。

「人の糞に間違いありません」

「それはわかっている。京人の糞尿であるか、と訊いておるのだ」

「………」

末吉は答えに窮する。そのような問いに対する返答を絹から教えられていない。

「この下肥には河原者の糞尿が混じっているか」

「それは……、それは混じっておるかもしれませぬ」

「わしらが欲しいのは京人の糞尿から作った下肥だ。その下肥であれば一樽一文でも支払う。だが河原者の糞尿が混じっているとなれば話はちがう。河原者らの下肥を施したとなれば、京人はそれを理由に九条村の作物を買ってくれぬかもしれぬ」

九右衛門は平然と言ってのけた。

──これは言いがかりだ。お婆、なんと答えればいいんだ──

末吉はやり場のない怒りをこらえながら内心で絹に問いかける。すると、

──自分《おのれ》の思うままに言い返せ──

と言う絹の声が聞こえたように思った。

「九右衛門さまがこの下肥の中から河原に住まう者の糞尿を選り分けてくだされば、それを持ち帰ります。どうぞ選り分けてくだされ」

「わたしを愚弄する気か。糞など触りたくもない。わしがなにゆえ選り分けねばならぬのだ。糞を扱うのはおぬしら河原者がすることだ。だが選り分けなど能うはずもない」

久右衛門は顔を真っ赤にして怒鳴った。

「もっともでございます」

末吉は頭をさげながら、

「京人と河原に住まう者さらには九条村の方々の糞尿に違いなどあるはずもありませぬ」

と語調を強めた。

「違いはある。河原者らとわしらでは食するものが違うのだ。違えば糞もまた違う」

「おやめなされ。わしらは一文でも構わねぇ」

ふたりのやり取りを聞いていた百姓のひとりが困惑した顔で話を中断させた。すると他の百姓らもこれにうなずいた。

「言い値で買い取れば、河原者のことだ、次には必ず値をあげる」

九右衛門は百姓のことを考えて言ったつもりが、そうはならなかったことにさらに怒りをつのらせ、百姓らを睨みすえた。

「わたしどもは値をつりあげるようなことはしませぬ」

末吉が抗弁すると、

「おぬしが確約したとて糞の役にも立たぬ。なにしろおぬしは河原者だからな」

と言い募った。

安濃津から京の五条河原に住み着いて以来、河原者がどのような扱いを受けるかを身にしみてわかっていた末吉であったが、この九右衛門のあからさまな侮蔑の一言に怒りが吹き出した。

「では下肥はすべて持ちかえらせていただきます。なに、下肥を欲しがっているのは九条村だけではありませぬ。東九条村や深草村さらには竹田村、東福寺村などの京近在の村々ではわたしどもの作った下肥を今か今かと首を長くして待っております。後日、九条村にはあらためて京人の下肥をお届けしようと思いますが、引き渡し値については所司代と諮って決めさせていただきます。おそらく今よりは高い値となるでしょう。お望みならば、武家や公家の糞尿だけで作った下肥もご用意いたします。ただし、そちらの下肥は、さらに値が張るとかと思います」

末吉は伸介を促して肥溜めに入れた下肥を樽に戻そうとした。

（七）

九条村からもどってきた末吉は絹に事の顛末を話し、

「これが下肥三十樽分の銭、三十文です」

懐から銭袋を出すと絹の膝元に置いた。

「九条村の長《おさ》どのも末吉どんの怒りに負けたといったところかの。だが此度は長どのが折れてくれたから収まったが、これからは百姓や町衆からどんな理不尽を仕掛けられても耐えねばならぬ」

「お婆はそうした理不尽に六十年もの間耐えてきたのか」

「耐えてきたなどとは思っておらぬ。生まれついての河原者であってみれば、耐えてきたとか理不尽などと思ったことはなく、そういうものか、という思いが強い」

「ここに住まう者の皆がお婆のように生まれついての河原者とは限らない。おれのように河原者になりたての者は、お婆のように百姓や町衆の理不尽に目はつぶれない」

「つぶれぬ者は河原から去っていく。去っていくがその大半はまたここにもどってくる」

「ここがそんなに住み良い所とは思えない」

「そうであろうが、ここには掛替《かけが》えのない安らぎというものがある」

「安らぎ？」

「これ以上、落ちることはない、という安らぎだ。ここに住まう者は等しく貧しい。貧しいゆえに他の河原者をうらやんだり、妬《ねた》んだりしないですむ。末吉どんは周りの河原者をうらやましいと思ったことがあるか」

「おれはここに来て日は浅いが、一度だってうらやましいなんて思ったことはない。ただ皆が皆、お婆が言ったような河原者とは限らぬ。河原を根城にして京内の家々に押し入り、金品を盗みまわっている輩《やから》もいると、おれは聞いている」

「確かにそうした輩も居《お》る。だが荒らしまわるのは洛中で鴨河原ではない。河原に来た者は来たその日から河原者なのだ。盗賊の輩が河原を隠れ蓑にしていたとしても、その輩が河原者の金品を盗まぬ限り、等しく河原者なのだ」

「ここに逃げ込んでしまえば所司代の役人らも手を出せない。盗賊らにとって鴨河原は極楽のようなところ」

「かもしれぬが、言えることは、河原者にとって河原が地獄でないことだけは確かなことだ」

「これほど京人や武家から蔑《さげす》まされ、極貧であっても地獄ではないと？」

「その代わり、ここに住まう者は誰からの支配も受けぬ。世上での百姓は稲税を搾《しぼ》り取られ、商人《あきんど》は稼いだ銭の多くを納めねばならぬ。町衆だって払いきれぬほどの地代を納めねばならない。そのうえ末吉どんも知っているように、百姓は〈徴用《ちようよう》〉という名のもとに何十日も無償で働かされもする。さらに百姓も商人も町衆も住まう所を離れる節は、しかるべき役所にその旨を届け出ねばならない。彼の者らは土地に縛られ、税にあえぎ、領主の言いなりになりながら日々を送っているのだ。だがこの河原に住まう限り、そうした柵《しがらみ》はなにひとつない」

「その代わり皆貧しい。それも生半可の貧しさでなく、いつも死と隣り合わせの貧しさ」

「それでも河原に住まう者はここから出ていかぬ。それは主上《おかみ》（領主）の圧政を受けずに暮らせることの良さを知ったからだ。こうした生き方を百姓も商人も町衆もうらやましくてしょうがないのだ。だが彼らにはなにもかも捨てて河原者になる勇気がないのだ。結句、彼の者らはわしらを遠ざけ、憎み、蔑むことで、河原人になることをあきらめたのだ。そう思えば町衆らの河原者に対する理不尽な仕打ちなど、なんとも思わぬ」

絹はそう言って、末吉が差し出した下肥三十桶分の銭、三十文を懐に押し込んだ。

（八）

現今の日本人一日当たりの糞尿排出量は一・四リットル前後である。五百年前の室町期では現代人より、よほど少なく〇・六リットル前後と推定される。

室町期の京の人口を十万ほどとすれば、京で発生する糞尿は一日当たり六万リットルほど。このうちの六分の一ほどが下肥になると考えると、一日当たり一万リットルの糞尿が下肥として用いられることになる。

下肥を入れる樽の容量は二斗樽である。一斗は約十八リットルであるから、一樽の容量は三十六リットルである。一日の下肥生産量（一万リットル）は約二百七十樽ということになる。

一樽の譲渡価格は一文。二百七十樽の譲渡額は二百七十文となる。

下肥は一年を通じて毎日二百七十樽作られる。一年で得られる銭はおよそ二十四両。

二十四両の三分（三十パーセント）、すなわち七両余が所司代に収められ、河原者の取り分は十七両ほどである。

この額が多いか少ないかは別にして、末吉が考えたように、河原者が自らの生産者となって永続的に銭が入ってくることは画期的なことと言えた。

（九）

明応九年（一五〇〇）九月、後土御門《ごつちみかど》天皇が崩御した。

河原者は葬列が市中を通る道を清めるのではないかと期待した。むろん清めの役は河原者が担うからで、その報酬を期待したのである。

ところが一向にその命が下らない。一日過ぎ二日経っても宮中はひっそりとしたままである。それもそのはずで宮中には葬儀費用がなかったのである。

宮中は守護大名らに葬儀費用を募り、十一月になって漸く大葬を行うことが叶った。

後土御門天皇の玉体を納めた柩は、実に四十余日間も内裏の一郭に安置されたままだったのである。


十二月二日。

絹と末吉が鴨河原の石に腰掛けて川面に目を遣っていた。数日続いていた厳寒が去って陽光には人を温める強さがあった。

「お婆、すまぬ。おれは河原者にはなれぬ。おれは村にもどって百姓をすることに決めた。お婆に命を救ってもらってからおよそ一年、河原者になろうと心掛けた。お婆は『百姓は土地に縛られ、税にあえぎ、領主の言いなりになりながら日々を送っているが、この河原に住まう限り、そうした柵は一切ない』と言ったけど、おれの体には伊勢安濃津の村の畑の土の匂いがしみ込んでいて、それが抜けないのだ。安濃津にもどれば土地に縛られ、そして泣くことはわかっている。いや、それより津波で荒れ放題になっている田畑を、元のように戻せるかわからない。それでもおれは帰ることに決めたのだ」

「この時節、伊勢までの道は雪が降り積もっているであろう。雪解けを待ってから安濃津にもどってもよいのではないか」

「雪解けを待っていたら来年になる。思い立ったら矢も楯もたまらなくなった」

「引き止めはせぬ。で、いつ発つ」

「これから」

「これから？　ずいぶんと急じゃのう。見れば旅支度もしておらぬが」

「お婆に助けてもらった時と同じ、着の身着のまま。このままでの格好で安濃津へ向かう。お婆、ありがとう」

絹に深々と頭をさげた末吉は、なにかを断ち切るかのように威勢よく立ち上がった。絹は河原石に座ったまま川面に目を遣っていた。

絹には河原者から『絹さま、絹さま』と畏敬の念で呼ばれ、敬して遠ざけられている、という寂しさがつきまとっていた。寂しくはあったがそれが河原者を束ねるという使命を背負わされた者の定めだとも思っていた。それが行き倒れた末吉から最初に呼びかけられたのが『お婆』だった。そう呼ばれたのははじめてだった。末吉の『お婆』という呼びかけには長く生きた者への慈しみと老い先短いという哀れみと近しい者への遠慮なさ、人懐っこさがない交ぜになった響きがあった。それは絹にとって新鮮だった。末吉は絹の置かれた立場を知った後でも、絹を『お婆』と呼んではばからなかった。絹はいつの間にか『お婆』と呼ばれることに心地よさを感じるようになった。河原者らに冗談の一つも言えず、また愚痴ることもできなかった絹にとって、末吉の『お婆』の呼びかけから始まる会話は血の通った近しい者同士の気の置けない寂しさを感じさせないものとなった。その末吉が突然、故郷に帰ると言う。

「そうか、行ってしまうのか」

絹は水面に目を遣ったまま呟く。

末吉は絹の横顔を垣間見る。いままで見たことない寂しげな横顔だった。末吉はそれに気づかぬふりをして、振り返ることなく河原を後にした。


翌日、末吉は琵琶湖のほとり、津が望める道を歩いていた。

一年前、伊勢安濃津からここに着いたとき、地震による琵琶湖の高波で見る影もなかったが、今は見違えるように整えられていた。

――津がそうなら安濃津も旧に復しているであろう――

そう思った時、末吉は急に便意をもよおした。末吉は道を外れて人目のつかぬ藪を見つけ、そこにしゃがんだ。すると京の大路小路に作った雪隠（便所）のことが思い起こされた。

――京人の糞だけで作った下肥が一樽一文。ならば河原者のそれは半文《はんもん》ほどか。おれは昨日まで河原者だった。だが今、放《ひ》り出した糞は百姓の糞。一体なにが違うのだ――

そう自問したとき絹のことを思った。

――とうとうおれはお婆を『絹さま』と呼ぶことはなかった。おれにとって、お婆ははじめからお婆だった。お婆もおれが『お婆』と呼ぶことを嫌ってなかった。お婆は六十路を過ぎているらしい。老い先は見えている。二年先か、それとも三年先か。いずれにしてもそう永くはないはずだ――

そこまで思った時、用便が終わった。

まわりに生えている雑草の葉を幾枚かむしり取って、それで尻を拭き、着物を直して歩いてきた道にもどった。

眼前に琵琶湖が広がっている。

末吉はしばらくの間、道端にたたずんで湖を見ていた。比叡下ろしの寒風が湖面に波紋を作って吹き渡っていく。すると吹き下ろす風に混じって『そうか行ってしまうのか』と呟いた絹の声を聞いたように思えた。

辺りを見回し、耳を澄ませた。

風の音以外、なにも聞こえなかった。

末吉の脳裏に別れ際に見た絹の寂しげな顔がよみがえって大きくなっていった。

末吉は襟を掻き合わせて身震いすると、今来た道を逆もどりして京へ向かった。

老害、豊臣家を滅す

（一）

天正十七年（一五八九）五月二十七日。

関白豊臣秀吉の側室淀《よど》が出産した。鶴松である。

今まで子を授からなかった秀吉は欣喜し溺愛する。


天正十八年（一五九〇）九月。

秀吉は小田原北条氏を滅ぼし、全国制覇を為し終えて天下人となった。順風満帆の秀吉はこの武威を唐天竺まで轟かせてみせると豪語した。

しかし日ノ本の現状を正視すれば、この豪語は秀吉の虚栄に満ちた大言壮語にすぎなかった。


天正十九年（一五九一）一月。

最も頼りにしていた弟、大和大納言羽柴秀長が死去。

同月。

秀吉は、秀長と盟友関係にある茶道の師匠千利休を些細な行き違いから反意ありとして蟄居させたうえで切腹を命じた。

八月五日。

鶴松が三歳を待たずに死去した。

秀吉は床を転げ回って号泣し、鶴松の死を悼んだ。

人生五十年といわれていた世で秀吉は五十五歳、わが子を授かることをあきらめた。

十二月二十六日。

鶴松の喪があけると、秀吉は実姉とも（智子）の子、秀次を養子に迎え、後継者に定めた。間を置かずして秀吉は関白職を秀次に譲って太閤となった。

太閤とは、関白の座を息子に譲った者に与えられる称号で、平安期からの習《なら》わしである。


太閤と呼ばれるようになったあたりから秀吉は急速に老い込む。

十六歳で尾張中村を飛び出した百姓日吉丸（秀吉）は鶴松誕生を迎えるまでの三十七年間を一日も休むことなく働きに働いた。心労、過労は総身に積もりに積もっている。

身体だけでなく頭の老化も鶴松死去が起因となって進み、思考力、判断力、見当識力が低下し、我欲を押し通すようになった。今流にいえば初期の認知症である。

その一例が北条氏を滅ぼした折に、〈おのれの武威を唐天竺まで轟かせてみせる〉と発した大言壮語を本気になって実現させようと動き出したことである。

明国を征服し、今上帝《きんじょう》（後陽成天皇）を北京に移して日本王朝を樹立し、日ノ本の天皇は良仁親王《よしひと》か智仁親王《ともひと》に、また日ノ本の政《まつりごと》は秀次に任せ、秀吉自身は寧波《にんぽう》で余生をおくる、というのである。

寧波は日明貿易の拠点として栄えている港町である。

これを聞いた徳川家康はひと言、

――鶴松君の死去で太閤は惚けたのではないか――

と苦々しげに呟いた。

家臣の石田三成や加藤清正は、この秀吉の妄想を止めるどころか進んで賛意を示した。

秀次は、

――日ノ本に太閤が君臨する限り、関白のわしは政《まつりごと》を意のままに動かせぬ。太閤が寧波に赴いてくれるなら、一も二もなく明国征服は喜ばしいことだ――

と、内心でほくそ笑んだ。

こうした武将の思惑とは無縁な大政所《おおまんどころ》（秀吉の実母）だけが、

「そなたが去った日ノ本を秀次に任せるにはまだ早い。内乱が起こるやもしれぬ。勝手もほどほどになされ」

と秀吉を諌《いさ》めた。

この母の一言を秀吉は〈老いさらばえた母の戯言《ざれごと》〉として無視した。

もし秀吉が耄碌、今で言う初期の認知症になっていなかったら、大政所の忠言に真摯に耳を傾け、再考したはずである。


文禄元年（一五九二）一月五日。

秀吉は明国出征の大動員令を布告した。

世に言う〈文禄の役〉である。

明国に侵攻するには朝鮮を通らなければならない。そこで朝鮮国王に日本軍の朝鮮国内通過を許可するよう求めた。これを朝鮮国王は拒否。秀吉は武力をもって朝鮮国内を通過することにした。

大坂から日本軍を朝鮮に送るのは遠すぎるので、肥前名護屋《なごや》（現佐賀県北部）に遠征基地を作ることを命じた。

三月。

秀吉は大坂を発ち、名護屋に向かう。

四月。

遠征基地から五百艘の軍船に分乗した十二万の軍が朝鮮に向けて出航。

五月。

遠征軍は釜山の漢城に攻め入り、これを陥落させた。この吉報を秀吉は遠征基地に新たに築いた名護屋城で聞く。

七月二十二日。

大坂より秀吉の許に、大政所の危篤の報が届く。

秀吉は即日、名護屋城を発って大坂に向かう。

同月二十九日。

大坂城にもどったが大政所は秀吉が名護屋城を出立したその日に亡くなっていた。

秀吉は、痴呆になったようなうつろな目をしてため息ばかりつく日々を過ごした。

八月五日。

淀が第二子を出産。お拾《ひろい》（後の秀頼）である。

悲嘆に明けくれていた秀吉にとって奇跡のわが子誕生である。この誕生によって秀吉のため息の日々は終わった。

お拾のそばに居て成長を見届けるのが唯一の望みとなった。

明国の寧波に居を移し、余生をおくることなど消し飛び、明国に日本王朝を樹立することなどどうでもよくなった。

（二）

京は朝鮮出兵の余波で重苦しさが漂っていた。

とは言っても戦場は海を隔てた朝鮮であり、兵士は西国諸藩の武士であってみれば、暮らしそのものは変わることもなく、京人はしばしば行楽を求めて鴨河原に赴いていた。

鴨河原は京人にとって特別な地であった。

諸国で圧政に耐えきれず逃げ出した百姓や食い詰め者、さらに束縛を嫌った流民（芸能者）らが京に押しかけ、鴨河原に住み着くようになったのは平安京創建当初からである。

こうした人々を京人は〈河原者〉と呼んだ。

文禄期、河原者は一万を超えるといわれているが、不法に京に入ってきた者ゆえに戸籍などあるはずもなく、明確な数はわからなかった。

河原は四季折々、京人と河原者が寄り集い、祭のような賑わいをみせていた。

この人々を目当てに芸を得意とする河原者らが幾ばくかの見料を得ようと踊りや芝居などを披露する光景が河原のいたるところで見られた。

それればかりでなく持ち運べる台に食べ物を並べて売っている者、頭上に薪を乗せて売り歩く女、また鴨川で獲った魚を焼いて売り歩く者もひとりやふたりではない。魚は季節によってウグイ、アユ、ゴリなど。特に夏場のアユを京人は好んで求めた。

鴨河原は京人の憩いの場、避暑地、小商人《こあきんど》が小商《こあきな》いをする場、さらに芸能者が見料を得られる場であり河原者の宿営地でもあった。

こうした鴨河原には支配階級すなわち武士や公家などは近づきたがらない。それゆえ、河原はおおらかで開放的、無秩序でそのうえ生き馬の目を抜くような油断のならない場であった。だからこそ京人はこの河原を愛し、惹かれ群れ集うのであった。

河原のこの在り様《よう》は朝鮮出兵が始まっても変わらず続いていた。

こうした状況を為政者が黙って見過ごしていたわけではない。京に置かれた所司代という役所が事ある毎に河原に目を光らせていた。

所司代の役務は京の朝廷、公家、寺社などの監視、洛中洛外の取り締まりなどである。

この所司代に任じられていたのは丹波亀山五万石の領主前田玄以《げんい》である。

玄以が所司代になってすでに十年近く経っている。洛内の治安がそれなりに保たれているのは、玄以の巧みな統治によるところが大きかった。

この年の八月、すなわちお拾（秀頼）誕生の直後、秀吉は伏見指月岡《しづきのおか》に城を築くことを決めた。

秀頼に大坂城を譲って伏見の地に隠居することにしたのである。

秀吉は築城の統括を関白秀次に、実際に築城の指揮を取る普請《ふしん》奉行を前田玄以に命じた。

玄以は所司代と城築普請奉行の二役を担うことになった。ただでさえ京の治安で手一杯だったのに二役をこなすとなれば、どちらかに重きを置くしかない。玄以は京を離れて伏見の築城現場に張り付いた。

一方の秀次の総括という役目は名目上のもので、秀次が住まう京の聚楽第《じゅらくだい》から伏見の築城現場に赴くことはなかった。

玄以が留守となった洛内の秩序は綻びはじめ、窃盗が横行するようになった。その中で十名ほどが徒党を組んで盗みまわる一団があった。

洛内を担当する所司代の目付役人らは、この一団を捕らえようと走りまわるが捕らえられない。というのも、その一団が盗みを働いた後、逃げ込む先が鴨河原であったからだ。河原には何千もの河原者の仮小屋が建ち並んでいて、迷宮の様を呈している。そこに潜伏されたら、探し出すことなどまず無理であったのだ。

この一団の盗みの手口は実に鮮やかであった。

客を装って店に入り込むと、間髪を入れず店主をはじめ使用人を縛り上げ、銭だけを奪い、商売の品物には一切手をつけず逃走した。その手際のよさは〈神懸かり〉だと、襲われた店主らが口をそろえた。

店主らが一団を恐れたかといえば、そうではなかった。というのもこの一団は盗みに入った店の者を殺《あや》めなかったからである。刃向かわなければ傷つけられることもなく、店を荒らされることもない。それに一度入った店には二度と入らないという噂もあった。

噂にはかならず尾ヒレがつくものである。その尾ヒレは庶民がこうなってほしいという願望が含まれるのはいつの世も変わらない。

この窃盗団の噂は二つあった。

一つは、盗んだ金は一銭たりとも私蔵せず、貧者にばらまいた、という噂。

ただ銭をもらったと名乗り出る貧者は誰ひとり居なかった。

二つ目は、目付役人のぼんくらでは一団を捕まえられない、というものだった。

なお目付役人は江戸期になると町奉行与力あるいは同心と名を変える。

こうした屈辱の噂に耐えて目付役人らは鴨河原に出張り、一団を捕らえようと試みるが、常日頃から彼らを快く思っていない河原者らは探索に非協力だった。


この年（文禄元年）、京の秩序をさらに乱したのは畿内に起った群発地震であった。

洛中で多くの人家が倒壊し、鴨河原に避難する者が続出した。

秀吉は伏見城の築城現場に使いを走らせて、城の造作を堅固にし、くれぐれも死者など出さぬように、と玄以に申しつけた。

この申しつけは、秀吉が人命を重んじているように受け取れるが、その本意は、自分《おのれ》の隠居所が人足らの死によって穢《けが》されることを嫌ったからに他ならない。

玄以はその意を汲んで、地震はもちろん常日頃の普請場での人足の事故死に格段の注意を払うことにした。

それがために築城の進捗は遅れがちとなった。

玄以は遅れを取り戻そうと思ったが、普請を急いで死者を出し、秀吉の逆鱗に触れるよりも工期の遅れで叱責される途を選んだ。

（四）

文禄二年（一五九三）正月。

玄以は大坂城の秀吉の許に参上し、新年の祝賀の儀に列した。

この正月は西国の主だった武将が朝鮮出兵で参列できなかったので、大広間は空《す》き空《ず》きしていた。

武将らはお拾（秀頼）の拝謁を心待ちにしていたが、秀吉は公の場にお拾を出せば風邪などの思わぬ病を伝染《うつ》されるのではないか、と案じて披露目をしなかった。

祝賀の儀が終わり、丹波亀山の城にもどった玄以に休む暇はなかった。

家臣らの祝賀を受け、城代家老に政務のあれこれを申し渡し、それから京、聚楽第に居わす豊臣秀次に祝賀の挨拶に伺う。

秀次とは大坂城での祝賀の儀の折に挨拶を交わしているが、それは秀吉の臣下同士としての挨拶で、今回の聚楽第への伺候は、秀吉から天下を任された関白豊臣秀次への新年の表敬訪問であった。

秀次の機嫌はすこぶる悪かった。

「太閤は本年半ばに新城（伏見城）に移るとか。それまでに城は仕上がっておるであろうな」

秀次は咎めるように強い口調で訊いた。

玄以はこれを聞いて、むっとする。建前であっても伏見城の築城統括者は秀次であり、その下で玄以が普請奉行として動いていることになっている。したがって月々の伏見築城の進捗状況については秀次に報じてあるのだ。それが、まるで報《しら》されていないような訊き方をすることに、玄以は腹がたった。だが相手は秀吉の後継者であり天下人である。ぐっとこらえて、

「太閤殿下が住まわれる御殿の築造は順調に進んでおります」

と下手にでる。

「その言い様からすれば、太閤の御殿以外の石垣や堀、総構《そうがま》えや櫓《やぐら》などは遅れている、そういうことか」

秀次の苛立ちを感じさせる訊き方である。

「ご懸念はご無用でございます」

「懸念などしておらん。恐れているのだ」

「なにを恐れておられると？」

「太閤に少しでも早く大坂城から出ていってもらわねばならぬ」

耳を疑う片言に玄以は秀次が恐れているものの正体がうっすらとわかった。

——天下を譲られた秀次公の地位が、お拾君《ぎみ》誕生で危うくなるからであろう。あり得ぬことであるが、天下人の地位を守るために太閤と事を構えても、大坂城に太閤殿下が居《お》わす限り、秀次公が勝てるとは思えない。関白の座を追われるかもしれぬ。だが秀次公は一度手に入れた天下人の座をどんなことがあっても手放そうとはなさらぬであろう——

やや経って玄以は、

「関白の意に沿うよう普請に心根を傾けまする」

どのようにでも受け取れる返答で言葉を濁し、平身した。

（五）

伏見城の普請は慎重に進められた。幸いなことに文禄二年になって三か月の間、地震の発生はなかった。

伏見と京は小半日もあれば行き来できるので、築城人足らが労賃を懐にして京に来て短い休暇を楽しむようになった。

築城人足らの中には気の荒い者も多く、洛中で諍いを起こすこともしばしばで、目付役人らは休むことなく洛中を駆けめぐることになる。その隙を狙って噂の一団が商家や公家の屋敷に盗みに入った。それを追いかける目付役人。両者のイタチごっこに等しい捕り物は、とうとう京の名物にまでなった。

四月。

朝鮮国に侵攻した日本軍は当初めざましい戦火をあげたが、年が明ける頃から戦況は日本軍に不利となり、朝鮮提督の率いる水軍に大敗を喫するに及んで講和を結んだ。和議の条件が日本国に有利であったので秀吉は上機嫌であった。

それから四か月後の閏《うるう》九月。

秀吉は大坂城から築城半ばの伏見城に移った。

秀吉は築城中の現場に赴いて、気に入らぬところがあると、やり直しを命じた。

そのやり直しは生半可なものでなく、たとえば内堀の幅を十間（十八メートル）広く掘り直せ、とか、天守の石垣を二間（三・六メートル）積み増せ、などの仰天すべき指示であった。

玄以は、

――殿下は当初隠居所と考えていた伏見城に別の役目を持たせようとしておられるのだ。それは目と鼻の先の京を監視するという役。京の聚楽第には関白秀次公がおられる。聚楽第は堀を巡らした堅固な城。この城を監視し、秀次公を牽制するための城――

と確信した。

玄以はこのことをしっかりと心に刻みつけ、秀吉の命にしたがって城普請を進めた。

文禄三年（一五九四）正月。

伏見城の奥御殿大広間は日本全国六十余州から祝賀の儀に馳せ参じた領主たちで埋め尽くされた。

朝鮮遠征に出陣した西国大名の加藤清正、小西行長らも顔をそろえていた。

むろん玄以も祝賀の儀に列した。

秀吉は上機嫌で祝賀に列席した武将らに黄金を惜しみなく与えた。

祝賀の儀が終了すると武将らは急かされるように、それぞれの領国に引きあげていった。

玄以は丹波亀山にはもどらず、伏見城の普請を続けることにした。


二月。

秀吉は玄以を伴って伏見城の普請現場を視察し、あれこれと指示を出した後、奥御殿の一室に玄以を伴って茶をもてなした。その席で、

「明日からお拾が居る大坂城に参るゆえ、当分伏見にはもどらぬ。よくぞここまで伏見城を仕上げてくれた。とは申せ、まだ完成するまでには一年はかかろう。人足どもにはこれからも城普請に精を出してもらわねばならぬ。そこで人足のやる気を出させるため報奨金を与えることにした」

そう告げて二度手を叩いた。すると控えの間の障子が開いて秀吉付きの側小姓《そばこしよう》が入ってきた。重そうな袋を持っている。

「その袋は？」

玄以が訊いた。

「銭じゃ。重いぞ。人足らに均等に分け与えよ。それと酒と肴も用意させた」

人足は一万人を超える。袋が重いのも当然である。中には大枚の銭が詰まっている。しかし秀吉にとっては小銭に過ぎない。大坂城には全国からの富が集まってきて、黄金がうなっているのだ。

翌朝、秀吉は伏見城を出立し大坂城へ向かった。

玄以は秀吉の出立を見送った後、信の置ける武士ふたりを呼んで、

「今夜は、無礼講で人足らに酒をふるまう。ふたりには申し訳ないが遠慮してもらう」

と申し渡した。

「なにゆえわられが遠慮せねばならぬのか、お聞かせ願いたい」

ふたりは不満げに聞きかえす。

「太閤殿下は普請人足一万余人に報奨金をお与えなさる。その銭が入った袋の管理を頼みたい。今夜は人足らに酒をふるまう。おそらく大宴となるであろうが、そこもとらは一滴の酒も飲んではならぬ。このことをきっと申し置く」

秀吉から預かった銭の管理、と言われればふたりに不満があっても畏まって受けるしかなかった。

その夜、玄以は一万余の人足を普請現場に集め、酒肴をふるまった。

期せずして普請場は大宴会場となり深更におよんだ。

秀吉が伏見城に移ってきてからというもの、玄以は一日とて休まる日がなかった。

秀吉が大坂城に出かけたため、その重しが取れたのである。夜が明けるまで人足や家臣と酒をしたたかに飲み交わした。深夜におよんだ宴が無事に終わると玄以は、残った酒と肴を持って銭袋を預けたふたりが居る番小屋へ行った。小屋の戸を叩いて、

「銭の管理、ご苦労であった。酒肴を持ってきたぞ」

と呼びかけた。ところが小屋内からの返事がない。玄以は小屋の扉を押してみた。開いた。

「眠っておるのか」

そう言いながら小屋内を窺って仰天した。

ふたりが縛られて床に転がっていたのだ。玄以は持参した酒肴を放り出して縄を解き、

「なんとした様だ。なにがあったのだ」

と問い質した。

「十人ほどの賊が押し入り、われらを縛り上げ、銭袋を持ち去りました。刀を抜く暇もないほど鮮やかな手口。面目もありませぬ」

玄以の酔いはいっぺんで醒めた。

「顔を見知っている者はいたか」

城普請人足の中には無法者も混じっている。人足らに、秀吉から報奨金が出たことを大々的に報せてあった。

「見知らぬものばかりでした」

「なにか手がかりになるようなことはないか」

「賊は一言も口をききませんでした。おお、そう言えば、賊どもが小屋を出る折に、一言、河原まで走るぞ、とささやくのを聞きました」

「河原、と申したのだな。おそらく洛中を荒らしまわっている一団に相違ない」

玄以は苦虫をかみつぶしたような顔をして、

「おぬしらふたりには追って沙汰する。それまで謹慎しておれ」

と命じた。

この不祥事は日を待たずに秀吉の耳に届いた。

秀吉にとっては盗まれた銭が多かろうと少なかろうとどうでもよいことであった。しかし天下人を自認する足元での盗難は秀吉の威信をひどく傷つけた。

秀吉は玄以を大坂城に呼びつけた。

「賊に心当たりはないのか」

「洛中、洛外を荒らし回っている賊どもの仕業であることは判明しております」

「その賊どもをおことは放っておいたのか。所司代はこうした賊どもを捕らえることを任としているのではなかったのか。所司代の目付どもはなにをしておったのじゃ。今からでもよい、賊どもを即刻捕らえるよう、目付どもに命じておけ。目付どもが捕まえること能わざる節は、目付どもに腹を切らせよ。それと人足らへ渡す報奨金は、おことが立て替えよ。賊どもを捕縛すれば奪われた銭も取り戻せるであろう。それをおことが取ればよい。首尾よく捕らえることが叶ったら、賊どもことごとくを極刑に処せ」

玄以は床に額をこすりつけて承《うけたまわ》るしかなかった。

大坂城を退出した玄以は伏見の築城現場にもどらず、京の所司代に入った。すぐに目付役人全員を招集した。

秀吉とのやり取りを話したうえで、

「そこで訊くが、かの一団の探索はどうなっておる」

と詰問した。

「鴨河原に潜入していることは突き止めておりますが、未だ捕縛にはいたっておりませぬ」

目付頭《がしら》の宇辺《うべ》市助が恐縮した体で応じた。

「銭を盗んだ手口からすれば、かの一団と断じてよい。よく聞け、本日ただ今、おぬしら全員の家禄を取り上げ、河原者として遇することにいたす。よってここに衣服はいうに及ばず刀をはずし、髪も河原者風にザンバラにして明日から鴨河原で暮らせ」

「河原者とは理不尽でござる。いっそう、腹を切れとお命じくださりませ」

市助が不満をあらわにした。

市助は前田玄以の領国丹波亀山で三百石取り、目付役人十九名を束ねている。

「虎穴に入らずんば虎子《こじ》を得ず、じゃ」

謎めいた玄以の言に市助は厳しい顔で首を傾げる。しばらく経って、

「心得申しました。必ずや虎子を得てみせます」

厳しかった顔がゆるんだ。

「その言、忘れるな。虎子を得なければ市助、おまえの首が飛ぶだけではない、ここに呼んだ全員の首とこの前田玄以の首も飛ぶのだ。虎子を得た暁には元の家禄と役に戻すことにする」

玄以はそう告げて場を立った。

去りゆく玄以の背中に目を遣りながら、市助は目付役人らに、

「殿が仰せられた、虎穴に入るとは鴨河原に赴くこと。また虎子とは窃盗団のこと。得るとは、一団を捕縛すること。われらは河原者となって河原中をはいずり回り、賊どもを探し出し捕縛せねばならぬ。それ以外にわれらが所司代にもどれる術《すべ》はない」

市助は声を高めて言い切った。

（六）

市助らからの探索情報がないままに半年が過ぎた。

玄以は、

――市助らは窃盗の一味を捜して徒労の日々を送っているのであろうか。さもなくば、気楽で誰の束縛も受けぬ河原者の暮らしに慣れて、探索をやめてしまったのか。さいわい太閤殿下からは、この件についての御下問は未だない。殿下は秀頼君《ぎみ》のことで頭がいっぱいなので忘れているのであろうが、いずれは思い出し、わしを詰問するに違いない。ならばこちらから出向いて殿下にこの失態を詫びて、所司代の役を辞することにいたそう――

そう腹を決めた。

玄以は伏見の普請場から京の所司代にもどった。

残務を整理するためである。むろん、腹に決めたことは誰にも口外していない。

もどって二日目、執務室で整理を続けていると、よれよれの着物を纏った男が番卒に伴われて入ってきた。

「殿、やっと窃盗団の在処を突き止めましたぞ」

紛れもなく市助の声だった。その声を聞かなければ、本人とわからぬほど、市助の容貌は変わっていた。

（七）

市助らは半年の間、バラバラになって河原で暮らし、日々の生活は親兄弟から密かに支援してもらった。

河原者になって一か月目は河原で生活するだけで精一杯だった。二か月目は河原者と親しくなる日々となった。そしてやっと三か月目から探索を開始した。互いの連絡は極秘で行われた。河原で二十人も集まっているところを見られれば、周囲の河原者から不審に思われるからである。

市助はこの四か月ですっかり河原での生活に馴れてしまった。ともかく気ままなのである。ここには目付役人の監視は届かない。そう思って思わず失笑する。自分《おのれ》らが四か月前まで目付役人であったことに思い至ったからである。それほど河原での日々はゆったりとしていた。そこには目付役人の目を通して河原者を見ていた時とはまったく違った河原者の姿があった。明日を生き抜けるかどうか定かでない河原者。それだからこそ、今日一日を底抜けに明るく過ごす彼らの姿に、市助は自分《おのれ》を重ね合わせ、あまりの違いに衝撃を受けた。自分は平目付に気を使い、所司代の前田玄以が命ずるままに洛内の治安に走りまわり、すれ違う京人の一人ひとりに猜疑の目を向ける日々。そうした日々が虚しいことのように思えた。

とは言っても玄以から厳命された一味の探索を投げ出したわけではなかった。

季節は七月となった。

手がかりはまったくない。

河原には毎朝、多くの店が並ぶ。店とは名ばかりで、河原に筵を敷いて、そこに品物を並べただけのことである。品物の中に盗品も混じっているはずであるが、そんなことは河原者にとってどうでもよいことである。河原者が銭を持っていないというのは市助の思い込みで彼らは、京人が嫌がる賤業を引き受けて些少の銭を得ていた。

食べ物を売っている店がほとんどである。驚いたことに洛内では高価で売られている魚類まで並べられている。

市助はその店で鯖の一切れを買った。すると店主が、

「一切れとはケチだの。見ろ、この童《わらべ》を。一塩《ひとしお》した鯖二尾を買ってくれた」

と嫌みを言う。

見れば五、六歳の童である。童は二尾を籠に入れ、背負うと事も無げに店主に銭を渡し、無言で歩

き出した。

「親父《おやじ》、あの子の背の半分ほどもある鯖を二尾買って、一体誰が食うんだ。この夏の日だ。一塩してあるとは言え、鯖は二日も経てば腐ってしまうだろう」

「あの子はこの店の常連だ。いつもたくさん買ってくれる」

「鯖一切れでもめん玉が飛び出るほどの高値。童に買えるわけがない」

「あの子がどこから来るのか知らぬ。もしかしたらあの童の親は、かつて、どこぞの領国で高い家禄をいただいていた武家だったのかもな」

「そのお武家がなぜ、河原に住むようになったのか」

「おそらく領主さまの機嫌でも損ねて一族が所払いをくらい、この河原に身を潜めている、そんなとだろう。ここでは人の詮索などしないものだ。詮索する暇があったらあと一切れ鯖を買え」

店主は筵に並べた鯖の一切れを指さした。

市助は『詮索』という店主の言葉で、自分《おのれ》の職分を思い出した刹那、あることが頭を過《よぎ》った。

市助は童の後を気づかれないように追った。

童は二尾を入れた籠を背負って三条河原から四条河原、さらに五条河原を通り抜け、六条河原まで歩いて行くと、一軒の葦小屋に入った。河原に生える葦で作った二坪（四畳）ほどの小屋で、一日あれば誰でもが作れる。こうした小屋が鴨河原には三千軒近く建ち並んでいる。そこに一万を超す河原者が寝泊まりしている。

童が入っていった葦小屋はほかの小屋と変わるところがなかった。おそらくその小屋に居住する員数は二人か三人。

目付役人として培った市助の経験が、〈二尾の鯖と三、四人しか居住できぬ葦小屋との組み合わせ〉はおかしいと伝えていた。

その日から市助は毎日、その小屋を見張った。だが夜間は見張れない。夜間に鴨河原で灯りを使用する者など皆無である。

一月《ひと》の間、市助は見張り続けた。童は三日と置かずに六条河原から三条河原に出向いて、筵の上に広げた様々な食料を背負い籠に入りきれぬほど買い込んでもどっていった。

（八）

「殿、われら二十名では、かの一団を捕らえることは能いませぬ。百人ほどの捕り方の応援をお願いします」

河原での半年間の経緯《いきさつ》を告げた後で、市助は頼んだ。

「まこと、伏見の普請場に盗みに入った一味であるのか」

玄以は半信半疑だ。

「間違いありませぬ」

「賊の員数は？」

「三十名。それに頭目と黙される者の妻女とその童」

「なんと三十二人もか。一軒の葦小屋に住める員数は三、四人であったな。そのような大人数で住めるような大きな仮小屋を建てていたのか」

「いえ、ほかの小屋と変わらぬ広さ。頭目と思しき小屋を取り巻くようにして十軒ほどが建っています。十軒は他の小屋に埋もれるように混じっております」

「一味であれば小屋での行き来は頻繁にあるのではないか。さすれば周りに住まう者が不審の目を向けたはず」

「わたしの見た限りでは、お互いの行き来はまったくありませぬ。おそらく連絡を取り合うのは河原者が寝静まった深夜かと」

「相わかった。亀山から手練《てだ》れの家臣百名ほどを呼ぶ。市助、おことが指揮をとり、一味ひとり残らず捕縛せよ」

――どうやら、わしは所司代の役を辞さずにすみそうだ――

玄以は胸を撫で下ろした。

（九）

八月二十日、所司代の中庭に設けた白洲に三十二名が引き据えられていた。

「まず、最初に訊く。頭目の名は」

玄以の詰問に、

「石川五右衛門」

頭目は悪びれた様子もなく名乗った。

「では五右衛門に訊く。過ぐる二月、伏見の普請場に押し入り銭袋を盗み出したこと、相違ないか」

「いかにも」

「その銭はどうした。葦小屋にはなかった。どこかに隠したのか」

「言うと思うか」

「言わぬつもりか」

「銭はない。そう一銭もだ」

それから玄以がなにを訊いても五右衛門は口をつぐんだままであった。


翌日、玄以は賊を捕らえたことを伝えるため伏見城に秀吉を訪ねた。

秀吉に言上すると、秀吉は一瞬なにを言っているのか、といった顔をした後、

「おおそうであった。人足に与えし報奨金が盗まれたのであったな。おことに言われるまで思い出しもしなかった。その賊を捕まえたと申すか。重畳じゃ」

「太閤がお忘れになるほど月日を掛けなければ捕縛能わなかったこと、面目次第もありませぬ」

「掛かりすぎじゃの。して賊どもの処分はいかがいたす」

「殿下は、かつて、『捕らえた賊どもことごとくを極刑に処せ』と仰せられました」

「ならばそういたせ。ところでおことはまだお拾を見ておらなんだな」

おそらく秀吉にとって賊のことなど、どうでもよい過去の出来事で頭の片隅にも残ってないのであろう。今、秀吉の頭を占めるのは息子秀頼だけ、玄以はそう思った。

「お拾君《ぎみ》のご尊顔を拝したいと思わぬ日はありませぬ」

玄以は緊張した面持ちで告げると、その場に平身した。


二十四日。

三条河原は多くの人で埋め尽くされた。

河原には大きな竈《かまど》が二つ設えてあって、それぞれの竈には油が入った大釜が据えてある。竈には次から次へと薪が投ぜられ、竈の焚き口から火炎が天空に昇っていく。

釜を囲むように等間隔で立てられた十字形の柱、十九本が立っている。その柱全てに男が磔《はりつけ》られていた。

この刑場を取り囲んでいる群衆は四千とも五千とも見えた。その顔ぶれは河原者、京人、寺社の坊主、さらに公卿らも混じっていた。刑場の周囲を玄以が国元亀山から呼び寄せた家臣ら五百人ほどが警護しいてる。

目付役人が群衆に向かって石川五右衛門らの罪状を申し述べる。

盗みに入った店名を次々にあげ、そして最後に、

「畏れおおくも太閤さまが伏見城普請人足に下賜なされた報奨金を盗み出したこと、真に許し難《がた》い。よって太閤さまの御名《おんな》において石川五右衛門とその童並びに主だった盗人を釜ゆでに、他の賊徒らを磔に処する」

声を大にして告げた。

群衆から、

「誰ひとり殺された者はおらぬのに極刑はひどい」

「盗んだ銭を貧者にばらまいた、と聞いている」

「童と妻女は助けてやれ」

「太閤さまが報奨金を下賜した、だと。その報奨金はわれら貧しい者から搾り取った銭（税金）であろう」

「そうだ、そうだ、太閤さまこそ大泥棒だ」

宇辺市助はこれらの抗議をうなずきながら聞いていた。

目付頭であった半年前までは、たった一文でも盗ん者は容赦なく捕縛して罰した。

ところが河原者となって河原をはいずりまわっているうちに、窃盗団一味を捕縛することに乗り気ではなくなった。生きるか死ぬかのぎりぎりのところで暮らしている河原者が、その日を生きたいがために銭を盗み、店から食べ物をかすめ取る、それは許されていいように思えてきたのだ。

騒ぎたてる群衆に鎮まるよう大声をあげている玄以を尻目に市助は持ち場を離れた。

この極刑を公卿の山科言経《ときつね》（一五四三～一六一一）は自著の日記『言経卿記』に、
〈文禄三年八月二十四日丙午天晴　盗人スリ十人子一人等釜ニテ煮ラル、同類十九人八付（磔）ニ之懸、三条橋南ノ川ニテ成敗セリ、貴賤群衆……〉
と記している

（十）

老いて得た子供ほどかわいい、と言われているとおり、秀吉はわが子秀頼を溺愛する。そして老いにつきものの痴呆が秀吉のわが子溺愛を増幅する。

痴呆は我欲の塊である。秀吉は血の繋がった秀頼を後継者にしたいと切望するあまり、秀次に関白の座を譲ったことを悔いた。

だが世情は秀吉から秀次へと天下が移ることを当然と思っている。このことは秀吉もわかっていた。

そこで秀吉は秀次に様々な懐柔策を講じて、秀次が自主的に関白職を返上するように仕向けた。

秀次はこれをことごとく拒否した。

事ここに至った秀吉は寵臣の石田三成《みつなり》を伏見城に呼び出し、秀次の対応について話し合った。

数刻に及んだ密談の結論は、

——秀次の取るに足りない不行跡を見つけ出し、それを種にして悪事に仕立て上げ、罪人として関白の座から引きずりおろす——

というものであった。

かねてより秀次周辺の者から秀次の不行跡がかずかず指摘されていた。

秀次は苦労して関白になったわけではない。極貧の百姓の倅から叔父秀吉の奇跡とも言える出世に引きずられて成り上がっていった。自分《おのれ》の努力など不要であった。そのため人を慮《おもんぱか》ったり、他人の機微を察したり、謙譲心といったものに欠けていた。特に女性に対してはだらしがなかった。

歴史上、女にだらしがない権力者は、妻妾の数が驚くほど多い。しかし世間がこれを公に誹《そし》り糾弾するようなことはない。なぜなら権力者は自分への非難中傷を権力によって封殺できるからである。

では、権力を失った者はどうか。

その典型が秀次の末路であった。

ふたりの密談が行われた数日後、秀吉の使いが聚楽第を訪れ、秀次に伏見城に参上するよう伝えた。

秀次は迷った。秀頼の誕生により自分《おのれ》が邪魔者となったことを誰よりも自身が知っていたからだ。

迷った末に秀吉の呼び出しに応ずることにした。

——自分は秀頼が成人した暁には関白職を潔《いさぎよ》く譲り、秀頼の後見役として豊臣家を支えるつもりだ。太閤に逆らうつもりはまったくない——

と弁明するよい機会だと思い直したからである。

そこで数名の家臣だけに供をさせ伏見城へ赴いた。

ところが秀次一行を待ち構えていたのは、三成とその家臣らであった。

一行は伏見城外の屋敷に留め置かれた。

翌日、秀吉腹心の福島正則《まさのり》が率いる五百人を超える武士の警護のもと、高野山に送られた。

護送の途中、秀次は全てを覚ったのか、悠揚《ゆうよう》迫らぬ態度に終始した。


文禄四年（一五九五）七月十五日、秀次は高野山で自ら腹を切った。享年二十八歳であった。

秀次の首は持ち帰られ、京の三条河原に晒された。そこには高札が立てられ、秀次の罪状がびっしりと記されていた。

これによって京人は秀次の死と秀次の素行を知ることとなった。

高札に記された秀次の素行の数々はどれ一つ取っても畜生にも劣るものだった。

十数日間晒された後、そこに塚を作って秀次の首を納めた。首塚である。

京人はこの塚を〈畜生塚〉と呼んだ。

（十一）

八月二日、三条河原は黒山の人だかりだった。

河原の一か所が竹矢来《たけやらい》で囲われて、人が近づけないようになっていた。

「これより前に出てはならぬ。さがれ」

竹矢来に沿って百人を超える警護武士たちが槍を水平に構えて並んでいた。竹矢来の回りは京人で埋めつくされ、後ろから押された京人が警護武士の警告に逆らうように前に出る。

「ならぬ、さがれ」

警護武士の威嚇の声が大きくなる。

竹矢来の内側に四間（七・二メートル）四方ほどの穴が掘ってあった。穴の深さは一間半（約二・七メートル）ほどである。そこに数名の武士と河原者十名ほどが屯《たむろ》している。

陽は頭上高くにあって、河原は強い陽光と群衆の人いきれでむせ返る暑さだった。

しばらく待っていると一町（約百十メートル）ほど上流の河原から群衆を割って武装した一団が竹矢来に近づいてくる。人々が一斉に一団に目を遣った。

「前をあけよ」

警護武士が大声をあげる。一団の前に一筋の道が開ける。

「ひとりだけ馬に乗っている者が居る。あれは誰だ」

「石田さまだ」

「太閤さま、お気に入りの三成さまか」

「なんと立派な出立《いでだ》ちよ」

ささやく人々。

「馬の後に続くのは女たち」

目を細めて見遣る男。その声に誘われて群衆は背伸びして馬の後方を見る。

白衣を着せられた女性《によしよう》たちだ。

皆、髪を短く切られて肩先に届くほどしかない。高家や武家の女性は髪が腰まで届くほど長い。肩先しかない女性の姿は異様だった。女性の数は四十名ほどか。中に幼な児も混じっていた。

女性たちは竹矢来で囲われた中へ追われるようにして入らされた。

竹矢来の中央に掘られた穴に接して荒筵《あらむしろ》が敷いてある。女性たちは荒筵に座らされた。

馬から降りた三成が群衆を見まわす。

「謹聴、謹聴。これより治部《じぶ》（石田三成）さまより伝えることがある」

三成の脇を固める武士が大声をあげる。私語を交わしていた群衆は瞬時に口を閉じ、耳を三成に傾ける。

「太閤殿下に謀叛を企んだ秀次公」

三成はそこで言葉を切って、群衆の反応を確かめる。演技がかった仕草に京人は嫌悪を覚えながら息を詰めて三成の次の言葉を待つ。

「その秀次さまの妻妾らを処刑する」

一瞬、群衆がざわついたがすぐに収まった。すでに処刑のことは京人らに伝えられて周知のことであったのだ。

引き据えられた妻妾らは身じろぎもしない。妻妾らは秀次が高野山に送られたその日に京都所司代前田玄以によって拉致され、玄以の居城丹波亀山城に幽閉された。そこで玄以から死を宣言されていて、覚悟はできていたのである。

「何故、関白秀次さまの妻妾を処刑するのか、ここに集まった方々にお聞かせ申す」

三成は竹矢来を囲む京人らに声を高める。

「秀次さまは太閤殿下の忠言に耳を貸さず、蛮行をくり返し、挙げ句、殿下を逆恨《さかうら》みなされて謀叛《むほん》を企てた。それればかりではない、秀次どのは謀叛のほかに様々な不行跡があった。その一つは……」

三成の声は頭の芯に突き刺さるように高い。その声で淀みなく秀次の不行跡を次々にあげつらっていった。そして最後に、

「秀次のこれらの所業は犬畜生にも劣る。この所業を諫《いさ》めることもせずに共に不行跡を行った妻妾らは逆賊秀次と同罪である」

と断じた。

関白秀次公から秀次さま、秀次さまから秀次どの、秀次どのから秀次、そして最後は逆賊秀次と呼び変えて罵《ののし》った三成の巧みな話術に京人は引き込まれた。

三成は一歩後ろに下がると、

「大雲院貞安《じょうあん》和尚どの、これへ」

と命じた。すると一団の中から墨衣に身を包んだ僧が進み出て、荒筵の片端に立った。

和尚の左腕には一尺（約三十センチ）ほどの木像の地蔵尊が抱えられていた。

「一の台の局《つぼね》どの、お立ちあれ」

三成の声がさらに高くなる。河原者が筵に座わらされている妻妾のひとりを背後から無理矢理立たせると矩形に掘られた穴の縁まで引きずるようにして引き立てた。

それから男は一の台の局をその場に正座させると貞安和尚に目線を送ってかすかにうなずいた。

和尚がうなずき返し、局に地蔵尊を向け、右の掌《てのひら》を垂直に立てて経文を唱えた。

経はきわめて短かった。和尚は立てた掌を解いて退く。入れ替わりに襷掛《たすきか》けをして股立《ももだ》ちを取った武士が局の横に廻った。

武士は足取りを固め、腰に差した大刀を抜いた。河原者が局の後ろ髪を摑んで身体を前こごみにさせ、首の後ろを晒した。すかさず武士が大刀を上段に構え一気に切り下ろした。

首は矩形に掘られた穴の中に落ちた。

二十九名の妻妾と数名の秀次の子の首が次々と穴の中に落ちていった。

処刑する者、処刑される者、それを見る者の誰ひとり平常な者はいなかった。三条河原を覆っていたのは、秀吉の老いと呆けと秀頼弱愛が生み出した《狂気》であった。

その日の夕刻、三成は馬を飛ばして伏見城に向かった。

御殿の一室に通された三成が見たものは、四つんばいになった秀吉の背に三歳になったばかりの秀頼を乗せ、満面笑みを浮かべて床を這いずりまわる姿だった。

「なに用じゃ」

秀吉が動きを止めた。

「かねての打ち合わせ通り、秀次妻妾らの処刑、先刻、京三条河原にて執行いたしました」

「おことは無粋じゃのう。そのような報《しらせ》でわしと秀頼の遊楽を妨げるとは何事か」

一瞬にして不機嫌になった秀吉は三成を睨みつけ、それから、

「去《い》ね」

と命ずると再び四つんばいのまま笑みを浮かべて床を這いずりはじめた。

（十二）

秀吉は秀次係累の処刑を機に元号を文禄から慶長に変えた。

慶長元年（一五九六）閏《うるう》七月十三日。

三方を山で囲まれた京は炎暑である。

紺碧の空には雲一つない。盛夏を謳歌するごとく蝉が喧《かまびす》しく鳴き立てている。

宇辺市助が所在なげに三条通りを歩いていた。

市助は五右衛門処刑の際に、持ち場を離れたことを咎められ目付頭《めつけがしら》の役を解かれ平目付《ひらめつけ》に降格された。不満はなかった。束ねる役から解放されると役務を放り出して所司代の執務室を抜け、しばしば鴨河原に向かった。

その日も市助は同輩の目を盗んで三条通りを鴨河原に向かって歩いていた。

炎暑のためか行き会う京人は少ない。市助が首筋に流れる汗を拭おうとして立ち止まったその時、地鳴りがして路面が上下に激しく揺れた。地の底から突き上げてくる揺れは二度三度と衝撃的に襲ってくる。

市助は足をすくわれて路上に転がった。起きあがろうとしたが揺れが激しくてままならない。頭を両手で抱え込んで揺れをやり過ごす。

大きな揺れは間もなく収まったが、小さな揺れが間を置かずに続く。

立ち上がって辺りを見回した市助は一瞬、息をのむ。

三条通り沿いに軒を並べる家々は巨大な玄能で叩き潰《つぶ》したように倒壊していた。

市助は河原に行くのをやめて所司代に引き返そうとしたとき、またも大きな揺れが襲った。地に伏して地震をやり過ごすが、間歇《かんけつ》的に襲う地震は収まりそうになかった。

どれほど路上に伏していたのか、やっと揺れが小さくなった。

市助は所司代がある方に向かう。途中、倒壊した家々のあちこちから無数の煙が赤い炎とともにあがっていた。炎は火勢を増して広がっていく。人々が着の身着のままで鴨河原へと逃げていく。市助だけが反対方向に走っていた。進むにしたがって黒煙が空を覆い、町は夕刻のような暗さになっていた。

京内の方々からあがっていた火の手は、今や一つになって広大な火の海と化していた。鐘を打ち鳴らす音が間断なく聞こえてくる。

火の海はつむじ風を誘引し、無数の小さなつむじ風が一つに吸引されて竜巻となった。

余震が大地を突き上げ市助の足下を襲う。

竜巻は全てのつむじ風を取り込んで巨大化し、倒壊家屋の柱や屋根、戸障子、畳などを巻き込み、吸い上げ、引き千切って空高く舞い上げた。炎が地表を水平に走り、竜巻に吸い寄せられ火柱となって勢いを増してゆく。

焼けつく烈風に身を晒しながら、市助は所司代にもどることをあきらめて、京人と同じように鴨河原へと向かった。

晴れていた空はいつの間にか黒雲に覆われ、厚さを増し、洛内は夕暮れのような暗さになっていた。

その暗さを突き破って閃光が走ると同時に雷鳴が炸裂した。市助の耳が一瞬聞こえなくなる。頭を数度振り、天を仰ぐ。額に水滴があたった。

雨だった。突然降り出した雨はなまなかの降り方ではない。

激しい雨は炎上する洛内につき刺さるように降り注いでいる。

市助は口を開けると雨滴を舌で受け止めて、大きく息を吐いた。

これで火勢は弱まるかもしれない。そう思った時、また大地を突き上げる揺れが市助を襲った。

同じ頃、伏見城でも激震に襲われていた。

金銀を湯水のごとく使って伏見城の一郭に建てた御殿は、明の使節団を招聘《しょうへい》するために秀吉が特別の思い入れで緊急に建てさせたばかりで、完成してまだ一か月も経っていない。その御殿が倒壊し、大屋根の瓦が庭一面に散乱していた。

隣接して建っていた御遠侍《おんとうさむらい》、御対面所も全壊。

瓦礫《がれき》と化した建物の下からは逃げ遅れた者らの呻《うめ》きとも悲鳴ともつかぬ声があがっている。難を逃れた侍、足軽、女中らが倒れた柱や壁を取り除き、中に閉じ込められた人々を助け出そうとするが、くり返し襲う余震が救助を妨げる。

伏見城下の至る所から白煙が上り、人々が火炎に追われて城に逃れてきた。

ところが城門のことごとくは閉ざされていた。いや地震で半倒壊になった門扉は開こうとしても開かないのだ。

町人らは門にとりついて激しく揺さぶる。

すると大門の脇に取り付けられた小扉が開いて、数名の門衛が現れた。

「去れ、去れ。城に入ることはならぬ」

門衛のひとりが声高に告げるが、町人は去るどころか小扉に殺到して、城内に入ろうと必死だ。

そこに応援の武士が駆けつけ、門前は双方のもみ合いとなった。

城内では天守の石垣をはじめ二ノ丸や外曲輪《そとくるわ》の石垣が崩落し、秀吉が住まう御殿は石垣と共に水堀に崩落した。御殿内に居あわせた侍、女中、足軽などの多くが建物の倒壊とともに死した。

幸いなことに秀吉は淀、秀頼と城内の山里曲輪《くるわ》で野立ての茶会を催している最中で、これが秀吉たちを奇跡的に助けることになった。

京人の多くは鴨河原に逃げ延びて命拾いをしたが、着の身着のままで食べ物も持ち出せなかった。畿内でもっとも地震の被害が小さかったのは河原者と彼らが住まう葦小屋であった。葦小屋はどこもかしこも葦で作られ、とても軽い。地震でも軽いゆえに倒れるようなことがなかったのだ。

京、東山の南、六波羅《ろくはら》の地に秀吉の命により八年がかりで造営され、昨年ようやく完成した方広寺《ほうこうじ》の大仏は跡形もなく崩れ去った。

しかし巨大な大仏殿は持ちこたえて、その偉容を保ち続けた。

余震が収まった数日後、方広寺大仏殿の様子を見に行った秀吉は、大仏殿内に散乱している大仏の破片を苦々しげに睨み据え、

「かように自分《おのれ》の身さえ保つことのできぬ仏像に、衆生《しゆじよう》を救うことなど思いもよらぬ」

と吐き捨て、

「この大仏殿には取りあえず善光寺の如来を安置しておけ」

と供の者に命じた。

後日談であるが、善光寺から招来した如来像を安置してみたが、巨大な大仏殿の本尊にはあまりに小さく、どう見てもありがたみがない。秀吉の大仏殿建立の意図とはかけ離れたものとなった。一年後如来像は善光寺に返された。


京阪を中心に起こった大地震は五畿内に甚大な被害を及ぼした。

ひどかったのは堺の町で、ほぼ二千戸の家、屋敷が倒壊し、辛うじて残った家々は、その直後に襲った津波によってことごとく海中にさらわれてしまった。

余談であるが、この地震の規模は今流に言うならばマグニチュード七・五と推察されている。なお前日に豊後（現大分県の大部）でも大地震が起こっていた。


人々はこの地震を丁度一年前の同じ七月に、秀次の係累ことごとくを鴨川の三条河原で斬首した祟《たた》りだ、と噂し合った。


一か月が瞬く間に過ぎた。

伏見城に仮の館を建てて留まっていた秀吉と秀頼は、修復の終わった大坂城に入った。幸いなことに大坂城は伏見城ほどの損壊はなかった。

秀吉は大坂城に京都所司代の前田玄以を呼びつけ、

「大坂城の石垣の崩れに比べ伏見の城石が形をとどめることなく崩落したのは、おことの監督不行き届きである。余の前で腹を切れ」

と怒りを露わにし、玄以目がけて刀を投げつけた。

玄以は床に額をこすりつけ、

「いま、一度、某《それがし》に、挽回の機会をお与えくだされ」

と懇願した。秀吉は怒りを収めてしばらく考えた後、

「指月岡に築いた伏見城を廃城とし、隣の伏見木幡山《こはたやま》に新しい城を作れ」

と命じた。

大坂にもどってきた秀吉は自ら陣頭に立ち、大坂城と町をつぶさに検分し、復興への指示を家臣らに次々に出してまわった。

こんなときの秀吉は実に生き生きとしていて呆けを感じさせるような気配もなく、地震災害の復旧を楽しんでいるかのようだった。

町人も商人も武士さえも、秀吉が大坂にもどってきたことに安堵し、よりいっそう大坂城と町の復旧に精を出すのだった。

（十三）

京、大坂が旧に復するまでにほぼ二年の歳月がかかった。

慶長二年（一五九七）秋、木幡山に建設中の伏見城に秀吉は秀頼と共に入った。

この時、秀吉は病がちで、ひとりでは歩けないほど衰えていた。六歳になった秀頼に手を取られ、よちよちと歩く姿は汚らしい爺《じじい》にしか見えなかった。

慶長三年春、前田玄以の手によって伏見城が竣工する。

それを待っていたように秀吉は病の床に伏した。

同年七月十五日、病床にあった秀吉は諸大名にたいして秀頼に忠誠を誓うよう要請する。

大名らは秀吉の補佐役である前田利家と徳川家康に誓詞を出した。

秀吉が直接受け取らなかったのはすでに病状が重篤であったからである。

八月五日。

秀吉は五大老を招聘《しょうへい》し、遺言書を残した。

返々《かえすがえす》、秀頼事、たのみ申候、五人の衆頼み申候、
委細五人の者に申わたし候、なごりおしく候
八月五日　秀吉

いへやす
ちくせん
てるもと
かけかつ
秀いへ
　　　　　　　　まいる

この五名すなわち、いへやす（徳川家康）、ちくせん（前田利家）、てるもと（毛利輝元）、かけかつ（上杉景勝）、秀いへ（宇喜多秀家）の〈五大老〉に秀吉は秀頼の後世を託したのである。


八月七日。

秀吉は五大老へ託すだけでは心許《こころもと》なく思ったのか、五奉行に姻戚の縁を結ばせて秀頼の庇護を頼んだ。

五奉行とは石田三成を筆頭に前田玄以、浅野長政、増田《ました》長盛、長束《なづか》正家である。


八月八日。

秀吉はさらに万全を期すため五大老に再度秀頼へ忠誠を尽くすよう誓詞を出させた。

秀吉の心を占めるものは自分《おのれ》亡き後の秀頼の行く末のみであって日ノ本の行く末や民のことなどは

頭の隅にもなかった。


慶長三年（一五九八）八月十八日。

従一位太閤豊臣秀吉は六歳の秀頼を残して伏見城で没した。享年六十二歳。

つゆとをち　つゆときへにし　わかみかな　なにわのことは　ゆめのまたゆめ

辞世の句である。


この句は読み方によっては、豊臣の行く末を的確に暗示していると思われる。

すなわち『つゆとおち　つゆときへにし　わかみかな』の『わが身』は秀吉自身のことはもちろん豊臣家そのものを表していると解釈できるからである。

すなわち、

——露のように消えてゆく豊臣家、大坂（難波）を政都として天下に武を張ったことなど、夢のまた夢である——

と解釈できる。

辞世の句を創っている間だけ、耄碌から抜け出して、往年の頭脳明晰な秀吉に立ち返ったに相違ない。

秀吉の死後二年経った慶長五年（一六〇〇）九月、関ヶ原の戦が勃発。家康が天下人となった。

その二年後、前田玄以が死去。享年六十四歳であった。

玄以の家臣、宇辺市助は玄以の死を機に家禄を返上し、領国を去った。

家中の者が、市助に似た男を鴨河原で見かけたと言いふらしていたが、日が経つとたち消えになった。

傾《かぶ》く女《もの》たち

（一）

若狭街道は小浜から琵琶湖に近い朽木《くちき》谷を経て八瀬《やせ》、大原を通って京に至る道である。小浜湾で獲れた鯖を京に運ぶ要路で別名、〈鯖街道〉とも呼ばれている。

慶長六年（一六〇一）十月（新暦十一月中旬）、鯖街道を辿る娘があった。

菊というその娘は背に布袋を負うていた。

その袋が肩からずれたので直そうとしたとき、首元に雨滴が当たった。

菊は天を仰いだ。寒々とした曇天。すると上向いた頬にも雨粒が落ちてきた。

一つ身震いして襟元をかき合わせる。百歩も歩かぬうちに雨となった。菊は布袋を背からおろし、胸に抱え込んで街道筋を見はるかす。

半町（五十メートル）ほど先にお堂が見えた。

菊はそこに向かって歩みを速め、着いたとき本降りとなった。菊はお堂の扉を開いて内を見る。

すでに多くの人が雨宿りしていた。入ろうかどうか迷っていると、

「もう少し詰めて、入れてやりな」

女の声がした。

その声に応じた者が坐す位置を譲り合って菊の居場所を作ってくれた。菊はあらためて堂内に目をやった。広さは六畳ほど、そこに十二人、それも女ばかりだった。しかも皆、同じ装束である。

「近在の者かい」

声をかけてくれた女が話しかけてきた。

菊は首を横に振る。

「この路は京と小浜をつないでいる。どっちに行くのかえ」

女の声は柔らかく温かかった。

「京」

「身寄りの者が京に居るんだね」

今度は強く首を横に振る。

「京は物騒だよ。それより、あんたはどこから来たのさ」

「越前国、荒磯が目の前に広がる村から」

「その村には世上の出来事など届かないらしいね。だとしても今から一年ほど前の九月に大きな戦が関ヶ原っていう所であったことは知っているだろ？」

「その戦が因《もと》で越前国の領主が代わった、とお父《とお》が言っていた」

「敗戦の武将の何人もが京の鴨河原で首を刎ねられた。残党狩りは一年経った今も続いている。そんなわけで京内は大騒ぎ。悪いことは言わない。雨があがったらその荒磯が目の前に広がる村にもどるといい」

「もどらない」

菊の強い口ぶりに、

「もどれない理由《わけ》があるんだね。話してごらんよ。話によっちゃぁ、あたしらが京行きに力添えしてやってもいいよ」

女の口ぶりはさらに柔らかく温かくなった。

（二）

あたいの村は崖を背にして、海に面した狭い地に張り付くようにして、二十数軒の家が軒を接して建っていて、風がいつも吹いていていた。海は目の前だけど漁師はひとりも居なかった。だって漁師舟が着ける船溜まりを作れるような岸辺なんて村にはなかったからね。でも村の女衆は海面に突き出た無数の岩に張りついているアオサ（海藻の一種）なんかを採って生業《なりわい》の足しにしていた。

村の後ろの崖上に祠《ほこら》があって小さなお地蔵さまが三十ほど並んで海を向いて立っている。なんでそんな所に立っているのか、これからのあたしの話を聞けばわかると思うから、今は訊かないでほしい。

あたしが十六歳になった時、お父《とお》から隣村の百姓の長男に嫁ぐように言われた。男が幾つなのか、どんな顔立ちなのか、あたいは知らない。もっとも知ったからって親の決めた相手を断れるわけもなかったけどね。この村を早く出たかったし、一緒になる相手が長男なら、やがては田畑を譲り受けるだろうから、男の両親が死ぬまでの間、辛抱すれば今より少しはマシな暮らしができるものね。

あたいの村には、嫁入りの決まった娘が風の強い夜に、お地蔵さまの並ぶ祠の前で夜通し火を焚けば幸せになれる、っていう古くからの言い伝えがあるんだ。それも火を焚く夜の風が強ければ強いほど嫁ぐ娘は幸せになれる、って言い伝えられていた。

八月の終わり頃、祖母《ばば》が『明日から海は黒雲に覆われる。お地蔵さまの前で火を焚くのは明日の夜』って教えてくれた。

当日、お父が二束の薪を用意してくれ、お母《かあ》が熾火《おきび》とほだ木を持たせてくれた。熾火は炭火のこと、ほだ木は薄く割いた木片。熾火をそのままじゃ持てるはずもないから、お母が灰で満たした竹筒のなかに埋め込んで持たせてくれた。

夕方、薪を背負い、竹筒を腕に抱き、懐にほだ木を仕舞い込んで家を出た。

祖母が言ったように海は真っ黒な雲に覆われ、空と海の境はわからなくなっていた。海から風が強く吹いてくる。あたいは風に背を押されるようにして崖上に続く坂道を登っていった。

夕暮れと暗雲とで、いつもより早く夜が来ているようだったけど、足元が見えなくなるにはまだ間があった。

祠に着くとお地蔵さまが並ぶ前に掘ってある穴の中に背負ってきた薪をおろした。穴は以前からそこに掘られてあった。深さは腰ぐらい、差し渡しは二尺（約六十センチ）くらいだったと思う。あたいはお地蔵さま一仏一仏に手を合わせてまわった。

それから薪束の一つをばらして、それを穴の中に燃えやすいように組み上げた。組み上げが終わったとき、辺りはもう真っ暗。あたいは穴の縁に座って目を閉じた。波が岩に当たって砕ける音に混じって海鳴りがあたいの耳に響いてくる。

あたいが幼かった時、あまりに海鳴りがうるさいので祖母に、どうしてあんなにうるさいのか、と訊いたことがあった。すると祖母は、

『海鳴りは海と空が交わる沖で生まれ、潮風に乗って村に届く。お前にはうるさく聞こえるかもしれないが、この祖母《ばば》のように老いた者には母親《おも》の子守歌のような安らかな響きに聞こえる。いつかお前もそう聞こえるようになる』

と話してくれた。でもあたいは年老いても海鳴りが子守歌なんかに聞こえないだろう。だってお母から子守歌を聞かせてもらったことなどなかったもの。

その海鳴りが夏のほんの短い間だけ止む時がある。その時を待ってたかのように村中、蝉の鳴き声だらけになる。だから村は一日だって静かな時なんてないのさ。嫌になっちゃう。でも嫌なことばかりじゃない。陽が村の後ろの崖端《がけっぷち》から昇ってくると朝霧に黒ずんでた海が青色に変わって、お陽さまが頭の上に来れば、その青は空の色に。陽が海に沈むまでの半刻は海も空も村も燃えるような夕焼けさ。その綺麗さったら村で育った者でなきゃわからないだろうね。

家の戸口に立った祖母《ばば》が口を半分あけ、目を細めて海に沈む陽を見ていた姿を、あたいは今でも思い出すんだ。その祖母も死んじまった。

話が逸れちまったね。薪を燃やす話にもどるね。

あたいは穴の縁《ふち》に座って風の吹く音に耳をすませた。風はどんどん強くなっていく。そして辺りはすっかり暮れちまって闇ばかり。

あたいは片端《かたえ》に置いた竹筒の蓋《ふた》を開いて灰をとり除き熾火を晒《さら》した。それから懐にしまい込んだほだ木を数枚取り出して、熾火の上に乗せた。

あたいはそれらのことを、みんな手探りでやってのけたのさ。だって全くの闇夜だものね。

熾火の上に乗せたほだ木はすぐに燃え移った。ところが、たちまち風で吹き消されちまった。風が強すぎるんだ。二度ばかり繰り返したけど、二度とも風に吹き消されてお手上げさ。

あたいは深く息を吸い込んで、どうしたものかと思いをめぐらした。すると家を出るときに声をかけた祖母の一言を思い出した。

『風がやんだ折にしか熾火からほだ木に火は移せぬ。海鳴りに身をゆだねよ、耳で聞こうとするな。身をゆだねていれば海鳴りが途切れる刹那がわかる。その時、風も止まる、その時だ、その時しか火は移せぬ。大丈夫、お前ならできる』

祖母は言って、あたいの頭をぽんぽんと叩いた。

あたいは祖母の言うとおり海鳴りに身をゆだねた。

えっ、海鳴りに身をゆだねる、っていうことがわからないって？

村に住んでいる者じゃなけりゃ、わからないだろうね。ともかくあたいには祖母の言うことがしっかりわかったのさ。

風は海から崖を吹きあがり丘の後方に抜けていく。あたいは熾火を風から守って海鳴りに身をまかせた。風音と海鳴りがずっと続いている。そのままじっと身をまかせていたら風音だけが聞こえるようになった。

聞こえる風の音はひとつじゃない。強い音、弱い音、高い音、低い音、そして耳障りな音や心地よい音、様々だ。その違った音がみんなあたいの身体の中に入り込んできた。すると強弱をくり返す風《かざ》間《ま》に、一瞬だけ風が弱まるのがわかってきた。弱まる時を待って、あたいは熾火の上にほだ木を乗せた。ほだ木に燃え移った炎は大きくなった。さらにほだ木を加え、それを積み上げた薪の下端に押し込んだ。風は弱いまま。ほだ木から薪に炎が移った。炎は少しずつ勢いを増して大きくなってゆく。再び風が強まる。でも薪に燃え移った炎が風に吹き消されるようなことはなかった。

六尺（一・八メートル）ほどに燃え上がった炎が風で横向きになる。薪は燃え続ける。

あたいはもう一束の薪を炎の中に投げ入れた。燃え尽きた薪が崩れ、火の玉が赤い尾をひいて風下に流れていった。

風が強さを増して雨が降り出した時、二束の薪は燃え尽きた。まだ夜は明けていない。

あたいは雨に濡れながら夜が明けるのを待って崖を下りた。

家に帰ると濡れた身体を拭いて、そのまま寝ちまったから、その後、村で起こったことなど知らない。

とは言っても話さなくちゃならないね。

あたいが目を醒ますと雨も風もやんでいた。

家には祖母《ばば》もお父もお母も居なかった。

それであたいは気がついた。

昨夜の大風と雨は野分。村の習いで、大人たちは野分が去った後、浜を見に行くことになってるんだ。その習いにお父らは従ったのさ。

その日、村は一日中沸き立った。

なぜかって？

北国船《ほっこくぶね》が浜に打ち上げられていたからさ。北国船って言うのは五百石積みくらいの大きい船で奥州から木材などを敦賀《つるが》や小浜の港なんかに運んでいる。木材ばかりでなく庄内の酒田港から米やら綿やら様々な品々を積み込んで、あたいの村のはるか沖合を行き来している。

打ち上げられた北国船に乗っていた男たちは誰ひとり生きていなかった。

番所のお役人から、

『村の磯に打ち上げられた船を見つけたら直ちに報《しら》せよ』

って申し渡されていた。だから村の者が番所にこのことを報せた。番所はあたいの村にはない。山一つ越えた大きな村にある。そこに行き着くには半日かかる。つまり、あたいの村はそれほど辺鄙でほかの村から離れた地にあるのさ。

村長《むらおさ》が番所に知らせに向かったのは、あたいがお地蔵さまの前で火を焚いた日の二日後だった。

なぜ、すぐ報せなかったのか、って？

それはこの村に海の神さまがもたらしてくれた恵みを少しばかり戴くために要する日数《ひかず》だったからさ。

もうここまで話せばわかるだろう。難破した船にはたくさんの船荷が積まれていた。そのほとんどは海の藻屑となったけど、荒磯に打ち上げられた船荷もたくさんあった。それらを村に運び終わるには二日では足りないくらいだ。

難破船の船荷をくすねるのは御法度《ごはっと》じゃないかって？

そう御法度さ。御上《おかみ》から、『船荷に一切手をつけてはならぬ』ってきつく言い渡されている。

でも、くすねたかどうかは村の者《もん》がお役人に言わなければわからないことだろ？

それにくすねる船荷は木綿布とか焼き物、時には銭箱に入った銅銭なんかで、高価な絹布や赤い絵付けの焼き物なんかは、そのまま手をつけずにお役人に引き渡した。くすねた船荷は村の者が平等にわけた。そんな村の者がお役人に告げ口すると思うかい？

嫁ぐと決まった娘が風の強い夜に丘の上で火を焚く習わしは、決して外の村の者にもらしてはいけないんだ。

あたいはこの習わしのおかげで、三反もの木綿布を嫁入りの際に持ってけることになった。そりゃ、うれしかったさ。今、あたいが胸に抱いている袋のなかにその木綿が入っている。

もしや船が難破したのは崖上で燃やした火が因《もと》じゃないか、って？

確かに風が強い夜に沖合を通る船があたいの燃やした火を見て、

――あの火に向かって進めば船溜まりがあるかもしれない――

と思い、船を進めたかもしれない。でもあたいが火を燃やしたのは、何度も言うけど、この村の古《いにしえ》からの習いなんだ。船が岩だらけの荒磯に乗り上げて沈んでしまったことと、あたいが火を燃やしたこととは関わりないことさ。

布を持って嫁に行ったんならなぜ、ここにいるんだ、と訊くんだね。

その難破した船に乗っていた者のなかに、嫁ぎ先の縁者が乗っていたのさ。そんなことってあると思う？　いまでも信じられない。

それで喪に服すため年が明けるまで祝言を延ばすことになった。年が明けてすぐ、今度は嫁ぐはずの男の父親《てて》が亡くなった。

そしてあたいは破談になったのさ。その理由《わけ》は、

――祝言が決まった途端に近親者がふたりも死んだ。これは祝言を挙げてはならない、とご先祖さまのお告げだ――

って言い出したのさ。で、祝言は取り消し。あたいは村でも禍《わざわい》をもたらす娘って言われるようになった。そんな折、祖母が死んだ。それが村を出て京《みやこ》に行く理由《わけ》。

一昨日《おととい》、あたいは親に内緒で嫁に行くときに持ってくはずだった三反の木綿布を袋に詰め、それを持って京を目指した。

あっそうだ。お地蔵さまが崖の上に三十ほど立っている理由《わけ》を話してなかったね。そのお地蔵さまの数は村の荒磯に打ち上げられた難破船の数と同じなのさ。だからあたしが抜け出した村では三十一

体目のお地蔵さまが今年中に立つと思う。

（三）

「嫌なことを話させてしまったね。ただ、あんたの素性がはっきりしなけりゃ、あんたの京《みやこ》行きをどう手助けすればいいのか、わからなかったからね。悪く思わないでおくれ。話からすれば、なにも京行きに拘《こだわ》ることもないようだね。どうだろう、京は諦めて、わたしたちの仲間に加わるっていうのは。あんたの話ぶりは妙に人を惹きつけるところがある。そういう人をわたしは探していたのさ」

女はそう言って、一同を見まわし、

「皆もこの娘が仲間に加わることに不満はないだろうね」

と声を張り上げた。それに女たちは一様にうなずいた。

菊が応諾を告げる間もなかった。

「決まった。あたしの名はクニ、出雲《いずも》大社の巫女《みこ》。人はあたしのことを出雲の阿国《おくに》と呼んでいる。出雲大社修繕勧進《かんじん》のため仲間と連れだって西国から畿内、さらに近江などを経巡《へめぐ》っている。仲間に入ってくれたら大社勧進におおいに役立つ」

阿国の誘いに菊は知らず知らずに首を縦に振っていた。

巫女とは神子とも書き、神に仕えて神楽《かぐら》、祈祷を行い、また神意をうかがって神託を告げる未婚の女性のことである。

「ここではね、あたしや仲間の持ち物全ては出雲大社のもの。仲間になったんだからその袋に入っている木綿布は今から出雲大社のものだからね」

阿国は諭すように言って、菊が片端《かたえ》に置いた布袋を取り上げた。

（四）

慶長八年（一六〇三）二月。

徳川家康は朝廷より征夷大将軍の称号を賜り、江戸に幕府を開いた。

政庁が畿内から百二十里（約五百キロ）も離れた関東に移ったことで、京は寂れていくのではないかと京人は思ったが、それは杞憂に終わった。京は前にも増して賑わいを見せるようになった。


三月。

出雲の阿国の一行は京にあった。

若狭街道小浜近くのお堂で菊を仲間に加えてより二年半が過ぎていた。

その間、阿国一行は出雲大社修繕費を捻出するため、出雲（現島根県東部）を拠点に、伯耆《ほうき》（現鳥取県西部）、石見《いわみ》（現島根県西部）、因幡《いなば》（現鳥取県東部）、美作《みまさか》（現岡山県北部）などを勧進興行してまわった。

阿国らの勧進興行は観衆を集め、その前で念仏踊《おどり》を披露し、観衆に踊に加わってもらって出雲大社修繕費を喜捨してもらう、という手法であった。

念仏踊は信仰を得た者が念仏を唱えているうちに、知らず知らず踊り出したものが儀式化したもので、その元始《げんし》は一遍《いっぺん》（一二三九～一二八九）といわれている。

たくさんの喜捨をしてもらうには念仏踊に参加する者をひとりでも多く集めなくてはならない。阿国らは興行地に着くと、参加者を募って街中を宣伝してまわった。その中で特に菊の勧誘口上は秀逸であった。菊は出雲大社の縁起を阿国から教えてもらい、それをもとに、興行地の住民に念仏踊に加わるようわかりやすく誘いかけた。

阿国が見抜いたように、菊は人を惹きつける話術を生まれながらに持っていたのである。


この二年半、阿国に連れられて各地を経巡ってきた菊にとって京は諸国とまったく違って見えた。

その違って見える一つはカブキ者と称する男らが洛中を、わがもの顔に闊歩していることであった。


カブキ者のカブキの語源は『傾《かぶ》く』からきていると言われている。『傾く』の意は、
・頭を傾ける。
・自由奔放にふるまう。勝手なふるまいをする。

・異様な身なりをする。人の目につく衣装を身につける。

などである。

したがってカブキ者とは〈ことさら人目につくような常軌を逸した風俗・精神・言動をとる者〉と解することができる。

初期のカブキ者に当てはまる人物としては、若き日の織田信長であろう。ただ信長が活躍した戦国期はカブキ者とは言わず、バサラ者と呼んだ。

その後、カブキ者という呼び名が定着し、時を経るにしたがってその数は増え、京をはじめ各地でカブキ者が横行するようになる。

彼らは華美な異装束をまとい、額を広く剃り、髪を茶道で用いる茶筅《ちゃせん》のように結い、三尺八寸（約一・一五メートル）を超える大太刀を差して大路小路を闊歩した。

やがてカブキ者は武士だけでなく若党や中間《ちゅうげん》、さらには公家らにも広まった。

「明日、千本通り（旧朱雀大路）と四条大路が交わる辻で大社勧進のための念仏踊を披露するよ。このこと京人に報らせておくれ」

阿国が菊らに頼んだ。

口先だけで触れ回っても京人は耳を傾けてくれない。そこで菊が考え出した興行寄せの口上に阿国が節をつけ、その節にあわせて女たちが舞ながら洛内の大路小路を、まわった。

翌日、千本通り・四条大路の広大な辻には多くの京人が念仏踊に加わろうと集まった。

巫女装束に装った阿国らは鉦《かね》、太鼓で囃しながら念仏や和讃の唱文を唱《とな》えて参集者の前で踊う。和讃とは仏教の教えや仏の徳を和語に直して讃えた歌謡のことである。多くは七五調四句で創られた。

念仏踊が佳境に入った時、参集者にざわめきが起こり、ひとり去りふたり去り、そして誰ひとり居なくなった。

阿国らは唖然として踊るのをやめた。

その夜、阿国らは出雲大社が分祀されているお堂に宿泊した。

「あんなに集まっていた町衆が潮の退くように誰ひとり居なくなるなんて、諸国を巡ってきて、今までなかったこと」

夕餉が終わって一息ついた阿国が口をゆがめる。

「集まった人たちがどうして去《い》んでたのかは、わかっている」

仲間のひとりが言う。

「カブキ者の所為《せい》だ」

他のひとりが応じた。

念仏踊が佳境に入ったとき、辻から二町（約二百メートル）ほど離れた四条大路上でカブキ者同士が喧嘩を始めたのだ。喧嘩のきっかけは、すれ違った際にお互いの大太刀の鞘がぶつかったことによる。

——鞘当てしたのは、オレではない。そっちだ——

——ワレではない。その方であろう——

押し問答をしているうちに、どちらかが大太刀を抜いた。

これを見ていた京人が、

——喧嘩だ、喧嘩だ。カブキ者同士の大喧嘩だ——

と触れ回った。その声は阿国らの念仏踊に加わろうとしていた人々にも届いた。

なにしろ派手な形《なり》をしている者同士、関ヶ原の戦以後、平穏な世になって、荒ぶる気持ちを抑えきれずにいる無頼武士同士であるから、鬱憤晴らしの喧嘩である。戦場で鍛えた刀槍の術には覚えもあり、度胸もすわっている。

念仏踊とカブキ者の喧嘩、京人がどちらに強く惹かれるかは明らかだった。


「京で出雲大社修繕勧進を興行するかぎり、念仏踊では人を集められない。どうしたものか」

阿国は思案顔で皆を窺う。

「京での勧進はあきらめて近江あたりに場を移すのはどうでしょうか」

仲間のひとりが提案する。

「京と近江では集まる人の数が大違い」

「近江だけではない。伯耆、美作、因幡、石見、備前、備後《びんご》、どこで興行を催しても集まる人の数は京に比べれば微々たるもの。それじゃ大社修繕の銭は思うように集まらない」

「しかし、京に居ても今日のようなことはこれからも起こりましょう」

「京人は念仏踊などよりカブキ者が通るだけで、そちらに興をそそられるのです」

「ここらが潮時かもしれませぬ。出雲にもどり、大社で神事の手伝いをしながら暮らすのもいいのでは」

「念仏踊で十年近く諸国を巡って勧進をしてきた。古里《ふるさと》に帰る潮時かもしれないね」

「帰ったら巫女をやめて、嫁ぐのも悪くないね」

「嫁げる歳はとうに過ぎている。けど阿国さまが出雲に帰ることを許してくださるなら、わたしらは出雲に帰りたい」

女たちが阿国に率いられて出雲を出た時は十七、八歳であった。それが勧進で諸国を経巡っている間に三十歳近くになっている。阿国はさらに年上で四十路の後半である。

菊は黙って女たちの話を聞いていた。

——出雲に生まれたわけではない、まして出雲大社の巫女として育ったわけでもない。皆について行っても縁《よすが》となるものが出雲にはない。かと言って三反もの木綿布を持ち去って生まれた村を出奔した身であってみれば、両親の許に帰れるはずもない。皆が出雲にもどるなら、ひとり京に残ることにしよう——

と決めた菊はそのことを言おうと口を開きかけた時、

「このままで京を去ったら、皆はくやしいと思わないのかい。カブキ者の喧嘩見物に十年以上続けてきた念仏踊が負けたんだよ。あたしは京に留まってカブキ者らに目を向けている京人を新しい念仏踊であたしたちに向けさせてみせる」

叱りつけるような阿国の強い口調だった。

「新しい念仏踊って？」

仲間のひとりが聞きかえす。

「それはこれから考えることさ。明日から三日、皆に暇をやるから洛中を歩き回って新しい念仏踊の策を見つけてきておくれ」

阿国は声を高めて命じた。

（五）

阿国が与えた三日間を菊は鴨河原で費やした。

その三日間で菊は鴨河原がすっかり気に入った。いや鴨河原でなく、そこに住まう人々に、と言った方がよいかもしれない。

京には畿内や遠国から多くの人々が入り込んでくる。諸国でこぼれ落ちた人々や芸能者らである。それらの人々が住処《すみか》としたのは鴨河原であった。

河原に住まう者はなにものにも束縛されず、奔放であり、無頼であり、勝手気ままであり、一芸に秀で、極貧で、かと言って鈍することもなく、時には助け合い、時には見捨て、流言飛語に聡く、物見高く、常に死が片端にあり、隣人が死ねば着ていた衣服を我先にはぎ取り自分《おのれ》のものとし、遺骸を菰《こも》に巻いて鴨川に流してやる優しさを持ち、そして出奔した故郷にもどりたくとも帰れない人々であった。

こうした人々は京人がやりたがらない死者の埋葬、牛馬の屠殺と処理、人糞汲み取りと運搬、大路小路の清掃とドブ掃除、犯罪者逮捕の手助けなどを生業《なりわい》にしていた。彼らが居なければ公家、武士、京人は一日とて快適な暮らしはできないのだ。

こうした賤業を生業にした人々は、業が終わると住処である鴨河原にもどり、素裸になって川に入った。

上賀茂神社、下鴨神社で清められた鴨川の水は彼らにとって禊《みそ》ぎの聖水であった。

河原に死の影が濃く落ちれば落ちるほど清浄な流れによって生まれ変わった河原は生気に満ちることになる。河原に集う人々は川の流れに喜怒哀楽を吐露し、鴨河原に愛着した。

八月（新暦九月中旬）。

女十数名を率いたカブキ者が千本通りを南に向かっていた。その一行を取り囲んだ京人の数は千人を超えている。京人らはカブキ者の姿形を見て驚愕し、やんやの喝采をおくる。

深紅の布地に金糸銀糸で刺繍したド派手な陣羽織らしき上衣を着込み、その下に着付けた萌葱色《もえぎいろ》の小袖には左右両袖に上り竜の姿が縫いつけてある。小袖の裾は太い錦縄で縁取りしてあり、歩くたびにゆらゆらと波打つ。足元は、と見れば紅白に捩った鼻緒の分厚い草履。手に半身が隠れるほどの扇を持っている。扇の下地は白。そこに赤いまん丸が一つ描かれている。さらに驚いたことに腰に差した大太刀の刀身は四尺（一・二メートル）もある。むろんこの長さでは鞘尻が地面についてしまう。女のひとりが鞘尻を持ちあげて歩をあわせ進む。

こればかりではない、京人の度肝をぬいたのは、カブキ者の頭部である。有り余る頭髪を角のように二本に結い上げ、両端を結び合わせてある。京人が今まで見たこともない髪型である。さらに驚いたことに目の周りを青く隈取りし、毛虫のような付け眉、上唇は赤に、下唇は黒に塗り分けていた。

カブキ者を取り囲んだ女たちは白一色の巫女装束で、手に持った鉦や太鼓を打ち鳴らし、京で流行っている歌謡を唱和している。

巫女姿の女たちのなかにひとりだけ違った装束をしている者がいた。その者はほれぼれするような美形の遊女姿であった。むろん彼女もカブキ者に劣らぬきらびやかな衣装を身にまとっている。

余談であるが京で遊女の初現は平安京創建当初に遡ることができる。本格的な遊女屋の出現は室町期初期（一三四七年前後）で五条大路と東洞院小路が交わる辺りにあった。室町幕府三代将軍足利義満は金閣寺建立で有名であるが、彼は五条東洞院の遊女屋の遊女〈高橋〉を愛妾とした。

遊女は京の庶民にも親しまれ、遊女屋に属さない独り立ちの遊女が辻々に立って、街行く庶民男子の袖を引いて誘った。こうした遊女は〈辻君〉〈立君〉〈立傾城《たちけいせい》〉などと呼ばれた。

一行が進むに連れて参集者は増えていく。千本通りを南に下り、四条大路と交わる辻に達する頃にはその数は三千人を超えていた。

一行は辻を左に曲がって四条大路に入り、東に進む。

半刻（一時間）をかけて四条橋西詰まで進んだ一行は、そこから四条河原に下りた。

一月《ひと》前に京を襲った野分の出水で河原は一掃されて清々しかった。

天に雲一つない。

四条河原の中程で止まった一行を参集者らが取り囲む。その数は優に五千。

「東西、東西。さてもお集まりの皆さまには、これから始まる出雲大社勧進の念仏踊、とくとご覧あれ」

遊女姿の女が口上を述べる。白塗りした顔からその正体はわからぬが、声は紛れもなく菊である。

参集の男たちは遊女の美しさに思わず鼻の下を長くする。

念仏踊は巫女姿の女たちの流行り歌の唱和から始まった。

ところが今までの念仏踊とは違っていた。踊りを芝居仕立てにしたのである。

その芝居の筋立てとは、カブキ者に扮した阿国が茶屋の遊女の許に通う様を念仏踊で演じる、というものであった。

この頃、芝居は庶民まで普及しておらず高値の花であった。したがって芝居仕立てとわかった途端、京人は心を躍らせた。おまけにその筋は今大流行のカブキ者が、庶民男子には手の届かぬ高級遊女の許に通う様を演ずるというもので、しかも、そのカブキ者の演者は男でなく、ド派手な装束を着付けた阿国という女が演じるとあって、老いも若きも男も女も目の色を変えて、四条河原に押しかけたのである。

カブキ者と遊女の妖艶なからみ合いを阿国と菊は、きわどく演じてみせた。

それは男女が演ずるよりも大胆で濃艶であっても嫌らしさがなく、見る者に世の憂さを忘れさせるに値する一時《ひととき》を与えた。


阿国の名はこの念仏踊によって京中で知られることになった。

京人はこの念仏踊を〈カブキ踊《おどり》〉と称した。

同時に遊女を演じる菊の名も京人の口にのぼったが、なんと言っても阿国のカブキ者姿に人々は惹かれたのであった。

なぜ惹かれたのか。

それは京人が直面している世情によるところが大きかったからである。

関ヶ原の戦で天下は豊臣家から徳川家に移った。だが豊臣家は亡びたわけでなく、秀吉の息秀頼が不落の城といわれる大坂城に威を張っている。

関ヶ原の戦後におとずれた平穏は、かりそめのもので、いつまた戦が始まるかもわからない。

そうした世相のなかで、諸大名に仕える武士たちは荒ぶる気持ちを異装束、異風な姿形を装うことで発散させていた。いわば、彼らはこの混沌の世が生み出した時代の寵児であったのだ。

武士ばかりでなく庶民もまた先の見えない、明日崩れるかもしれない平穏に恐々としていた。それゆえに庶民はカブキ者たちの心情に賛同するところが多かった。

阿国はこうした世情をみごとに汲み取って、念仏踊（カブキ踊）に取り入れ、京人に見せたのである。

人々はだからこそカブキ者を演ずる阿国に共感し、熱狂したのであった。

阿国は一月《ひと》ほど四条河原で念仏踊を続けた後、打ち切った。さすがに一か月も続けていると観衆は少なくなり、それに伴って大社修繕費の喜捨も少なくなってきたからである。そこで阿国は京を出て近江で念仏踊を興行することにした。

十月下旬（旧暦十二月上旬）、近江に着いた阿国らを迎えたのは多くの人々であった。すでに阿国らのカブキ踊《おどり》の噂を聞いていた人々が心待ちにしていたのである。前宣伝をしなくとも興行日には黒山の人だかりとなった。

近江のどの地でもカブキ踊は盛況であった。

十二月下旬、近江から京にもどった阿国の許に、一座に加《くわ》えてほしい、と願い出る女が後を絶たなくなった。だが阿国はそれらの申し出を全て断った。

菊以外の阿国の仲間は出雲出身の未婚の女に限られていたし、彼女らは出雲大社の巫女でもあるのだ。出雲大社修繕費の勧進興行を名目としている以上、大社に縁のない者を受け入れることは憚られたのである。

阿国に一座入りを断られた女たちはあきらめきれず、諸国から上京し四条河原や北野天満宮境内に住み着いた芸達者（芸能者）と組んで、阿国のカブキ踊を真似するようになった。

こうした一座は雨後の竹の子のように数多《あまた》出現した。

ただ阿国の一座が出雲大社修繕の巫女集団であるのに対し、これらの一座は生きていくための銭を得ることを主目的にしたため、カブキ踊の筋書きは阿国らのそれよりも下卑《げび》て過激にそして淫乱となった。

（六）

慶長九年（一六〇四）一月。

正月を京で過ごした阿国の許に越前国の領主結城秀康《ゆうきひでやす》の使者が訪れた。

阿国ら一行を北庄《きたのしょう》城に招きたいとのことであった。

秀康もまた阿国が新たに生み出したカブキ踊に、ひとかたならぬ興味を抱いたのである。

秀康は徳川家康の次子で、幼名は於義伊《おぎい》。

天正十二年（一五八四）、徳川軍と羽柴（後の豊臣）軍との間で戦《いくさ》（小牧・長久手の戦）が勃発、決着はつかず、講和することになった。

その折、家康は於義伊を秀吉の養子として秀吉の許に送った。養子と言ってもその実は人質に等しく、家康は講和に際して於義伊を差し出さざるを得なかったのである。

於義伊は徳川姓から羽柴姓にかわり、名も両父から一字ずつもらって秀康と名乗った。

しかし秀吉は羽柴家の一員として遇する気などさらさらない。

六年後の天正十八年（一五九〇）、秀吉は下総の名族、結城晴朝《はるとも》に秀康を養子として迎えるよう強要した。

羽柴秀康から結城秀康となった秀康は晴朝の後を継いで下総の領主になる。

こうした生い立ちは秀康に両所（豊臣秀吉、徳川家康）への不信感と疎外感を抱《いだ》かせた。この二つの感情はやがて鬱憤となって秀康の胸中に残り続ける。

慶長三年（一五九八）、秀吉が没し、石田三成が台頭するに及んで、家康と三成は激しく対立、二年後の慶長五年、両者は武をもって激突する。

関ヶ原の戦である。

この戦に結城秀康は実父家康に味方し、徳川方の勝利に一役買った。

この功で秀康は越前国と信濃、若狭の一部を領する石高六十七万石の領主になった。

大大名になっても秀吉、家康への鬱憤は消えることがなかった。

カブキ者となって京の路々を闊歩すれば、心の鬱憤を消すことはできないとしても軽くすることができるのではないか、と秀康は思った。

思ったが、越前国の領主である限り、カブキ者になれるはずもなかった。

だから出雲の阿国なる巫女がカブキ者に扮して茶屋の遊女の許に通う芝居が京で評判だと聞くに及んで、阿国が演ずるカブキ踊を見たいと思うのは自然のなりゆきと言えた。

秀康の誘いに阿国はすぐにでも北庄城に向かいたかったが、城がある越前は深い雪に閉ざされ、往還は無理。そこで雪解けを待つことにした。

正月から三か月を京で過ごす間、阿国は一度も四条河原で大社修繕勧進興行の念仏踊は行わなかった。

思いもよらぬ興行の成功で大社修繕の勧進は満足のいく額よりも多く集ったからである。

人気沸騰の最中でのカブキ踊打ち切りは阿国らの名を一層高めることになった。

いつの世も引き際が鮮やかな者は人の心に残るのであろう。

（七）

かつて越前北庄（福井市）には九層の天守を持つ名城（北庄城）があった。

築城者は織田信長第一の重臣柴田勝家である。

天正十年（一五八二）、天下統一を前にした織田信長が家臣の明智光秀の謀叛により本能寺で非業の死をとげる。光秀が天下を取ったのも束の間、羽柴秀吉によって滅ぼされた。

その一年後、勝家と秀吉の間で後継者を誰にするかで争いが起こる。

天正十一年（一五八三）、賤《しず》ヶ岳の戦である。

この戦に破れた勝家は妻の市（信長の妹）と天守の最上階に籠り自害した。

柴田家滅亡の後、城主は丹羽《にわ》長秀、堀秀政、青木一矩と次々に替わり、関ヶ原の戦で徳川家康が天下を取ると、家康の次子である結城秀康がなった。

秀康はこの城を廃し、城の北側に新たな北庄城を築いた。

勝家の北庄城は九層の天守であったが秀康の新城は四層の天守を中核として多くの櫓を備え、近くを流れる足羽川をそのまま堀とした城構えであった。


慶長九年（一六〇四）三月（新暦五月上旬）。

阿国ら一行は越前北庄の城下町に着いた。

その足で阿国は番所に一行が着いたことを報せた。

番所では阿国来国を報されていたので丁重な扱いであった。

その翌日、秀康の使者が阿国一行の許を訪れ、北庄城内の一郭に建つ屋敷に誘《いざな》った。

そこで使者は秀康付きの小姓に替わった。小姓は一行を屋敷にあげ、一室に導いた。

天守が望めるその部屋は二の丸の広大な庭に面している。

その庭に、天守の高い石垣を背にして三間（約六メートル）四方の床が設えてある。檜板で作られた床の高さは地表から二尺（六十センチ）ほどである。

「あの床は？」

阿国が首を傾げながら小姓に訊いた。

「阿国さまが殿の招聘に応じ、城下に立ち寄ってくだされたことに謝意を表すため、あの舞台にて明日、能を披露いたします。ゆるりと高覧あれ、と、殿よりのお言葉でございます」

見れば、ほれぼれするような若小姓である。一座の女たちは見とれて一言の言葉もでない。

「今夜はこの部屋にてお泊まり願います。明日、能を高覧したあと、殿のご臨席を仰いで、あの舞台でカブキ踊をご披露願います」

「いや、あの舞台では演じられませぬ」

阿国は強く顔を左右に振った。

カブキ踊（念仏踊）は檜舞台で踊るような格式の高いものではない。河原や辻を舞台とし、見る者の目線と同じ高さで演ずる。見る者が興に乗れば踊に加わって共に踊り狂うのが念仏踊の本旨なのだ。

「わかりました。殿にはそのように申し上げておきます」

若小姓の言葉付きはどこまでも丁寧である。おそらく秀康から礼を尽くして接するよう厳命されているのであろう、と阿国は思った。

翌日、巳刻《みのこく》（午前十時）、二の丸の庭に千人を超える結城家の家中の者が檜舞台を取り囲んで坐していた。

阿国らには舞台正面に一番近い席が用意されていた。その一郭は奥女中や主だった家臣の妻妾らにも割り当てられていて華やかであった。

この時、演じられた曲（能）は〈江口〉であった。

所は摂津国、淀川の本流から三国川（現・神崎川）が分岐する地、江口の里。この江口の里は船着き場として栄え、多くの遊女屋があった。

かつてこの地を訪れた西行法師は妙之前《たえのまえ》という遊女と歌を詠み交わした。

西行の歌は、

　世の中を　厭ふまでこそかたからめ　仮の宿りを惜しむ君かな

遊女妙之前の返歌は、

　世を厭ふ　人とし聞けば仮の宿に　心とむなと思ふばかりぞ

このふたりの遣り取りを題材にして能仕立てにしたのが〈江口〉、作者は観阿弥（一三三三～一三八四）である。

前場は、江口の里を訪れた旅の僧が、西行法師のことを思い出して、世の中を、と口ずさんでいると僧の前に女が現れ、『自分は遊女妙之前の幽霊である』と告げて、姿を消す。

後場は、旅僧が月下の三国川のほとりで読経をしていると、月光を映す川面に舟が浮かび、遊女妙之前らが乗っているのが見えた。妙之前は人生の苦しみや心の迷いを語り、舞（序の舞）を舞う。やがて舟は白象と化し、妙之前らは普賢《ふげん》菩薩となって西の空に消えてゆく。

菊が能を見るのははじめてであった。だから江口の筋を知るよしもなかった。ただ主役を〈シテ〉、脇役を〈ワキ〉と呼ぶことぐらいは知っていた。

江口が始まると、菊は遊女妙之前（シテ）の所作に目を見張った。自分《おのれ》が演じる遊女とは似ても似つかぬ優雅で、愁いに満ち、それでいて気品ある舞（所作）に我が身が震えた。

囃子《はやし》方の笛と太鼓の音が松の梢《こずえ》をゆらす。

シテのハコビ（歩行）はすべて摺り足である。女面《おんなめん》（増女《ぞうおんな》）をつけたシテがかすかに面《おもて》をクモラス（うつむかせる）と、面は憂い顔になり、わずかにテラス（上向かせる）と喜色に変わる。ハコビの一歩一歩が菊を幽玄の世界に誘い込む。観衆からはしわぶきの一つも聞こえない。能には見る者ことごとくを沈黙させる芸がある、と菊は思った。それは人心を湧き立たせるカブキ踊と真反対のものだった。

気がつくと、曲（江口）は終わっていた。

沈黙していた観衆が総立ちして拍手をしている。

舞台には誰ひとり居ない。拍手は鳴りやまない。すると妙之前を舞ったシテが面をつけたまま檜舞台に現れた。拍手が一瞬にしてやむ。シテはひと渡り観衆を見まわすと頭の後に手やり、面の紐を解いて顔をさらした。

観衆からどよめきが起こった。それから、

「殿」

「殿」

「秀康さま」

と感嘆と賞賛の声が湧きあがった。

半刻（一時間）後、武家装束に着替えた北庄城の城主、結城秀康が警護の武士に守られて家中の中に見えた。

これから始まる阿国のカブキ踊を見るためである。

カブキ踊の筋立ては、京で熱狂的な喝采を受けた遊女とその許に通うカブキ者の絡み合いである。

遊女役を演ずる菊は動揺していた。今まで演じ続けてきたカブキ者への遊女の情愛の所作が妙之前のそれと比べると深みのない、幼稚な芸であったのを思い知らされたからだ。四条河原に集まってきた観衆は阿国や自分の芸を見たいからでなく、カブキ者と遊女が絡み合う秘事、すなわち見る者の卑しい欲求をくすぐるだけであったのだ。

――シテになるには何年もの厳しい稽古と所作の研鑽があってのこと。そのシテとあたしを比べるなんてどうかしている。あたしはここに集まった方々に一刻を忘れさせ、共に楽しむカブキ踊をしよう――

菊はそう思い直した。

二千余の観衆は奇抜な阿国の装いと菊の妖しい遊女姿に魅せられ、そしてふたりが絡み合う艶姿に我を忘れて見入った。芝居が終わりに近づき、白装束の巫女姿の女たちが加わり、流行り歌を歌い踊り始める。

阿国と菊が手拍子を打ちながら、皆に唱和を促す。流行り歌の文言は七五調。観衆はすぐに覚えて阿国らに合せる。巫女らは歌い踊りながら観衆の中に分け入る。観衆はそれに合わせて知らず知らずに踊り出す。踊りは単純で同じ所作の繰り返し。巫女らに巧みに導かれた観衆は阿国と菊を中にして輪になって踊るようになった。

すると秀康が踊りながら阿国に近づいてきた。

それに気づいた観衆はやんやの喝采をおくり、さらに踊りを続ける。

秀康もそれに応えて身振り手振りを大きくする。そこには江口のシテでみせた幽玄な様はなく、ただ我を忘れて心の赴くままに身をゆだねている姿があった。

頃はよし、と思ったのか秀康が武家装束を脱ぎ捨てた。

なんと下に着込んでいた装束は阿国に劣らぬド派手な装束であった。

どっと湧く観衆。秀康と菊が絡み合うようにして踊った。

（八）

二の丸の庭が望める屋敷の一室に秀康と側小姓、阿国それに菊が坐していた。

「昨日は実に興ある一日であった。礼をいう」

念仏踊が終わった後、ふるまわれた酒、肴で集まった者全てが酔い、最後は歌で終わった。秀康も酒をしたたかに喰らい、まだその酒が身体に残っているのか瞼が腫れぼったい。

「結城さまのシテ、感銘しました。一体どこで能を習得なされましたのか」

阿国もまだほんのり頬が赤い。

「養父、太閤はことのほか能が好きであった。自らも舞われた。太閤は金春流《こんぱるりゅう》がお気に入りだった。それもあって、わしは金春流を学んで今にいたっている」

聞いていた菊はなるほどと納得した。

「わしが舞った曲（江口）の遊女妙之前は、悲しみと迷いをもって現れる。ところが菊どのが演じる遊女はカブキ者を手玉に取るしたたかさと明るさがある。遊女と申すは悲しみ迷いを持ち、一方でしたたかさと明るさを併せ持っているのであろう。それゆえ、わしはあえて江口を選んで舞うことにしたのだ。家臣どももこの対比を喜んでいた。それにわしは家臣らにカブキ者の姿を見せることが叶った。このことは、実父家康や今は亡き養父太閤への諸々の思いを忘れ去るきっかけとなるであろう。どうであろう、領内を巡ってカブキ踊を興行してはくれまいか。今、領民には楽しみというものがない。越前国に限って申せば、この二十年で領主が朝倉、柴田、丹羽、堀、小早川《こばやかわ》、青木そしてこの結城と七家も替わっている。領民はいつまた領主が替わるかもしれぬと暗い気持ちになりがち。現に、荒磯村のような惨事も起こっているのだ」

「今、なんと仰せられましたか」

菊が前のめりになって訊いた。

「荒磯村の惨事と申したが」

「実はその荒磯村でわたくしは生まれ育ちました」

「ほう、菊どのは越前者であったのか」

「その惨事をお教えくださりませ」

「気は進まぬが菊どのが荒磯村の者であると申すなら是非もない」

そう告げて秀康は次のような話をした。

関ヶ原の戦の折、越前国領主の青木一矩は石田三成方に与力し破れた。青木家家臣の中には越前に逃げ帰った者も多かった。新たな越前国領主となった結城秀康は、彼らのうちで大将格の武将を処刑し、帰順する平武者は百姓に落とした。だが新領主結城家の軍門に降るのを潔《いさぎよ》しとしない武士も多くいた。彼らは新領主の追捕の手を逃れて、山中深く逃げ込んで青木家再興に備えた。これに対し秀康による青木家残党兵の追補は二年に及んだ。

昨年（慶長八年）十月、雪が降る前に最後の残党追補が行われた。五百余の結城家の家臣が孤立した村に立て籠る百人ほどの残党（青木家家臣）を包囲して帰順するよう促した。残党は村人を人質として説得に応じる者はひとりとしていなかった。

村民を巻き込んで死闘となった。青木家家臣百余名、結城家家臣三十余名、それに人質となった村人の半数ほどが死んだ。村の名は荒磯村、廃村となった。

「人質となった村人のなかで生き残った者も居るのですね。その方々は今どこに」

菊は身を捩るようにして訊いた。

「殿は生き残った者を哀れと思し召され、新たな土地をお与えになりました」

側小姓が答えた。

「もしや、そのなかにわたしの父母が居るやも」

「それはないと思われます」

側小姓が首を横に振った。

「なにゆえにそう思われるのでございましょうか」

「生き残った村民は皆、四十路前の百姓ばかり」

「村はどうなったのでしょうか」

「さて、廃村になって後に村を訪れた者があったとは聞いておりませぬ」

側小姓は痛々しげに菊を見遣った。

「おそらく菊どのの父母は青木家の残党の楯となって命を落したのであろう。越前国では関ヶ原の戦の余波が今でも残っている。その余波の巻き添えを食らって死した百姓らを思うと慚愧に堪えぬ。そこでと申すのもなんだが、どうであろう菊どのにはわしに仕える気はないか」

菊は思いもよらぬ秀康の言に驚きながら、

「仕えるとは」

と聞きかえした。すると側小姓が、

「殿は菊どのを側女《そばめ》として遇すると仰せられておられるのだ」

と口を入れた。側女とは貴人の近くに仕える女、または側室のことである。これを聞いた阿国が、

「なんという果報。わたしは常々、そなたの行く末を考えていたのですよ。この一座は菊を除いて全てが出雲の者。いずれわたしどもは出雲《くに》に帰ります。そなたを出雲に伴っても、はたして安穏と余生を送れるのか案じていました。秀康さまのお側でお仕え叶うなら、菊の行く末を案ずることなく巫女たちを連れて帰郷できます。菊、是非そうなされ」

「阿国さまの言葉を聞いてわたしは決めました。今をもってわたしは一座をやめ、阿国さまの許を離れます」

「おお、では秀康さまの温情におすがりすることに決めたのですな」

「父母を置いて越前から逃げ出したわたしが領主さまにお仕え叶うとは思っておりませぬ」

「ならば今しばらく、一座に身を置いたらどうか。出雲に帰るのは今日、明日のことではない。わたしは越前を経巡《へめぐ》った後、江戸に向かう」

「ほう江戸へ、と申すか」

秀康が興味深げに口を入れた。

「江戸には父、家康公が居られる。父も西国で流行っているカブキ踊にひとかたならぬ関心を持っているやに聞く。わしから父に添書を認《したた》めるゆえ、それを持って父に会えばよい」

思わぬ秀康の申し出に阿国は欣喜した。

余談であるが、慶長十二年（一六〇七年）、阿国一行は江戸、家康の前でカブキ踊を披露した。これが契機となって江戸でもカブキ踊が流行ることになる。

こうした女たちだけのカブキ踊を〈歌舞妓〉と呼ぶようになる。

歌舞妓はますます派手になり、筋書きは際どくなっていった。

寛永六年（一六二九）、江戸幕府は風紀を乱すとして女だけで演ずる歌舞妓を禁止し、以後廃れた。

人は為政者が、だめだ、と禁じたものを、禁じたがゆえにさらに欲したがるものである。これはいつの世も変わらない。

こうした人々の切望に応えて出現したのが男たちだけで演ずるカブキだった。

これによって〈歌舞妓〉は〈歌舞伎〉、すなわち妓の一字が伎に書き換えられるようになり、現在に至っている。

とまれ女だけのカブキ踊（歌舞妓）はおよそ三十年の間、京、大坂、江戸を主に全国に流行し、男カブキへと引き継がれていくことになる。


「江戸行き、菊どのは承諾してくれるであろうな」

阿国があらためて訊いた。

「いえ、わたしは江戸へは参りませぬ。そこで領主さまにお願いがございます。わたしが荒磯村に参ることをお許し願いたいのですが」

秀康はしばらく考えていたが、

「荒磯村は岩崖の下にある孤立した村。もしひとりで行くのが心許《こころもと》ないのであれば、供の者を付けるがどうじゃ」

「いえ、ひとりで参りとうございます」

「村に参った後、菊どのはどこへ参る所存じゃ」

「今はまだ決めておりませぬ」

「菊どのが荒磯村を訪れた後、どこに流れていくのかわしにはわからぬが、窮したらいつでも越前にもどり、わしを訪ねよ」

菊は心にしみる秀康の言に感謝しながら深く頭をさげた。

（九）

慶長九年（一六〇四）三月。

菊は荒磯村を見下ろす崖上に立っていた。そばに祠があって幼子の高さくらいの石地蔵が一列に並んで海を向いている。

菊は一体一体に手を合わせ、地蔵の数を数えていく。三年前にここで火を焚いた折に拝んだ地蔵より一つ多い。一番端の地蔵が新しい。

その地蔵に手を合わせていると海鳴りが聞こえてきた。菊は祖母の言葉を思い出した。

——海鳴りは海と空が交わる沖で生まれ、潮風に乗って村に届く。お前にはうるさく聞こえるかもしれないが、このお婆のように老いた者には母親の子守歌のような安らかな響きに聞こえる。いつかお前も聞こえる時がくる——

老いてここに立ち、海鳴りを聞くことはないだろう、と菊は思った。

地蔵に合わせた手を解いて崖下を見下ろす。そこに焼けこげて姿をとどめない家々が黒い帯のように広がっている。

菊はその光景をしっかりと目に焼き付けた。そして軽く頭をさげると踵を返して海に背を向けて歩き出した。

菊の行く先は決まっていた。

荒磯村を出奔し、お阿国らと会った鯖街道の起点小浜近くのお堂である。

もう一度、お堂の前に立って、そこからひとりで京を目指すことにしたのだ。

菊の胸中には四条河原に住まう人々と清涼な鴨川の水面が去来していた。

最後の女《ひと》

（一）

織田信長の妹、お市の方は浅井長政（近江国小谷《おだに》城主）に嫁ぎ、長政との間に三人の娘をもうけた。

茶々、初《はつ》、江《ごう》である。

元亀元年（一五七〇）、信長は徳川家康と組んで越前国の領主朝倉義景を攻めた。

これに対して義景は浅井長政に赴援を頼んだ。

ここに織田・徳川と朝倉・浅井の両軍が近江姉川《あねがわ》を挟んで戦うにいたった。

世に言う〈姉川の戦〉である。

戦いは織田・徳川の勝利となり、浅井長政は兵をまとめて小谷城へ撤退した。

信長はお市のこともあって、長政に再び織田家と親交を結ぶよう説得した。

これに長政は、

「織田家との縁はお市を娶った一代、しかしながら朝倉家とは祖父、父、自分《おのれ》の三代にわたる縁、織田家との誼《よしみ》は能わぬ」

と突っぱねた。

はらわたが煮えくり返る思いの信長は、すぐにでも長政を攻め殺したかったが、兵が戦で疲弊していたため、軍備を整えてその時を待った。


兵を養うこと三年、天正元年（一五七三）、信長は満を持して小谷城攻略を開始。

長政はこの日がくることを予想して城の防備をかためていた。

激戦の末、信長軍は長政軍を本丸に追い詰め、降伏するよう求めた。

長政はこれを受け入れず、討ち死にを覚悟して、お市と娘三人を信長の許に送り返した。

この時、お市二十六歳、茶々七歳、初五歳、江三歳であった。

信長はなおも降伏を勧めたが、長政は応じず城に火を放ち自刃した。

お市と娘三人は信長の許に引き取られて後、尾張の清州城に送られ、ここで過ごすようになった。

その九年後、天正十年（一五八二）、『本能寺の変』が勃発、信長は明智光秀によって弑逆された。

兄信長の保護を失ったお市は、信長の三男信孝の政略で、織田家の重臣越前国大名柴田勝家と再嫁させられ、三人の娘と共に勝家の居城北庄《きたのしょう》城に移った。

お市三十五歳、勝家六十二歳であった。

翌天正十一年、信長の後継者を誰にするかで勝家と羽柴秀吉が対立し、戦となった。世に言う〈賤《しず》ケ岳の戦〉である。

利あらず柴田軍は敗れ、勝家はわずかな兵を引き連れて北庄城に逃げ帰った。追尾してきた羽柴軍は城を二重三重に取り囲み、三の丸を攻略、次いで二の丸も攻め落とした。

事ここに至って落城を覚悟した勝家は、正室お市の方を呼んで、

「そなたは織田信長さまの妹、秀吉は主君であった方の妹を粗末に扱うようなことはあるまい。三人の娘と共に明日、秀吉の許に参れ」

と諭した。

この時、市の胸中に去来したのは小谷城落城に際しての長政との別れのことであった。三人の娘を生かすため、長政と共に死することをあきらめざるを得なかった悔恨の思いが蘇ったのだった。

「権六《ごんろく》（勝家）さまに嫁いで一年、短い間でしたが楽しゅうございました。前夫長政の節、死にそびれたわたくしは今でもそのことを悔いております。此度こそ嫁いだ方と共に冥途に旅立ちとうございます。どうかこの思いをお聞き届けくださりませ。ただ茶々、初、江の三人の娘を道づれにするにはあまりに哀れ。どうか三人を城から出して秀吉さまの許に届けていただきたい」

お市は涙ながらに訴えた。

勝家は家臣、中村文荷斉《ぶんかさい》に城から脱出るする手はずを命じた。

お市は秀吉宛に手紙を書き、文荷斉に持たせ、それと合わせて自分付きの女房すべてを文荷斉に託

した。

その夜、城に残った勝家ら二千余の城兵は今生の別れとなる酒宴を催した。宴は深夜に及び、その後、勝家と市は寝所に移った。すでに夜が明けかかり、ホトトギスの声が静寂《しじま》を破ってふたりの耳に届いた。

さらぬだに打ちぬる程も夏の夜の
　夢路をさそう郭公《ほととぎす》哉《かな》

お市の方、辞世の句である。これに応えて勝家は、

夏の夜の夢路はかなき跡の名を
　雲井に上《あげ》よ山ほととぎす

と返した。

天正十一年八月二十四日、勝家は越前北庄城でお市と共に自害し、茶々、初、江の三人の娘は勝者秀吉にゆだねられた。

それから十年後、天正十八年（一五九一）秀吉は天下を統一する。

『茶々』は長じて豊臣秀吉の側室となり、文禄二年（一五九三）秀頼をもうけ、『淀』と呼ばれるようになる。

『初』は秀吉によって若狭国小浜城主、京極高次に嫁がされ、嫡子忠高をもうける。

『江』はしばらく秀吉に育てられ、長ずるに及んで秀吉の命により尾張国大野城主佐治与九郎に嫁がされた。その後、秀吉によって離婚させられ、秀吉の養子羽柴秀勝と再婚させられた。その秀勝は文禄元年の朝鮮侵攻で死去。文禄四年、徳川家康の三男秀忠の許に嫁し、秀忠との間に二男五女をもうける。家光、忠長、千姫、和子《まさこ》（東門院）らである。江は後に『崇源院』と呼ばれるようになる。

（二）

豊臣秀吉が死して二年後。

慶長五年（一六〇〇）、豊臣家の家臣石田三成の西軍と徳川家康の東軍が関ヶ原で天下をかけて激突した。西軍は敗れて三成は京、六条河原で斬首された。

これにより豊臣秀頼は摂津、河内、和泉を領する一大名にすぎなくなった。

天下は豊臣から徳川に移ったが、家康にとって秀頼が邪魔な存在であることに変わりなかった。

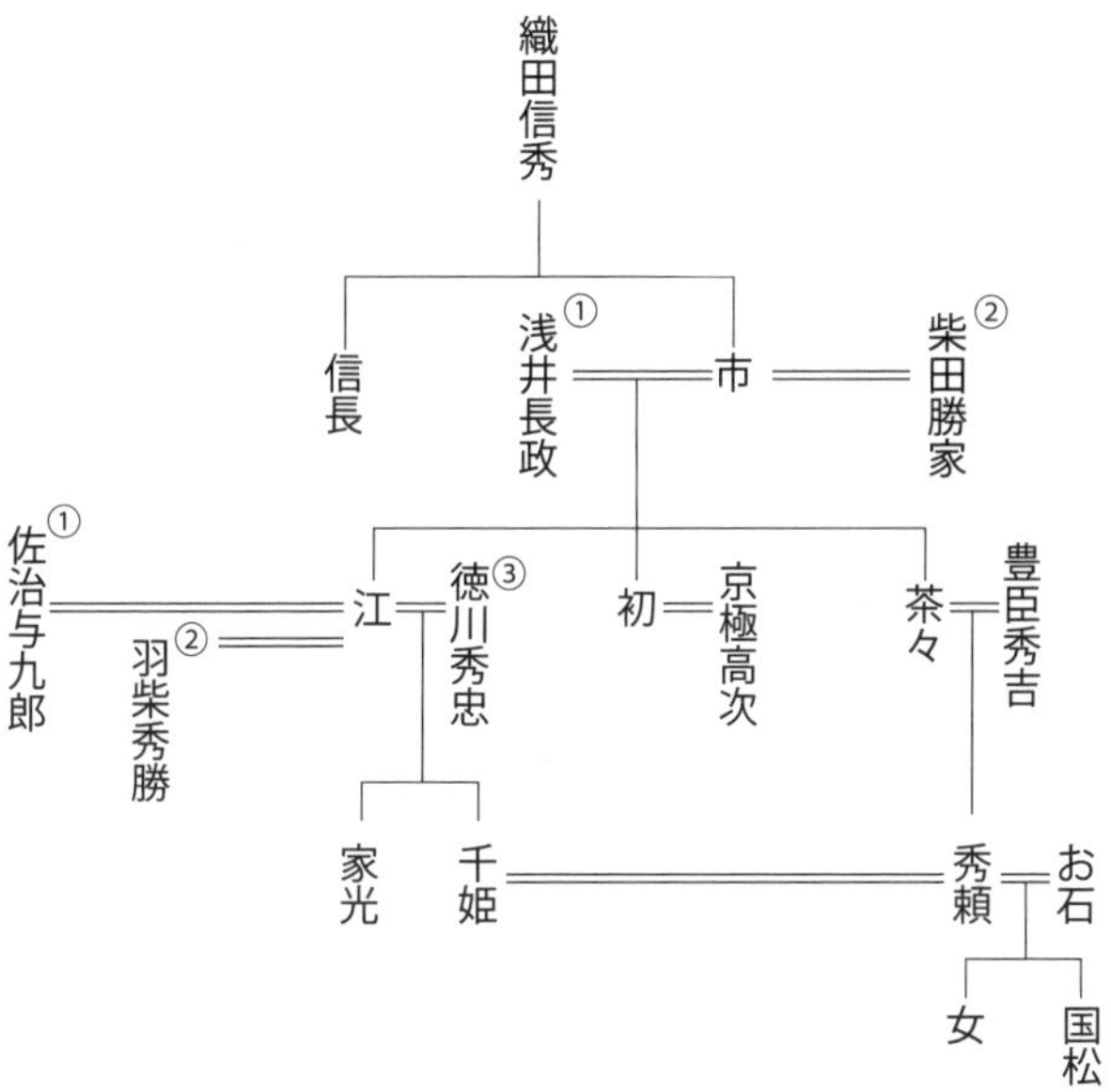

三年後、慶長八年（一六〇三）、家康は江戸に幕府を開いたのを機に徳川・豊臣両家和親を謀り、孫娘の千姫を豊臣秀頼に嫁がせ、縁戚とした。この時、千姫七歳、秀頼十一歳であった。

秀頼の生母は淀、千姫の生母は江。淀と江が姉妹であるから、秀頼、千姫は血の濃い間柄であった。

千姫が嫁いだ六年後、秀頼十七歳の時、側室のお石の方が国松を生んだ。お石の父親は成田五兵衛助直。豊臣家の武士である。

一方、千姫と秀頼の間に子はなかった。千姫が十三歳であってみれば子をもうけられなくとも不思議はないが、秀頼はただの一度も千姫の閨《ねや》を訪れなかった。豊臣の天下を奪った家康の孫娘である千姫に秀頼は少なからず嫌悪をいだいていたのである。

秀頼は国松を大坂城内で育てたかったが、それは叶わなかった。

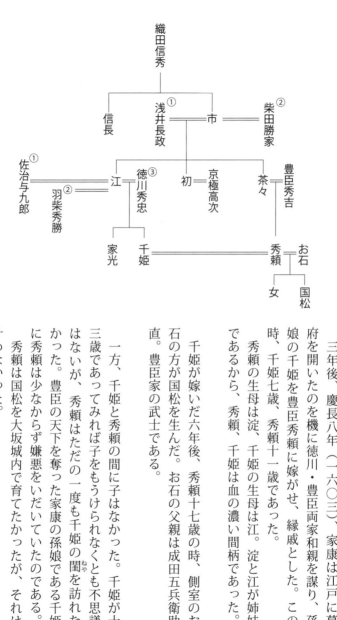

家康と血の繋がらぬ秀頼の嫡男を手元に置いて育てるとなれば豊臣・徳川和親を損なうことが明らかだったからである。

秀頼は母（淀）とお石の三人で相談し、淀の妹、初に国松を託すことにした。


姉（淀）らの願いを聞き入れた初は密かに国松を自邸に引き取った。

それから数日して初は夫の京極高次に国松のことを打ち明けた。

「なんという軽はずみなことを」

国松引き取りの経緯《いきさつ》を聞かされた高次は仰天する。

京極家はかつて近江国大津城主であった。

関ヶ原の戦で高次は東軍に味方し大津城に籠って戦況の様子見をした。

そこを西軍の立花宗茂の軍に攻められた。勝てないと思った高次は剃髪し、城を捨てて高野山に逃げ込んだ。武士としてあるまじき行動であった。

東軍が勝利するに及んで、高次は死を覚悟したが、案に相違して若狭国小浜城主に任じられた。高次の妻（初）と徳川秀忠の妻（江）が姉妹であることが高次を小浜城主にしたのである。

こうした事情を重々承知の高次にとって、徳川家（幕府）の行く末に暗雲をもたらすに違いない秀頼の血を引く国松の処遇を一歩でも間違えば、今度こそ京極家は取り潰しになるかもしれない、と心魂が冷える思いだった。

「引き取ること、ならぬ」

「姉上（淀）が困り果てて、わたしに頼んできたのです。姉上はこう申しました。『徳川の世にあって、国松を秀頼の嫡男として公にすれば、千を秀頼の正室として送り込んできた家康どの、秀忠どのを軽んじたことになる。そうなれば御両所は黙っているわけがない。それゆえ国松の誕生は秘さねばならぬ。秘すには市井の子として市中にまぎれ込ませるのがよい。いずれの日か秀頼が徳川幕府を倒してくれるだろう。そうなった節に国松を秀頼の後継者として引き取ればよい』とな」

「市井の子として育てるなど滅相もないこと。国松君《ぎみ》は豊臣家の御曹司だぞ」

「ですからわたくしが預かってお育てしたいと申しているのです」

「それはならぬ、ならんぞ」

「致し方ありませぬ。姉上のお考えに沿って市井の者に国松君を託すことにいたします」

「わしがこの国の領主として居る限り、領内で市井の者として育てるなど畏れおおくて能わぬ。それに万が一、わが領内に秀頼公の御曹司を匿《かくま》っていることが家康さまに露見すれば、京極家の取り潰しは必定」

「なにをびくびくしておられるのですか。姉上が望んでいるような豊臣の世がこれから先おとずれるかもしれませぬ。そうなれば国松さまが豊臣家を背負うことになりましょう」

「初は豊臣の世が再び来ると、本気で思っているのか」

「この先徳川、豊臣、どちらが天下を取っても京極家は生き残らねばなりませぬ。お前さまは一国の主《あるじ》でございましょう。目先のことでなく、その先を見据えて動くことをお考えなされ」

「再び豊臣の世が訪れるとは思えぬ。国松君をわが領内にかくまうことは許さぬ」

高次にしては珍しく妻に強い口調で言い切った。

その夜、初は自室に宇月真之助《しんのすけ》を密かに呼んだ。

真之助は初が京極家に嫁いできた時に秀吉が守り役として付けた爺やである。

夫高次とのやり取りを告げたうえで、

「あの小心者がわたしの夫とはなんとも情けない。そう思わぬか」

と嘆いた。

「徳川さまの目は厳しいものがありますからな。殿（高次）のお気持ちはよくわかります。国松君《ぎみ》を市井の者に託す、とお初の方さまが仰せられるなら、わたくしにお任せくだされ」

「任せるとして、わが領内に匿《かくま》っておくことはならぬ。小心者であっても夫の言には逆らえぬ」

「もとより承知しております」

「では訊くが、国松君の託し先に心当たりはあるのか」

「京極家が関ヶ原の戦い以前に領していた近江国大津」

「大津とは懐かしいが、今は他国」

「他国ではあっても京極家の威光は今なお、大津に残っております。そこでお願いですが、この爺やに引き渡すお子は、名もなき百姓の夫婦が貧しさゆえに育てられずに、お初の方さまの館の門前に捨てたのを、お初の方さまが哀れに思い、この爺やに託した、ということにしていただけませぬか」

「わかりました。そういたしましょう」

「では百姓が捨てた国松と申す赤子をお預かりいたします。以後、お初の方さまとこの捨て子とは一切かかわりがありませぬゆえ、殿になにを訊かれても、知らぬ、とお答え願います」

還暦を超え、鬢《びん》の半分ほどは白髪であるが、かつては秀吉の許で戦いに明け暮れた真之助の双眸は秀吉の血をひく国松を託されたことで若者のように輝いていた。

（三）

翌、慶長十二年（一六〇七）一月。

近江国大津（現滋賀県大津市）で研屋《とぎや》を営む源右衛門夫婦の許《もと》を宇月真之助が訪れた。

研屋とは刀剣や鏡などを研ぐことを生業《なりわい》にしている店のことである。

「どなたでございましょうか」

応対に出た源右衛門が小首を傾げる。

「覚えておいでかな。かつてこの国の領主が京極さまであった節、わしがそなたに刀の研ぎを依頼したことがあったことを」

「はて？」

源右衛門には覚えがない。

「ではこの刀を見れば思い出すのではないか」

真之助は腰に差した両刀を外して源右衛門の前に置いた。

「拝見仕ります」

源右衛門はそう言って大刀の鞘を払って刀身を確かめる。

「おお、思い出しました。宇月さま、宇月真之助さまでございますな。いやこの刀ほど気を使って研がせていただいたのは後にも先にもありませぬ。たしか宇月さまが太閤殿下から拝領された一振りではありませんでしたか」

「さよう、今は亡き太閤秀吉さまから賜ったもの」

初の守り役を命じられた際に秀吉から下賜された大小二振りの太刀で、真之助は常に帯刀していた。

「研ぎに出したのは七年前。源右衛門どのは幾つになられましたかな」

「三十七歳になります」

「御妻女は？」

「健やかです」

「研ぎを頼んだ折、お子は居られなかったやに見受けられましたが、おふたりの間にお子は？」

「相変わらず授かりませせぬ」

真之助の問い掛けに応じながら、

——京極家が大津を支配していたのは関ヶ原の戦《たたかい》まで。その家中の者が、今さらなんで大津を訪れ、しかも研屋である自分《おのれ》の近況を根掘り葉掘り訊くのであろうか——

といぶかしく思った。

「お子は居らぬのですな。わかり申した」

そう言って真之助は一つ大きくうなずくと、

「御妻女をここに呼んでくだされ」

その口調には断ることが憚られるような強さがあった。

源右衛門はその場を立って奥に引っ込むと妻女を連れてもどってきた。

それからふたりして何事かと真之助を窺う。真之助は一つ咳払いをして神妙な顔つきになった。

「生まれたばかりの男の子を預かってはもらえないか」

唐突な頼みに源右衛門夫婦は顔を見あわせた。

「預かるとして、いつまで預かればよろしいのでしょうか」

妻女が恐る恐る訊いた。

「いや、おふたりのお子として迎えていただきたいのだ」

「お子の素性をお聞かせ願えましょうか」

源右衛門の不審はますます強まる。

「さるお方の屋敷の門前に捨てられておった。さるお方はそれを哀れと思い、このわたしに養子先を探すよう頼んだのじゃ」

「さるお方とはどなたさまでしょうか」

「京極家にあって身分高きお方とだけ申しておこう」

「ならば京極さまの御領内にて養子口をお探しになればよろしいのでは」

「そう思ったのだが、さるお方に頼まれた折、なぜか源右衛門どのと妻女の穏やかで信の置ける顔が思い浮かんだのだ」

信の置ける、という語に源右衛門は思わず口の端がゆるみ、承諾する気になった。

「その子の出自がわかるような書き付けなどはないのでしょうか」

「国松、と記された紙片が赤子の手首に巻かれておった」

「なにやら由緒ある名のようですな」

「かたく考えることはない。たとえ国松と申す子が由緒ある出自であったとしても手放したのであれば、親と子の縁を切ったことにほかならぬ。百姓や町人の子と変わらぬ。そう思ってもらって差しつかえござらぬ」

「まことそう思ってよろしいのですな」

「かまわぬ」

「ならばお預かりし、わたしらの子となして後々、研屋の家業を継いでもらいます」

源右衛門の返事に妻女は一も二もなくうなずいた。

（四）

国松をわが子に迎えて一年が過ぎた。国松は病にも罹《かか》らず源右衛門夫婦の深い愛情のもとで二歳を迎えた。

すると再び宇月真之助が源右衛門夫婦の許を訪れた。

夫婦は真之助が国松を引き取りにきたに違いないと思い、国松を隠して真之助に会った。

「お子は無事に育っているようだな。顔を見たいものだ」

「今日は親族の許に預けておりまして、あいにく自宅にはおりませぬ」

妻女が素っ気なく応じ、真之助に警戒の目を向ける。

「それはおしいことをした」

「お断りしておきますが、国松を取り戻しに参られたのであれば、きっぱりとお断りします」

妻女が胸を反らせた。

「そうではない。実はまた、生まれたばかりの赤子が、さるお方の屋敷の門前に捨てられておったのだ。再びわたしは、そのお方から養子先を探せと、命じられた」

「また、さるお方ですか。今度こそ御領内の小浜で養子口をお探しなさればよろしいのでは」

妻女は安堵の表情で言い返した。

「そうしてもよかったのだが、此度も赤子の手首に書き付けの紙片が巻かれていた」

「国松の時と似てますな」

源右衛門が言った。

「その書き付けには、〈国松の妹〉と認められていた」

「なんと国松の妹。ということは国松とその赤子は年子の兄妹」

妻女が興味深げに真之助をのぞき込む。

「そういうことになる」

「手放すくらいなら妹を作らなければよいではありませんか。一体、その親はどんな方なのでしょうね。あたしだったら産んだ子をなにがあっても他人に託すなどしませんよ」

妻女の語調には憤慨も混じっている。

「国松の妹であることが判明したのであれば、そこもとらに託すのが国松にも妹にも幸せではないか、そう思ってここまで訪ねてきたのだ」

「わかりました。お預かりしましょう」

「そうしてくれるとわしも、そのお方にいい顔を見せられる」

「国松が実の妹と一緒に暮らせるなら願ってもないこと。で、妹の手首に巻かれていた書き付けの紙片には名は記されておりませんでしたか」

「記されておらなかった。名は源右衛門夫婦で決めるがよかろう。おおそうであった。さるお方から源右衛門どの夫婦に些少だが金子を届けるようにと預かってまいった」

真之助は懐から小判を包んだ袱紗《ふくさ》を取り出し開いて、ふたりの前に置いた。ふたりにとっては目もくらむような多額だ。

「受け取れませぬ。受け取れば、銭ほしさに赤子を引き取った、ということになります。わたしどもはそのようなつもりで国松の妹を引き取るのではありませぬ」

妻女は袱紗の包みを真之助の膝元に押し返した。

（五）

国松兄妹は文字通り兄妹として仲むつまじく成長していった。

源右衛門はふたりを育てるにあたって、研屋を今の場所から一里ほど離れた同じ大津市内に移した。国松兄妹が養子であることを知らない地に移ることを選んだのである。

こうして源右衛門夫婦は国松兄妹を実の子として慈しみ育てた。

兄妹は源右衛門を『お父《と》ぉ』、妻女を『お母《か》ぁ』と呼んで終始ふたりにまとわりつくようにして日々を過ごした。

源右衛門夫婦にとっても国松兄妹にとっても、それは至福の日々と言えた。

国松四歳、妹三歳の時、すなわち慶長十四年（一六〇九）、若狭国小浜城主、京極高次が死去した。高次の嫡男、忠高が小浜城主となった。

初は高次の菩提を弔うため剃髪して〈常高院〉と称するようになった。

この頃から家康が豊臣秀頼へ露骨な干渉を強めるようになり、秀頼は大坂城の守りを固めるようになった。

諸大名はいつ始まるかもしれない両家の戦に備えて武器の手入れに力を入れるようになる。

近江国大津でもそれは例外でなかった。

研屋源右衛門に多くの刀槍が研ぎに持ち込まれた。源右衛門は日夜を惜しんで刀槍を研いだ。研ぎの作業は源右衛門にとって苦ではなかった。

――いつかは国松がこの家業を継いでくれる――

と思うと刀槍を研ぐ手に力が入るのだった。

国松が七歳になった年、すなわち慶長十九年（一六一四）十月、徳川家康はかねてより幕府存続に影を落とす豊臣家を滅ぼそうと謀り、戦に引きずり込めるような口実を探し始めた。

口実はなんでもよかった。そこで見つけ出したのは、秀頼が父秀吉の供養をするために建立した方広寺の梵鐘だった。この梵鐘に記した文言に〈家康を貶める意図が隠されている〉と難癖をつけたのだ。

秀頼がいくら弁明しても、戦を仕掛けるための言いがかりであることを百も承知である家康は聞く耳を持たず、まんまと開戦にこぎつけた。

世に言う『大坂冬の陣』である。

しかし不落の城といわれた大坂城の守りは固く容易に破ることができない。特に外堀の堅固さは百万の兵を持ってしても破れそうになかった。

攻城を続けること一か月。

外堀をなんとかせねば城を落とせぬ、と覚った家康は和睦することにした。ただの和睦ではない。大坂城を陥落させるための一時停戦である。つまり停戦するにあたって条件を付けたのだ。すなわち〈大坂城の外堀を埋める〉ことを条件としたのである。

翌慶長二十年（一六一五）三月。

徳川軍は総力をあげて大坂城外堀を埋め始めた。その埋め方はすさまじく、たった十日間で埋め戻してしまった。

ところが埋め戻しはこれだけで終わらなかった。和睦条件に入っていない二の丸の水堀も埋め戻してしまったのだ。

条約を無視した二の丸の水堀埋め戻しの暴挙は、豊臣方を怒らせて再び戦になるようにと家康が考えた巧妙な策略であった。

この策略にまんまとひかった豊臣方は徳川方との再戦に備えて諸大名に与力を乞うた。

しかしこれに応じる大名は少なく、馳せ参じたのは先の関ヶ原の戦いで敗者となった浪人ばかりであった。

四月、大坂城二の丸の奥御殿の一室に豊臣秀頼、淀、お石の方が顔を揃えていた。

「母上、徳川との再戦はもはや避けられませぬ。こうなったからには千に遠慮することは不要。わが子ふたりを城に呼びたいのですが」

「もっともじゃ。このように徳川と事を構えることがわかっていたなら、千などに遠慮せずに国松を手放すこともなかったのじゃ」

淀は苦々しげに言い、さらに、

「今年、国松は幾つになる」

と訊いた。

「国松は八歳になります。妹は七歳」

お石の方が即座に答えた。

「妹？　そうであった国松の妹に名を付けることもなく、常高院（初）に託したのであったな。そうかあれから七年も経つのか。さっそく常高院に使者を送り、ふたりを城に呼び戻すことにいたそうぞ」


三人が会った翌々日、淀君は使いの者を常高院の許へさし向けた。むろんこうした動きは徳川方に知れないように秘密裏に行われた。

報せを受けた常高院は宇月真之助を呼び出した。七十路を前にした真之助の鬢は真っ白である。

「源右衛門夫婦を説得し、国松兄妹を大坂城に送り届けてたもれ。ただこのこと徳川方に知られてはならぬ」

常高院は辺りを憚るように小声で厳命した。

「源右衛門夫婦は国松さま兄妹が今や生き甲斐になっておるやに思えます。わたしがどんなに説得してもふたりを手放すとは思えませぬ」

「わらわの命を聞けぬと申すか」

「この一家の仲睦まじい幸せを壊してしまうには忍びがたいものがあります。どうでしょう、国松君とその妹は病没したことにすれば」

この時代、赤子が成人する前に病等で亡くなることが多かった。だから病没したと言えば、人は疑うこともなく受け入れた。

「仲睦まじい幸せ、じゃと？　爺やはわらわたち三姉妹の生い立ちを間近で見てきているはず。天下を動かす武士《もののふ》の許に生まれてきた子らに仲睦まじい幸せなど望むべくもないのじゃ」

真之助は哀しげに常高院を見ると、深く頭《こうべ》を垂れた。

（六）

源右衛門の工房は母屋から離れたところにある。

その工房にはひっきりなしに刀槍が届けられてきた。

源右衛門はそれらの刀槍を研ぐために妻女の手を借りるようになっていた。

八歳になった国松と一つ違いの妹を母屋に残して妻女は工房に通う。国松兄妹が母屋の留守をするには充分な歳になっていた。


四月十日、刀槍の研ぎを終えた源右衛門夫婦は母屋にもどった。

いつもなら兄妹が源右衛門夫婦に飛びつくようにして迎えるのだが、今夕に限って、帰宅を告げても応答がない。

源右衛門夫婦はふたりの名を呼びながら部屋中を探し回ったが姿がない。

その夜、源右衛門夫婦は大津市内を夜通し探し続けたが、行方は杳として知れなかった。

近隣の人々は、神隠し、にあったのではないかと、噂しあった。


その翌月、慶長二十年（一六一五）五月五日、徳川家康父子が率いる十二万の軍が大坂城に向けて進軍を開始した。

翌六日未明、この報を聞いた大坂勢は後藤又兵衛基次《もとつぐ》、毛利勝永、真田幸村《ゆきむら》、薄田兼相《すすきだかねすけ》らが率いる九千余名、それに木村重成、長宗我部《ちょうそかべ》盛親の兵一万余名が徳川軍を迎え撃つべく城外に布陣する。

すでに外堀も二の丸の水堀も埋め立てられてしまった今となっては、城外に布陣して徳川勢を迎え撃つしかなかったのである。

秀頼に近従して城を守るのは総大将大野治長と仙石秀範《せんごくひでのり》軍で、ことごとくの城門を閉ざして徳川軍を一歩も入れぬ備えを取っていた。
同日昼、道明寺と八尾・若江で両軍は激突。

後藤、薄田、木村の三武将は討ち死。真田軍が奮迅《ふんじん》の戦いをするも戦況は数で圧倒する徳川方が優勢。

同日夕、城外で戦っていた大坂方の兵は雪崩をうって大坂城内に逃げ込んできたため、城内は負傷者の手当などで騒然となる。

豊臣に見切りをつけた城兵らが次々に城から逃亡しはじめる。

大野治長は千姫を使者に立て、秀頼と淀君の命乞いをした。千姫を使者としたのは家康の孫娘であるからで、家康の肉親の情に訴えたのである。

むろん家康が受け入れるはずもなかった。

二日後の五月八日、豊臣方十二万余と徳川方三十万余の戦い（大坂夏の陣）は豊臣秀頼、淀君の自刃で終わりを告げた。

千姫は使者となって徳川の陣に赴いていたので命を永らえた。

戦死者は豊臣方一万七千余、それに徳川方戦死者と戦渦に巻き込まれた大坂庶民の死を加えると三万を超えた。

この数は日清戦争の日本国戦死者の二倍強にも当たる。

三万余人の命と引き替えに徳川幕府は戦のない日ノ本を手に入れたことになる。

（七）

この大坂夏の陣では多くの庶民が戦禍を避けて京に押し寄せた。天皇の在所である京に戦渦は及ばない、と考えたからである。

こうした避難者に京人は援助の手を差し伸べた。しかし後から後から押し寄せる避難者の多さに援助は途切れがちとなった。京人の援助を受けられなかった避難者は鴨河原で過ごすようになった。河原での避難者は一万を超え、洛中、洛外、鴨河原は大坂から難を逃れた人々であふれた。

その京に豊臣方の敗残兵が逃げ込んできた。

洛内では徳川の追尾が厳しいので、敗残兵らは鴨河原に身を潜めた。その数は幾千ともしれなかった。

彼らを捕らえようと徳川軍が河原中を探索する。

河原に住まう人々（河原者）にとっては迷惑であり、新たな災難と言えた。

災難ではあったが、河原者が探索隊に敗残兵の潜伏先を密告するようなことはしなかった。

河原者の間にはもう何百年にもわたって〈何人《なんぴと》であろうとも鴨河原に来た者は受け入れる〉という習わしがあったからである。

それでも敗残兵は日に何人も捉えられ、六条河原で連日三十人、五十人と処刑が行われた。

処刑された遺骸の処理に徳川軍は河原者を使った。

河原者がこの業務を忌避しなかったのは、勝者徳川軍の命に逆らえなかったことは、もちろんであったが、この業務に労賃を支払ってくれたからである。

業務は二つあった。

一つは、伏見から京に通じる大路に処刑した豊臣方将兵の首を並べる作業。

伏見から京まではおよそ一里半（約六キロ）、その道の片側に一列に棚を作り、その棚に首を等間隔に並べていく。一里半の道の始点から終点まで、首は途切れることなく並んで、洛中まで達した。その数は二千をはるかに超えた。

この作業に従事した河原者らは刑死者を哀れと思い、首を鴨川で洗い清め、髪を整えて棚に並べた。

徳川方将兵らはこれを黙認した。もし勝者が豊臣方であったなら、自分《おのれ》たちが処刑されたかもしれない、そう思うと河原者らの首洗いを止める気にはなれなかったのである。

二つ目は、処刑され首なしとなった遺骸を京郊外の化野《あだしの》と鳥辺野《とりべの》、蓮台野《れんだいの》の葬送地に捨てる作業。

この三葬送地は平安期から京人の墓場として存在し続けた。平安期では遺骸を三葬送地に置き去りにした。やがて富貴者は葬送地で遺骸を茶毘（火葬）に付すようになった。

『徒然草』に、

——あだし野の露きゆる時なく、鳥部山の烟《けむり》立ちさらで——

と記されている。

この三葬送地はいずれも洛外である。

貧者の中にはそこまで運べない者もいて、そうした貧者は鴨川に流した。

しかし河原に多くの人が住みつくようになると遺骸を流すことは禁じられた。

首なし遺骸の三葬送地への移送は徳川軍から支給された荷車で行われた。

河原者は荷車に首無し遺骸を山積みにして葬送地へ運んだ。

葬送地に着くと、遺骸が着ている衣類を全てはぎ取る。どの衣類も血に染まり黒ずんでいる。そうして裸にした遺骸を一体一体並べ、黙祷を捧げた。それから空の荷車に、はぎ取った衣類を積んで河原にもどった。

そこに女たちが待ち構えていて衣類を受け取り、鴨川で洗濯した。

晴天時、鴨河原は洗濯した衣類の乾し場として使用された。

これらの衣類は河原者によって綻《ほころ》びを繕《つく》ろった後、古着として売りさばかれる。買い手が、

「この古着の持ち主はどんな人であったのか」

と訊ねても、河原者は、

「お召しになって差し障りのあるようなものではございません。それに鴨の河水で洗い清めてあります」

と笑って答えた。

買い手は、鴨の水で洗い清めてある、と聞いて安堵し、買うことになる。

鴨川が高野川と合流する地に下鴨神社が鎮座している。そしてさらに上流には上賀茂神社が祀られ

ている。京に住む人々は古来よりこの二つの神社によって清められた鴨川の河水は森羅万象を清めてくれると信じていた。

だからこそ鴨河原に人が住むようになり、河原に行楽を求めて京人が集まり、さらに処刑の場と成り得たのだ。

（八）

秀頼、淀自刃の半月後、五月二十日、伏見城で戦勝処理の陣頭指揮を執っていた家康の許に京都所《しょ》司代《しだい》の板倉勝重が童と童女を連れてきた。

「大御所さまに申し上げます。この者二名は秀頼公の遺児と見受けられます」

「なんと秀頼の遺児とな」

家康はしばらく疑わしげな顔でふたりを見据えた。

秀頼、淀の命乞いに家康の許に送り返されてきた千姫から大坂城の内情を訊きだした折に、秀頼の遺児が預け先から大坂城内に引き取られたことは聞いていた。だが家康は大坂城落城の時、秀頼と共に死したと思っていた。

「誰が捕らえたのじゃ」

「妻木雅之助《まさのすけ》なる所司代の手の者が河内の枚方《ひらかた》番所付近で捕らえました」

「秀頼の遺児であると、どうしてわかったのじゃ」

「ふたりに付き従っていた小童《こわらべ》が打ち明けたのですが、にわかに信ずること能いませぬ。とは申せ、放っておくことも能わず、大御所さまの前に引き連れた次第。ご吟味くださりませ」

「ふたりはなんと申しているのだ」

「それが、恐怖のためか口がきけないようで、なにを訊いても口を開きませせぬ」

家康は思案していたが、やや経って片端《かたえ》に控える小姓に、

「千を呼んでまいれ」

と命じた。

しばらく待っていると千姫が小姓にかしずかれて現れた。

「千、このふたりに見覚えはないか」

家康が訊いた。千姫は一目見て、

「おお、無事であったか」

と顔をほころばせた。

「知っているのだな」

「存じて……」

そこで千姫は言葉を切った。家康は耳を傾けて待つ。だが千姫は黙ったままだ。

「どうした。知っているのなら、ふたりの親が誰であるか、この爺に教えてくれ」

猫なで声だ。

千姫は迷っていた。親が秀頼であると打ち明ければ、家康は生かしておくまい、と思ったからだ。

千姫は目を閉じて瞑目した。するとある情景が胸中によみがえった。

大坂城が落城する十日ほど前、幼い男女が秀頼に伴われて千姫の部屋を訪れた。

秀頼は、

「千には今まで言わなかったが、このふたりはわたしとお石との間にもうけた。ふたりは城外で育てられたが二日前に城に呼んだ。余に子が居たことを千に隠していたのは、このことをそなたの父秀忠どの、祖父家康どのが知れば、両家の和親を損なうと思ったからだ。だが事ここに至っては、そのような配慮は無用となった。もしそなたが徳川の者でなければ、そなたとわたしの間に子があってもおかしくなかった。閨《ねや》に一度も赴かなかったこと、許せ。戦が終わった暁にはふたりを千とわしの子となすつもりだ。そなたには申し訳ないが、わしはこのふたりのためにも此度《こたび》の戦に勝って再び豊臣の世に戻してみせる」

そう告げた。

瞑目を解いた千姫は、

「このふたりが秀頼公の遺児であったらお祖父さまはなんといたしますのか」

と問うた。

「千ならどうする」

ますます家康の声は柔らかくなる。

「ふたりをわたしの子として育てさせてくださりませ」

「と申すところみれば、ふたりは正《まさ》しく秀頼の遺児なのだな」

家康の声ががらりと変わった。千姫は、しまった、と思ったが遅かった。

「千、このような場に呼び出して悪かった。引き取って休むがよい」

再び家康の声は猫なで声に変わっていた。

「お願いですから、ふたりをわたしの養子にさせてくださりませ」

千姫が声を高めた。

「千さま、おもどりを」

先ほどの小姓が千姫を支えるようにして家康の前から退出させた。

それを痛々しげに見送った家康は、

「このふたりを一室に閉じ込めておけ。ただし扱いは丁寧にいたせ。秀頼公の血をひくお方であるからな」

と告げた。

ふたりが家臣に伴われて居なくなるのを待って、家康はひとつ大きくため息をつくと、

「勝重、即刻ふたりを六条河原にて処刑せよ」

と命じた。

「首を刎《は》ねれば、千さまはお嘆きになられましょう。ご再考願えませぬか」

「再考の余地はない」

家康の顔がゆがんだ。

「千さまに一生恨まれますぞ」

「くどい。生かしておけば、将来の徳川家に禍根を残す」

迷いを断ち切るような怒声だった。

「御意。では三日後の五月二十三日、六条河原にて秀頼公の遺児二名を斬首いたします」

勝重は家康の逆鱗に触れたことを覚ってその場にひれ伏した。


その夜、家康は夕餉が終わると薬研《やげん》で薬草を細かくしていた。

薬研とは漢方の薬種を細粉にする器具のことである。形は舟形で中が深く凹んでいる。これに薬種を入れ、軸のついた円盤状の器具を用いて薬種を押し砕く。

家康は自分《おのれ》の健康に異常なほど留意していて、若い頃から自ら薬草を採り、それを乾燥させて薬研で粉薬にし、服用を続けている。薬研を使っている時が家康にとって心安まる一刻《ひととき》であった。

「お祖父《じい》さま」

背後からの声に家康は薬研の手を止めてふり返った。千姫が立っていた。

「なんとした」

家康は千姫に座るように促した。千姫は薬研を前にして家康と対座し、

「お祖父さま、今一度ふたりの命乞いに伺いました」

声を落とし泣きそうな顔をした。

「この爺《じい》を困らせんでくれ。千が忍びがたいのはわかる。じゃがの、これればかりは譲れぬ」

するると千姫は帯に差した懐剣を鞘に収めたまま薬研と並べて置いた。

「まさか自害するなどと言うのではないであろうな」

家康はしげしげと千姫を見た。

――千が七歳の節、徳川・豊臣和親のため十一歳になる秀頼に嫁がせてより十二年、今、千は十九歳。大坂城では針の筵の毎日であったに違いない――

そう思うと家康は孫娘が不憫《ふびん》でならない。すでに家康は七十三歳という高齢である。老いは人の情を敏感にさせる。孫娘となればそれはいや増す。

「この懐剣は、わたくしが嫁ぐ際にお祖父さまから守り刀として賜ったもの。これでわたくしの髪を切り落としてくださいませ。お祖父さまの手でわたくしは尼になります」

「それはならぬ。千にはこれから幸せになってもらわねばのう」

「いえ、尼となってわが夫秀頼公とその御子ふたりの菩提を弔いとうございます」

千姫は懐剣を手に取り、鞘を払って左手で束ねた髪の元に刃を当てた。

「千よ、切ってやってもよいが、その前に爺の話を聞いてくれ。そのうえでどうしても、と申すなら致し方ない、髪を切り落として進ぜよう」

柔らかでやさしい家康の声に逆らうこともできず、千姫は懐剣を鞘に収め膝元に置いた。

「その昔、源氏の棟梁源義朝《よしとも》、平家の棟梁平清盛《きよもり》という武将が戦った。源氏は敗れて義朝は死した。

義朝には三人の息子があった。清盛は哀れと思い、この三人を殺さずに遠地に流した。息子らは成長すると挙兵して平家を滅ぼした。千はこの爺の血をひくかけがえのない孫娘じゃ。徳川がそのような目にあってはならぬと思い、断腸の思いで豊臣の遺児を断ずるのだ。わかってくれるな」

家康が生涯でこれほど優しく人を説得したことはなかったに違いない。そこには後世、〈タヌキじじい〉と揶揄《やゆ》されたずるさなどまったくなかった。

「お祖父さま、平家を滅ぼしたのは義朝の男《お》の子たちだったのでしょう？」

「さよう、男の子じゃ」

「ならば女性《によしよう》には無縁なこと。国松君《ぎみ》の妹をわたくしの養女となすこと、お許しくださりませ。お許しくださらぬのであれば、この懐剣でわたしの髪を切ってくださりませ」

千姫は再び懐剣を家康の眼前にさし向けた。

「千よ、それほどまでにして豊臣の血を絶やしたくないのか」

「豊臣の血を絶やす絶やさぬのお考えは殿方《とのがた》が考えること。国松君の妹はまぎれもない女性《によしよう》。その女性をわたしの養女として迎え入れるのです」

「なにやら屁理屈に聞こえるが、この爺には千の髪は切れぬ。であるなら千の望みを叶えてやるしかなさそうだの」

家康の顔は穏やかで、千姫との会話を楽しんでいるようにさえ見えた。

「ただ千の養女とした後は、この爺が預かる、それでよいな」

そう告げると家康は再び薬研で薬草を細かく砕きはじめた。

翌五月二十二日、京の辻々に高札《こうさつ》が立った。京人らはその高札を見て、等しく首を傾げ、ひそひそと話し合った。

「驚いたもなにも。あの高札は本当に本当のことなのかね」

「高札に嘘は書かぬであろう」

「だとしたら、因果なものだ」

「因果とは二昔も前の豊臣秀次さまのことか」

「そうだ。秀次さまは秀頼公の誕生によって邪魔者となり自刃に追い込まれ、遺児や妻妾が三条河原で処刑された。今度は秀頼公の遺児が同じ鴨河原で処刑される。これを因果と言わずしてなんというのだ」

「高札には確かに秀頼公の御男子《おのこ》を処刑する、と記されている」

「秀頼公にお子があったとは高札を見るまで知らなかった」

「わしとて同じ。極秘にされていたのではないか」

「なぜ隠さねばならなかったのだ。秀頼公の御子誕生なら、京人はこぞって祝ってやったものを」

「これで豊臣一族の命脈は尽きるのだな」

「その様を明日、わしらはこの目で見るというわけか」

その日一日、京人は国松斬首の話で持ちきりとなった。

翌五月二十三日。

六条河原の一郭に二十間（三十六メートル）四方の竹矢来が設えられていた。その周囲を数千の京人が取り囲んでいる。京人らは私語を慎み竹矢来の中に目を凝らす。竹矢来の内には数名の武士が憮然とした様で控えていた。

未刻《ひつじのこく》(午後二時)、観衆からどよめき起こった。と同時に、前を空けよ、との居丈高の声が響いた。観衆を割って警護武士に支えられた童が竹矢来の中に連れてこられた。

童の足取りは頼りない。目はうつろで顔面は蒼白。その姿は観衆の哀れを誘った。

控えの武士のひとりが嫌々をするように抗う童を正座させ、童の首を前に出すようにした。もうひとりの控えの武士が刀を抜いて上段に構える。

「言い残すことはないか」

首をおさえた武士が訊いた。

「お父《と》ぉ、お母《か》ぁ」

絶叫した刹那、童の首は血しぶきを上げて河原に転がった。

二か月後の慶長二十年(一六一五)七月、家康は天皇に奏上して元号を『慶長』から『元和《げんな》』に変えた。世に言う『元和偃武《えんぶ》』である。偃武とは〈武器を伏し収めて用いないこと〉の意である。

家康は秀頼の嫡男国松を処刑したことをもって、戦のない世になることを確信したのである。

（九）

相模《さがみ》国鎌倉に東慶寺と称する臨済宗の古刹がある。

正式名称は『松岡山東慶総持禅寺《しょうこうざんとうけいそうじぜんじ》』尼寺である。創建は弘安八年（一二八五）、鎌倉幕府の八代執権北条時宗《ときむね》の室、覚山志道尼《かくさんしどうに》である。

元和元年（一六一五）七月。

手入れの行きとどいた東慶寺の庭を微風が過ぎてゆく。庭の木に巣があるのだろう、四十雀《しじゅうから》がしきりに警戒するような鋭い鳴き声を発している。

庭に面した本堂の縁《えん》には盛夏の陽光が降り注いでいる。

その縁に寺主、瓊山尼《けいざんに》と童女が対座していた。

「今日よりそなたは三千世界《さんぜ》と縁を切り、わたしの付弟《つきてい》となって、この寺で過ごすことになります。そなたの法名は天秀尼《てんしゅうに》。この法名はそなたの養母千さまがお与えくだされたもの。後生大事にしなされ」

国松の妹、いや豊臣家最後の遺児はこの日をもって、天秀尼と呼ばれるようになる。付弟とは、付き人、あるいは直弟子のことである。

家康は国松の妹を千姫の養女として東慶寺に入山させ、そのうえで東慶寺に寺領として百十二貫を与えたのである。

瓊山尼の付弟となった天秀尼は入山したその時から押し黙ったままだった。

終始うつむいて瓊山尼の顔を見ようとしない。時々、盗むようにして瓊山尼を見る目には猜疑と不審と怨嗟と困惑がまじっているように瓊山尼には見えた。

鎌倉五山である建長寺と円覚寺は東慶寺の近くにあって、それなりの参詣者が出入りしているのだが、東慶寺を訪れる人は稀であった。

瓊山尼は参道に天秀尼を誘《いざな》うと、

「雑草を抜くのも修行のうち。なにも考えず、ただひたすらに抜きなされ」

そう告げて竹べらを渡すと本堂にもどっていった。

天秀尼は言われたとおり、竹べらを使って雑草を一本一本抜いていく。瓊山尼は、なにも考えず、と告げたが、天秀尼の胸中には大津で過ごした日々が去来する。

「お父《と》ぉ、お母《か》ぁ、兄《あん》ちゃん」

小声で呼んでみる。すると雑草を抜く手が落ちる涙で濡れた。

次の日もまた次の日も瓊山尼は天秀尼に雑草取りを命じた。

一月《ひと》は瞬く間に過ぎた。

晩夏の陽光が東慶寺の参道に照りつける。

天秀尼は変わらず草むしりをしている。それを瓊山尼は遠くから気づかれないように眺めていた。

――いつになったら、あの子はわたくしに口を開いてくれるのであろうか。あの子がどんな声をしているのか。そして怨嗟に満ちた瞳がやわらぐのはいつのことなのか――

瓊山尼はうずくまって竹べらを繰る天秀尼の背を見続ける。

初秋になっても雑草の勢いは一向に衰えをみせない。抜いた後から雑草は再びはえてくる。草取りを瓊山尼も他の尼も決して手伝おうとしなかった。天秀尼は無言のまま雑草を取り続けた。

晩秋、雑草を抜き終わった境内に裏山の雑木から落ちる枯れ葉が舞積もるようになった。

天秀尼は竹べらを竹箒に変えて落ち葉をかき集める。掃いても掃いても果てがない。

境内の片隅に安置された石地蔵の頭にも枯れ葉が落ちる。天秀尼はそれを手でつまんで地に落とし、

「お地蔵さま、少し話を聞いてもらってもいいですか」

と手を合わせ、

「聞いてもらった後で、あたいがどうしてこんな遠いところの尼寺に押し込められたのか教えてよ。あたいはなにも悪いことなんかしてない」

と呟き、辺りに尼が居ないのを確かめると、

「兄《あん》ちゃんとあたいは母屋でお父ぉ、お母ぁがもどってくるのを待っていた。そこに知らないおじさんたちが入ってきて、あたいと兄ちゃんの口と目を布で塞ぎ、縛り上げて駕籠に押し込んだ。それからどれくらい経ったかわからない。きっと二日くらい経ったんじゃないかと思う。連れて行かれたところは城だった。あたいと兄ちゃんは鎧を着けたおじさんときれいな衣装《べべ》を着たおばさんが居る部屋

に連れて行かれた。おじさん、おばさんって言ったけど三十歳よりは若いと思う。おばさんは目に涙をためて、あたいを抱きしめた。あたいはそんなことされるのが気持ち悪くておばさんを突き放した。そうするとおばさんは一層涙を流した。そしておばさんが言った。『生まれてすぐに名もつけずに手放してしまったのだからわたくしを母親とは思えぬのも仕方ない』って。それから涙を手で拭って、『ふたりの本当の親はここに居られる豊臣秀頼公とこのわたくし』って言ったんだ。あたいは首を横に振った。だってあたいには大津にお父ぉとお母ぁがいるんだもの。それから三日くらい後、あたいと兄ちゃんはそのおじさんに連れられて、ほかの館に行った。そこにお姉さんが待っていた。そのお姉さんをおじさんは、千、って呼んでいた。綺麗な女《ひと》だった。お姉さんはあたいをじっと見ていたけど、あたいは知らんふりをしていた。次の日かそれとも次の次の日だったかは忘れたけど、夜、寝ているところを知らない男に起こされて、兄ちゃんとあたいは城の外に連れ出された。連れ出されたと言ったけど、真っ暗闇の中だったから、城のどこから外に出たのか、あたいにはわからない。城の外で夜が明けるのを待って、あたいと兄ちゃんは男の人の後についてどこまでも走った。そしてまわりを見た。川の畔だった。兄ちゃんが『ここはどこ』って男の人に訊いた。『この川は淀川。ここは河内の枚方《ひらかた》。おふたりを京にお連れいたします』って言った。『なんで京に行くの』と兄ちゃん。『今日明日にも戦で城は落ちます。ためにおふたりには城から逃げていただきました』って言った。そう言えばお城に連れて行かれた時、みんなが刀や槍を持って駆け回っていたし、血だらけの人が大勢いたから怖いことが起こっているんだな、とは思っていた。そんな怖いお城にあたいと兄ちゃんが連れてこられて、若いおじさんとおばさんとそれからお姉さんと会わせられて、危ないから城から逃げ出すなんて。それならはじめからあたいと兄ちゃんをお城なんかに連れてこなければよかったじゃないか、ってお地蔵さまは思わないかい。それから少し休んで川に沿って歩き出した時、あたいたち三人はお侍《さむらい》に見つかって番所って言うところに連れていかれた。その日はその番所に閉じこめられた。次の日、兄ちゃんとあたいのふたりだけが、また駕籠に乗せられた。あたいたちと一緒だった男の人はどこに行ったのか知らない。駕籠からおろされたところはまた城だった。でもその城は大坂の城ではなかった。伏見の城とか言っていた。また人と会わせられた。今度は化け物みたいにシワだらけのお爺《じい》だった。側の侍がそのお爺さんを、大御所さまとか家康さまとか呼んでいた。そしてしばらくしたら、そこにお姉さんが現れた。そのお姉さんは大坂の城で会った千というお姉さんだった。なんで伏見の城に居るんだろうと思った。あたいの頭はこんがらかった。そのお姉さんはあたいたちを見るなり、『おお、無事であったか』って言った。それからお姉さんがしわくちゃなお爺さんに頭を何度もさげて頼み事をしていた。しわくちゃ爺さんは首を横に振っていた。お姉さんはあきらめて出ていった。あたいと兄ちゃんはその夜は畳の部屋で寝た。次の日、起きてみたら兄ちゃんが居なかった。それからあたいは何日も何日も駕籠に乗せられて、着いたところがこのお寺。あたいの話したこと、お地蔵さまはわかった？　わかったらあたいがなぜ大津の家から攫《さら》われて大坂の城、伏見の城それからずうっと離れた鎌倉の寺に連れてこられたのか教えて。そして兄ちゃんがどこに居るのかも」

天秀尼は地蔵に耳を傾ける。裏山から吹き下ろす晩秋の風の音だけが天秀尼の耳に届いた。

（十）

元和二年（一六一六）四月七日、家康は駿府でその生涯を閉じた。享年七十五歳であった。戦国期を生き抜いた武将のなかで誰よりも長寿であった。

その四か月後の八月、東慶寺の門前に大勢の供を従えた乗物《のりもの》がとまった。

〈乗物〉とは駕籠のことで、庶民が乗るのが〈駕籠〉、上級武士や公家の者が乗るのを〈乗物〉という。同じ駕籠であるが乗物の担ぎ手は前にふたり、後ろにふたりの四人である。

門前には瓊山尼をはじめ全ての尼が出て乗物を迎えた。

乗物から出てきたのは千姫だった。瓊山尼は千姫と供回りの女性だけを門内に誘《いざな》った。臣従の武士や奴、下僕らは男ゆえ寺内に入ることは許されていない。

瓊山尼には千姫の今日の来訪が伝えられていたが、天秀尼には報らされていなかった。

本堂で千姫、瓊山尼それに天秀尼が会した。

「そなたのこと、忘れたことはありませぬぞ。今日参ったのは、そなたに会うて、お祖父《じい》さまの所業を詫びるため」

そう前置きし、

「わらわは徳川家康の孫娘。七歳の折、豊臣秀頼公に嫁しました。そなたとそなたの兄国松さまの実の父親は秀頼公です。母はわらわでなく側室のお石。そのことをそなたは認めたくないでしょうが、これは真《まこと》のこと。わらわは秀頼公の使いとして大坂城落城の数日前に城を出てお祖父さまの許に参りました。次いで、そなたと国松君《ぎみ》がひそかに城を出て落ち延びました。落ち延びる途中、捕らえられ伏見の城へ連れていかれたのです。その伏見の城で、そなたらとわらわは再び会しました。そのこと覚えておりますね。お祖父さまの所業を許してほしいと先ほど申しましたが、それはそなたの兄国松君《ぎみ》のことです。国松君は豊臣家の血を引く最後の御男子《おのこ》。御男子なるがゆえにお祖父さまは生きることを許さず、六条河原で冥土へ旅立たせました。女性《にょしょう》のそなたはわらわの養女となることで一命を保てたのです。お祖父さまは、そなたをわらわの養女となすことを許しましたが、わらわの側《そば》に置くことは許さず、この東慶寺に入山させたのです。冥土に旅立つ、とはどういうことかわかりますね」

「兄《あん》ちゃんは、兄ちゃんは殺されたんだね」

うめきとも叫びともとれる声で千姫を睨みつけた。

瓊山尼は驚愕した。今まで一切言葉を発しなかった天秀尼が突如、言葉を発したからである。

「兄ちゃんが秀頼の子だから殺されたと言うなら、秀頼のお嫁さんのあんたはなぜ秀頼のおじさんと一緒に冥土に旅立たなかったの。それに兄ちゃんとあたいの親は大津に居て研屋をやっている。大津に返しておくれ」

十歳とは思えない天秀尼の敬語を知らない乱暴な言い方に瓊山尼は思わず息をのみ千姫を窺った。

「七歳から十九歳までの十二年間、秀頼公と添うた仲です。共に冥土に旅立ちたいと思わぬわけがありませぬ。そうならなかったのは、いずれそなたが大人になったらわかるでしょう。今日を限りとして今後、わらわはそなたに会うことはないでしょう。と申すうのもわらわはお祖父さまが決めた方の許に来月（九月）に嫁すからです。その方は本多忠刻《ただとき》どの。ここ鎌倉からはるか離れた伊勢桑名に住まわれておられる。とは申せ、どのようなお方か、わらわは知りませぬ」

本多忠刻は徳川家康の寵臣、本多忠政の嫡子である。忠政は桑名十万石の城主であったが、千姫が本多家に嫁いだ翌、元和三年（一六一七）、播磨国十五万石の姫路城主に移封される。

嫁ぐにあたって千姫の父、二代将軍秀忠は千姫の化粧料として十万石を与えた。

「嫁にいくのを死んじまったおじさん（秀頼）が知ったら化けて出るよ」

「これ、なんということ申すのです。千さまがお困りになっておられます。千さまの御養女であっても言葉が過ぎますよ。その乱暴な言い方は慎みなされ」

昨日までまったく喋らなかった天秀尼のぞんざいで容赦ない突然の発言に瓊山尼は驚くばかりだった。

「いいのです。そなたの申すとおりです。わらわは秀頼公に再嫁の許しを乞うべきなのですが、その機会すらわらわには与えられなかったのです。と申すのもお祖父さまによって秀頼さまとの夫婦の縁を切られてしまったからです。『夫婦の縁が切れれば秀頼公は千とは無縁の者。再嫁したとて恨みをかうような間柄ではなくなる』そうお祖父さまは申されて秀頼さまの供養さえ許してくれませんでした」

「縁ってなに？　縁は切れるの」

「切れるのです。お祖父さまは、満徳寺の寺法によって秀頼さまとわらわの夫婦の縁を切ったのです。切れば夫婦ではなくなるのです」

「あたいの本当の親は大津のお父《と》ぉ、お母《か》ぁ。ずっとお父ぉとお母ぁだ。千さまがなにを言ってるのかわからない。満徳寺の寺法ってなに？」

大津で兄国松に連れられて同じくらいの童と遊び回っていた天秀尼が目上の者に対する敬語を交えた話し方などできるはずもなかった。

満徳寺は上野国《こうずけ》新田郡《にった》（現・群馬県太田市徳川町）にある。

この寺は新田義季《にったよしすえ》の女〈浄念尼〉が開山した。

新田氏は源義家の孫義重が上野国新田郡に土着して新たに名乗った姓である。

家康は徳川家を新田氏の末裔としていたことから、満徳寺を先祖ゆかりの尼寺として手厚く庇護していた。

家康は千姫の幸せは、自分《おのれ》が選んだ武将に嫁がせること、だと信じ、それには前夫秀頼との縁を切り、身を潔白にして嫁がせることが必要と考えた。そこで思い浮かんだのが尼寺の満徳寺であった。

全国の尼寺にはその寺特有の決め事（寺法）があった。その寺法の中に〈縁切り〉の法があった。

妻側からの離婚申し立てが許されなかった世上にあって、その救済処置として妻が尼寺に駆け込めば、寺の決め事（寺法）により離婚（縁切り）ができるという法である。この法は時々の為政者によって保護され、法を無視する者は厳しく罰せられた。ところが時代が戦乱の世になると為政者の保護は薄れて寺法は守れなくなり廃れた。

家康はこの寺法に目をつけたのである。

満徳寺に千姫を駆け込ませ、秀頼・千姫夫婦の縁を切る、という目論見である。

そこで家康は満徳寺の縁切りの寺法を復活させ、千姫を満徳寺に駆け込ませることにした。とは言え、千姫は二代将軍の娘にして家康の孫娘である。軽々に満徳寺に駆け込ませるようなことはできない。それに千姫が自ずから望んで満徳寺に駆け込むとは、思えなかった。

そこで家康は千姫の身代わりとして俊澄尼《しゅんちょうに》という尼を満徳寺に駆け込ませ、住職となしたうえで、秀頼と千姫の夫婦の縁を切らせたのである。

これをもって幕府は満徳寺を縁切寺と認め、この法に違反する者は幕府の法に違反したとみなして罰するようにしたのである。

余談であるが寺は徳川家の寄進だけで存続できたので檀家を持たなかった。それゆえ徳川幕府が滅ぶと維持できなくなり、明治五年（一八七二）に廃寺となった。

「幕府は満徳寺に縁切りの寺法お認めになったのですね。縁切りにより千姫さまは心置きなく御再嫁が叶いますな」

瓊山尼が言った。

「秀頼公との夫婦の縁を切りたいとわらわが思うわけがありませぬ。お父祖さまによって縁を切らされたのです。今でもわらわは秀頼公の妻と思っております。とは申せ、わらわが生きていく途《みち》はただ一つしか残されておりませぬ。その途とは亡きお祖父さまの言いつけに従い、心にもないお方に嫁ぐこと。今はただ哀しまず、嫌がらず、詮なきことと思い定め、悠揚として嫁ぐだけです。天秀尼は滅びゆく一族の最後の女性《にょしょう》、わらわは今を盛りの一族の女性。そうであっても意に沿わぬ生き方を強いられた者同士。わらわやそなたのようにままならぬ星の下に生まれた者であっても、自分《おのれ》の思うような生き方を選べる世がくることを祈るばかりです」

千姫はこれで肩の荷がおりた、と思ったのか痛々しげに天秀尼を見遣った。

（十一）

千姫と会ったのを機に天秀尼は尼たちと言葉を交わすようになった。おそらく会話ができるようになったきっかけは、千姫の来訪によって天秀尼の胸中にわだかまっていた疑念、不審、不可解等々が幾分かは払拭され、激変したわが身の現実を受け入れられるようになったからであろう。

「やっと尼としての一歩が踏みだせますね」

朝の読経が終わった瓊山尼が天秀尼を本堂の縁側に伴って穏やかに言った。天秀尼は、はい、と返し、

「文字の読み書きを教えてください」

と頭をさげた。天秀尼はこの歳（九歳）になるまで読み書きを習っていない。

「そう言ってくるのを待っていたのです。明日から教えて進ぜましょう。それと一緒に目上の者に対する物言いも学んでもらいますよ。大津で兄さまや近所の童と遊んでいた頃の物言いを、ここでは慎

まなくてはなりませぬ。そなたは将軍秀忠公の御息女千姫さまの御養女であり、太閤秀吉さまの御曹司秀頼さまの御子《おんこ》でもあるのです。しかしながら、この東慶寺に入山したからには、ほかの尼たちと同じように朝夕の勤行《ごんぎょう》に励まねばなりませぬ。修行を積んで一日も早く東慶寺を背負って立つ尼僧になってくだされ。わたくしはこの寺が満徳寺のように幕府から縁切寺と認めてもらう日を夢見ているのです」

「縁とはなんなの。千さまは教えてくれなかった」

「それは天秀尼が修行をしているうちにわかるようになるでしょう」

「縁切りの寺法が東慶寺にもあるの」

「あるの、でなく、あるのですか、が目上の方に申す言い方ですよ。ええ、あります。しかしながら今では在って無きがごとくとなっています。東慶寺ばかりでなく鎌倉五尼寺ことごとくが縁切りの寺法を持ちながらその効力はありませぬ。それというのも徳川幕府がこの縁切りの寺法を五尼寺にお認めになっていないからです。おそらく幕府がこの法を認めたのは徳川家ゆかりの満徳寺のみかもしれませぬ」

鎌倉尼五山とは、太平寺（高松寺）、国恩寺、護法寺、禅明寺それに東慶寺である。

「あたいは、じゃなくて、わたくしは死ぬまでこの東慶寺で修行を続けるのですね」

「そうあってほしいとわたくしは思っております」

「もう大津に居る父母には会えないのでしょうか」

天秀尼の顔は暗かったが、入山当初の慰めようもない暗さとは違っているように瓊山尼には見えた。

「おそらくは会えないでしょう。しかしながら文字を習い、書けるようになれば大津のお二方《ふたかた》に便りを届けることが叶いましょう」

早朝だというのに蜩《ひぐらし》の鳴き声がふたりの耳に聞こえてくる。それはまぎれもなく晩秋の訪れを報せるものだった。どこか寂しいその鳴き声は東慶寺の本堂に絶えることなく聞こえ続けた。

（十二）

元和偃武と謳われた元和は十年で寛永という元号に代わり、将軍も秀忠から家光に代わった。

寛永六年（一六二六）。

千姫の二度目の夫、本多忠刻が死去。嫁いで十年、千姫三十歳の時であった。

千姫は一男一女を儲けたが男の子は夭折した。前将軍秀忠は娘千姫を哀れと思い、江戸城に引き取った。

以後、千姫は『天樹院』と称して江戸城で四十年間を過ごし、七十歳の天寿を全うした。

天秀尼は修行を積んで東慶寺第二十世住職となり、幕府に認めてもらえなかった縁切り寺法の復活を何度も願い出て認めさせた。

以後、東慶寺は縁切寺として存続する。幕末まで寺法によって離婚を切望する多くの妻女を救済した。

正保二年（一六四五）、天秀尼が死去。享年三十七歳であった。

これをもって豊臣家の血は絶えた。

天秀尼の死を知るものは東慶寺の関係者以外ほとんどいなかった。

穏やかな死を迎えたのか否か、今となってはそれを伝える遺物は東慶寺に残されていない。

ただ東慶寺には父秀頼の菩提のための雲版《うんぱん》が天秀尼の遺品として残されている。

明治三十八年（一九〇五）、東慶寺は尼寺から僧寺となった。

天秀尼、千姫は共に天下人（豊臣秀吉、徳川家康）の孫娘という星の下に生まれた。

ふたりの生涯が幸せであったか否かを問うのは愚かである。

ただ天秀尼は千姫の、千姫は天秀尼の哀しみを深くわかりあっていたに違いない。

西野　喬（にしの　たかし）
一九四三年　東京都生まれ

著書

「防鴨河使異聞」（二〇一二年）
「壺切りの剣」（二〇一五年）
「黎明の仏師　康尚」（二〇一六年）
「うたかたの城」（二〇一八年）
「まぼろしの城」（二〇一八年）
「空蝉の城」（二〇一九年）
「保津川」（二〇二一年）
「高瀬川」（二〇二二年）
「玉川上水傳　前編」（二〇二三年）
「玉川上水傳　後編」（二〇二三年）
（発行所はいずれも郁朋社）

泣《な》き虫《むし》お紋《もん》（鴨《かも》河《が》原《わら》奇《き》伝《でん》）

令和七年一月十七日　第一刷発行

著　者　西野《にしの》　喬《たかし》
発行者　佐藤　聡
発行所　株式会社　郁《いく》朋《ほう》社《しゃ》
東京都千代田区神田三崎町二—二〇—四
郵便番号　一〇一—〇〇六一
電　話　〇三（三二三四）八九二三（代表）
ＦＡＸ　〇三（三二三四）三九四八
振　替　〇〇一六〇—五—一〇〇三二八

印　刷
製　本　日本ハイコム株式会社

落丁、乱丁本はお取替え致します。
郁朋社ホームページアドレス　http://www.ikuhousha.com
この本に関するご意見・ご感想をメールでお寄せいただく際は、
comment@ikuhousha.com までお願い致します。

ISBN978-4-87302-838-5　C0093